U0112413

储福金　著

江苏凤凰文艺出版社
JIANGSU PHOENIX LITERATURE AND
ART PUBLISHING

图书在版编目（CIP）数据

直溪 / 储福金著 . -- 南京 : 江苏凤凰文艺出版社，
2023.10
ISBN 978-7-5594-7804-7

Ⅰ . ①直… Ⅱ . ①储… Ⅲ . ①长篇小说 – 中国 – 当代
Ⅳ . ① I247.5

中国版本图书馆 CIP 数据核字（2023）第 097927 号

直溪

储福金 著

出 版 人	张在健	
责任编辑	齐 麟 孙建兵	
责任印制	刘 巍	
出版发行	江苏凤凰文艺出版社	
	南京市中央路 165 号，邮编：210009	
网 址	http://www.jswenyi.com	
印 刷	苏州市越洋印刷有限公司	
开 本	880 毫米 × 1230 毫米 1/32	
印 张	9.875	
字 数	210 千字	
版 次	2023 年 10 月第 1 版	
印 次	2023 年 10 月第 1 次印刷	
书 号	ISBN 978-7-5594-7804-7	
定 价	58.00 元	

目　录

题记：我曾挂职过的金坛县

那里有一个直溪镇

与小说这儿的直溪

没有任何关系

一

总有种梦里的感觉，仿佛是发水了，从山岩的缝隙往下流，流成一线，洇成一片，石面上如莹莹之镜，镜中无尽山色，睁眼去看，却换成了听觉，隐约有溪水滴落之声。用着心去感觉，总也是滴答滴答。宋正明睁开眼来，刚才是梦，但并非完全是梦感，他很快意识到是卫生间传来的声息，似乎是抽水马桶的水不停地在流。

这套公寓式的房，装修已经二十多年了，老化从质量不过关的地方，渐渐显现出来。他起身去看，发现是水箱下面的管子接口处渗水了，虽一滴一滴往下掉，卫生间已是一片积水，有水洇到卫生间外地板上。他对水看了一会，先想到了勺子，接着想到了拖把，最后想到了卫生间洗衣机底边的下水口。夏天时被堵上了，因为那时下水口总会传上来恶臭。

下水口一拉开，积水在浅下去。将湿地板拖干，再上床睡觉时，天已经快亮了，依然听着水滴声。

宋正明起床后，在手机上找修理工的电话，可是修理工小魏的手机怎么也打不通，没人接。想着现下出国旅游的多，出国漫游的通话费用贵，一般电话就不接了。于是，找另一位叫老管的修理工的电话，却不知电话号码存在了何处，以前与老管联系还是用台式电话。这中间宋正明都换了几部手机，旧号码也不知存在何处了。

于是，去找一本旧的记事本，翻着一个个人名与关联的一个个电话号码。有几张纸被水洇湿过，多少看不清字迹；有的号码被划掉了，又在页面上下部的空处写了号码，用笔打了圈，再勾了笔线条移来。看着一页页的记录，仿佛是看着过去的人生，嗅着过去人生的气息。

页面上多有七位数的号码，现在城市的电话号码都是八位数了。宋正明翻到一个电话号码，看来有点熟悉，试着打过去，打通了问："你是谁？"

对方反问："你是谁？"

声音有熟感，便放松了问："你到底是谁？"

"你找我的，问我是谁？"

"我是宋正明。"

对方笑了，报了一个名字，是过去所里领导常主任。

常主任说："那天我随手翻一下，就看到报上有你的文章。看过报上的介绍，你现在是作家了，不过听说你退休后很少与人联系……怎么会打这个电话？喔，前些日子，有过这么一个电话，明明是对方打来的，却只管神秘兮兮地问我，你是谁，是谁？……我没打给你，你怎么会打我这个老电话？喔，元旦快乐！"

宋正明说："大概是心灵感应吧。"

常主任笑起来："是啊，心灵有感应……老了，我早退休了，都八十多了。"

八十多。那么，常主任退休有二十多年了。二十多年，时间拉得长长的，在宋正明感觉中，一切都像过去的，这二十多年的时间，没什么动静，就这么流过去了。也许外面的世界与社会，不断变化着场景，但他总沉于自己的内心，工作时，他写着自己的研究课题；退休后，写着构思的作品。研究的方向古老，构思的形象虚幻。有评论称：现实生活之中，蕴含着人类形而上的意味。他自己觉得与虚幻的形象打交道多了，以至有时都弄不清岁月的流动了，弄不清到底是真实还是虚幻的人生，记忆的生活如融合在虚幻之中。

这些都是我接触过的人与事吗？

既然电话连上，不能一时就放下。听常主任说到，在他退休前一年，给宋正明外放到基层去，是应着宋正明本人的要求。到宋正明回来，他已经退了。直到结束通话后，宋正明才想到，常主任说的是外放到基层，习惯的用词不是挂职吗？宋正明很不习惯这类官场用语。很多的时代官场用语，他都记不得了，所记着的往往也弄混了时代。时间对他来说，似乎清楚的只有过去与现在。还有清楚的是他曾经去的那个地方，叫直溪。

常主任电话中也说到过直溪。常主任说的时候，宋正明想到了直溪，直溪的岁月就到面前来，那时他还年轻，接近四十岁的年龄。他外放到直溪去，算是挂职，但也许不是挂职，因为他想不起挂的是什么职务。

常主任说到省城干部都知道下面有这么一个直溪，各个时代都有干部去直溪，有的是去培训，有的是去"下生活"，有的是去挂职，也有的是去调查，那里还曾是干校所在地，听说有省级干部在那里"下放"过。

常主任说起直溪，用了"神秘"这个词，常主任说时，好像笑了一笑，那笑是有意味的。常主任接下去说，所有去过直溪的干部回来后，都有点不一样了，什么不一样，常主任没再说，连着那意味，直溪仿佛是一个各种神秘体验的古老的黑洞。

二

宋正明坐在河边上。河水是山中溪流汇集而成。河边的草地上有着鱼的鳞片与腥气。一时间，他对色彩的感觉不怎么明显，气息引动他的感官。

刚才有一场疏雨，空中依然是青蓝色，看不到雨，河面上有点点雨滴的水光。他坐在树下，身上没有打湿的感觉。过了一条摇着橹的船，撑船的竹篙滴下一串串的水。他每次来河边坐坐，静静心，心境直映河水，一时恍惚，水中染着盾山金顶的光色，点点闪闪，宛有光色的鱼缓缓地摇曳，瞬间纵身入水，去触摸那彩鱼。然而他的身子没动，像突然醒悟过来，又仿佛先前正在思考一个哲学的问题。人有时候思维断片，要努力想一下，怎么会坐在这？一刹那间，记忆填满了脑中，回到了一个充满感觉的现实，回到了一个联系着世界的现实。抬头看眼前绿绿的树叶，向前看，碧莹莹的一片溪水，河水映着山顶的光，水中闪着晶晶的亮，仿佛含有一种不可名状的意味。

对岸有丛丛抽着白絮的芦叶。一阵风过，水波摇动，一切生动闪亮。思想那头隔着的像是另一个天地，转换仿佛是刹那间的事，轰然作响，那响声却是无音的。懵然一下子，时又如何？空又如何？

他起身来的时候，想了一想，思维断片突然醒悟时，他有一刻脑中词汇迟缓，仿佛隔着一段时空，他已从接近老年人的天地中走过来，过去与现在融成一片，现在只是重复的记忆。

这里肯定不是他长期生活的地方。

这里肯定有他要去做的事。

这里肯定有需要他慢慢熟悉的生活。

走下斜坡，脚下是松软的草。他想到，坡下的田，比河面要低矮一些，发水的时候，低田会不会被淹了？

这么一想，间隔便不存在：这里是直溪，他临时生活在这里，他临时工作在这里，现实的一切充盈无虚。

偏偏这直溪的现实感觉，是色彩丰富的。黑是黑，白是白，绿是绿，蓝是蓝，青是青，黄是黄。没有一点雾蒙蒙的感受。

他在河边站起来的时候，面前的一切都是鲜亮的，从前在大城市里的记忆感觉都有点雾蒙蒙的。

三

暗蒙蒙的。从门外进来，见自己的影子显现与湮没，头形先伸入暗影中，直到整个身子都消失。房子是旧式的木楼，层高不低，却因飞檐木窗，室内便暗蒙蒙的。

宋正明来到直溪派出所。留在日后记忆中的直溪派出所，就是这个感觉。也许是外面的明亮，让人一时有视觉的反差。也许在直溪，他的记性总有些偏差，可能以前他的记性就不是很好。他习惯在内心里翻转，这样外在的一切，隔了一段时间，便记不真了。

派出所在街的东头。以往宋正明也下过乡镇，镇街都是一条并不平整的石板路。街两边是旧式的木檐木门，到黄昏店铺关门打烊，门面插上木板。直溪镇街两边门面依次排列着小店，有布店，有邮政所，有百货店，有杂货店，有开水铺，街东头是粮店，店后面是深深的仓库。街西头变窄了，出去是车站码头。派出所不在街门面房，而是在码头弯角有着铁栅栏的房子里，墙上挂着一个图徽，前面是溪河。也对，码头与车站是人来人往的地方，集中流动着的人，是最需要管理的所在。

直溪镇街并非都是木房，倒是两层水泥房多一些。镇街也显得宽，码头也显得大。这也对，直溪镇不同于县里其他的镇，是单独建制的，曾为区的编制。一般乡镇经过人民公社后，重新改回，小一点的公社称作乡，大一点的公社称作镇。

就算是改回了镇，直溪与其他的镇也不同。在宋正明的感觉中，不同就对了，位于盾山的直溪镇，藉地宽远，人口也多，与西北省份的一个县差不多，听说镇委郑书记级别也比其他的乡镇要高，他在镇里主政十多年，开会布置工作，令行禁止。

说到开会，宋正明对镇会议室的印象总是暗蒙蒙的一片，一张长桌边的一些人头，一些人脸，一些人的身子，一些人的手臂和一些长桌上的茶杯。从会议室出来，他就不记得会上什么人说了什么话，只记得郑书记的话，主要是郑书记对他工作的有关指示。

宋正明要做的工作是进行直溪镇的人口普查。也许他就是为了这个普查才来到的直溪。这是国家级的工作，具体到直溪镇，过去是多少人，现在是多少人，出去了多少人，嫁进来多少人，嫁出去多少人。特别是要把每一村每一户的人口都调查清楚。

他这就来到了派出所。

走进派出所的宋正明站停了一下，让视力对室内的暗色适应一下。肩上就被拍了一下，扭脸看，身后站着一个高而壮的警察，他几乎比他要高一个头，低下头来看着他。宋正明移开一点步子，他多少有点怕穿制服的，似乎是童年起便有的下意识，制服与威严同在。当然，那时穿制服的不像后来那么泛滥，连物业门卫都穿。

移开来看清了脸，发现对方并非初见。这个人称"老郭"的出现在街上，没穿制服，也并不显那么高。老郭站在街当中与人说话，眼光不时地瞟一下周围。那次宋正明从他身边走过，正遇上他投来的眼光，眼光并不明亮，却像含着若有若无的宽网，黏在感觉之上。

宋正明朝老郭笑一下。本来老郭并没有管他，他可以径直走进去的，但这一笑，似乎显出了一点心虚。老郭开口说话了："干什么的？"

宋正明想到了自己的使命，站停下，正了正容："来普查人口的……"

老郭说："你是宋干部。"

"是。"

"住镇街三号楼上。"

"是。"宋正明想了想说。

"经常日落前在街上踱步。"

"是。"

"有时在街东头河滩上呆坐。"

"看水。"

老郭有点疑惑，眼光却瞟到了旁边，像一层网撒过来，撒到了外围。

"去吧去吧。"像是查户口似的，却是为了求证。

宋正明还想着自己刚才的话，他总是把自己当外来人，没有根似的感觉，其实他正担着镇政府的责任呢。

里间应该更暗些，但视力已经有所适应，看到右侧是一排案桌，后面坐着一个女民警，正捧着一本书看，神情是闲适的，显然合着书中的情节。宋正明不愿打扰一个看书的女人。女民警显得年轻，小小窄窄的脸庞，宋正明想起来，直溪镇的年轻女人常有类似的脸形。宋正明动了动身子，发现她的眼皮也动了动，是察觉到他的到来，虽没抬头，也许等着他说话。于是便用手指敲了敲有着木质条纹的桌面："同志……"

女民警抬起头来的时候，宋正明发现另一角也有一个人抬起头来。那人似乎是蹲在那里的，像是被抓来的嫌疑人。

"我来普查人口……我来看看户口记录……我是从镇上来的……"

蹲着的人跟着咕哝了一句："镇上来的，谁不是从镇上来，我还说是从省里来的呢。"

女民警小小的脸挤得更小了，不知是被宋正明打扰了，还是被蹲着的那个人激怒了。

宋正明赶紧说："我是镇政府派来的，是郑书记派的工作……"

"是郑书记吗？"女民警站起身来，她个子小，整个一个小妇人的模样。她用手敲了敲旁边的木板，木板就开了个洞，原来那是道门。接着胖胖的所长出现了。木门后面是个楼梯，所长像是在楼上，木楼下的声音直通楼上，所长虽在楼上，但能知晓楼下的动静。所长眯着一对细眼，盯着宋正明看了一看，他有着那种老公安的神情。

"接到上面普查人口的通知了，你就是郑书记派来的？好好，小茹你配合，拿表拿表。"

女警察小茹也就动起来，听宋正明的要求，过去捧来了一沓表。大概是1949年以来有登记的人口户籍表。

原来似乎是蹲在那边的人也已站起来，说："所长，我的事？"

胖胖的所长笑嘻嘻的，像是头一次注意到，又像是知道他的事。

所长说："好好。正好你们一起看，一起查吧。"说着，进了门洞，木板门关上了，木门与周围的木板是一色的，关上了，几乎看不出那里有一扇门。

宋正明拿了一本翻着看。里面一页一户，排着一个个人名，都是陈三同、黄宝贵、郭小二等一类的名字。纸上有着一点陈腐的气息，旧纸的气息，总是他喜欢的，能够触动一些感觉。宋正明坐到一边去看，原来那边有些低矮的凳子，像是一张张儿童凳子。那个人也拿了一个本子去翻，当然他刚才并不是蹲着，而是坐在小凳上。

到室内光线越发暗下去，两个翻着本子的人同时起身离开。出门后在光亮处看清了对方的形象，此人戴着一顶圆帽，也许帽子有点大，盖住了半个额头，眉眼平常，尖尖的下巴。显眼的是他穿着一身宽大的衣裤，显得拉拉垮垮的。只一眼便认出了，他也不是镇上的本地人。

"你也是查人口？"

"你是查人口，我是查人。"

宋正明觉得他回答得有点怪。想问他查什么人，觉得多余。他看起来不是警察，更不会是从上面派来的。

那人没再理会宋正明的疑惑，身子一摆，走了。

风中带着一点雨星星，清凉凉的，一些与城市有关的旧记忆，朦胧地浮动着。

四

有几天，宋正明都往派出所跑。他理出个头绪，制了一张表，把所有人以村为单位排出了明细。心里有了个底，觉得并不复杂。三十多个村子，他只要都去走一走，到一户户人家，去核对一下一个个的人数就行。与户口本上相比，是多了人，也许是嫁进了人，也许是生了人。或者是少了人，也许是去世了人，也许是嫁出去了人。无非如此。他心里有点欣喜，人有时候因工作而欣喜，那欣喜是简单的。他在直溪的工作，就只有这一层任务，也只有这一层愿望。人生过去曾经有过的愿望，到这里似乎都遗忘了，许多的东西是不想再想起来。他需要接受这一层工作的实在。回顾以往，生活如浮着，到直溪来后，离开了大城市的上层风雨，这里是实实在在的，没有很多的想法与愿望。实在的工作让人有实在的欣喜。

过去的生活似乎连着的是伤痛，过去的生活有着复杂性，他到直溪来，也许就是丢开复杂，求一片简单。

他的一生也似乎没有这般简单而实在过。

他本来的心境是颓伤的，一段痛苦的生活连着家庭连着工作连着社会，他怕去想，在心里设一个封禁的圈裹起来，按到了深处，不再去触及。而到了直溪，接手了人口普查的工作，才有了重振的精神。

宋正明第三次去派出所，还是坐在小凳上，觉得这里安静极了，不像是派出所。这就是直溪镇，从不见人与人交头接耳，也就远离是非与争吵，自然也不会闹到派出所来。宋正明的心思在手中的本子上，那种横宽的长方形本子，用绳子扎了内边，外边有点软，翻得有点折角了。看来是有人很仔细地整理过，却也经不住时间的流动。偶尔听到纸页翻动的声息，引动一丝生气。他似乎走进了旧电影里的感觉。

难得案桌后抬起头来的小茹问他："你是哪一天来直溪的？你来直溪前是做什么的？你在城里的家里有几口人？"他随口应了，也忘记了自己是怎么答的。他的心思还在他眼前的本子上。他们的应答，又好像是记忆中的事了。

这一天他就听她问道："你是不是机关的干部？"

他说："是。"

"什么样的机关呢？"

他停下回应。突然意识到一时不知道怎么回应，思绪似乎从本子上游离出来，还没落到实处。这时就有一些城市的记忆黏着思绪，几座高高的楼，走到高楼下，横穿过的偏楼风回旋着，衣服便吹鼓起来。一时仰头看见两座楼上有摇晃着的悬板闪着一点亮，发着隐隐金属吮吮的撞击声。

这时有人走进派出所里来，不是一个人，响着杂乱的步子。前面一个人嘴里嚷着："我不是直溪人。"接着，就听他说着，直溪人怎么怎么的，不是直溪人不能到直溪来？来了就受直溪人欺负。

跟着进来的是警察老郭。宋正明从本子上发现，直溪人四大家：姓郑的，姓茹的，姓姚的，还有就是姓郭的。

"别吵吵，坐过去。"

这时候，小茹过来，拉着宋正明进案桌后。宋正明看到开头进来嚷嚷的瘦高个子，被指坐到小凳上。便一下子显矮了，也一下子气馁了。原来那小凳就是用来审嫌疑人的。老郭居高临下地问话，直接问他是来做什么的？家里有几个人？也就是小茹刚才问他的话。只是几句像是官样的问话，那个外来人低声下气地答着。

后来老郭问他为什么在汽车站转来转去。

"我就看着你一直在转，你说吧。我盯了你好长时间了。"

老郭一边问，一边叫他把口袋里的东西都掏出来。那个人就说，他是看直溪人都有钱，想不到下手了几次，也只弄到十几块钱。

他掏出口袋里的钱，一共只有二十几元钱。他说，里面好几元钱，是他出来时带着的。他说，要是过去这十几块钱还算不少，现在东西都涨价了，听说城里人出门都带上百元钱。他准备从直溪弄一点，往城里去的。

他说着的时候，宋正明心里想，那些钱虽是证据，但钱上又没有名字，此人只是坐到小凳上，就招了，就破案了。

后来小茹告诉宋正明，并非老郭神奇，在直溪这个地方，嫌疑人只要进了派出所都会直招的，要不就不叫直溪了嘛！

宋正明认为是心理攻势。

下一次宋正明到派出所去，不再坐到小凳上。他自己翻开案桌板，走到小茹边上的办公桌去，小茹看他如熟人，由着他。

这次，宋正明看了一会本子，小茹没与他说话，安静得很。

他翻着本子，突然发现了一点奇怪的地方，看着本子问："怎么会有好几户人家在同一天同一个时辰出生的人，还是同一种姓别的？"

翻看人的出生年月日，是宋正明的一种爱好，他喜欢看一些有关古代文化的杂书，有一本介绍四柱八字算命术的书，按那上面所说，人的宿命由各自的生辰八字而定。那么这生辰在同一刻的人，不就是命运相同了吗？不过细想想，出生在同一个时间地段，都在这乡下生活，命运能有多大的区别？

"他们是一船来的。并非随意填报的。"

宋正明发现为派出所做解释的并非小茹，而是不知何时又坐在小凳上的那个人应的。戴着帽子衣裤宽大的他，似乎懂得宋正明所问的意思，也很懂这方面的道理。

一船来的？那么就是有送灵魂来投胎的"船"？这种说法虽不在批判的年代，但到底是在公安场所，宋正明不由多看了他两眼。

"一船上相同的男的或者是女的。一船都是男的，一船都是女的。一个时辰上出生的有不同性别的个别人，要么是出众的，要么是不幸的。"

小茹并没有因为这是迷信说法而斥责他，反而颇有兴致地听着他说。这也是直溪的不同吧，宽松容纳。

这天，坐小凳上的人走的时候，宋正明正好也抄完了数据，跟着他前后脚出门。出得门来，看到他停下来，双手朝上伸了伸腰，深吸了一口气。扭头看宋正明一下，像是嗔怪他为何跟着。

宋正明赶紧说了小凳子与审嫌疑人的事。

"那不就是一张凳子嘛。嫌疑人坐了与我坐了有什么关系。我又不是嫌疑人，没人来审问我。而我有个地方坐，不赶我就行。"

"为什么要赶你，你查什么。"

他又朝宋正明看了一下，依然像是嗔怪他问得奇怪，根本不关他的事。

宋正明赶紧转了话题，说到他那一船来的迷信说法。

"那和迷信没关系。那是实际情况。"

在屋外，听他的语音有点别致，带点嗡嗡声，蓦一听，像远处的回声。

"我和直溪人一样，不会说假话。"

说完了，他迈腿走了，并不想与宋正明搭话。

五

宋正明住的镇街三号是一排两层的水泥房，原是外来干部学习与生活的地方，曾经有住满住挤的时候，通着水电还有着简单的卫生间。而今只有宋正明一个人住着，他选了个可以多角度看风景的房间。其他的房间锁着门，上下两层都只有风在过道穿过，宋正明似乎感觉在这里生活了好一段时间，他已经习惯独自在这里住宿。

隔着一条巷子，就是镇政府办公地，巷边开着一个小门，原是方便干校的人员出入，现在也几乎只是宋正明一人的通道，一重小门，旁边就是镇政府的食堂，宋正明挑着人少的时候去吃饭，镇干部虽然都面熟了，但宋正明不喜欢与人寒暄，与其他干部对上脸，也只是点头一笑。

吃过晚饭，正是日落时分，从直溪镇街上往西散步，宋正明走得很慢，西天在盾山背后映着浓重的霞彩。走到街头，一条宽马路，马路对面是汽车站。宋正明转身往街东头走，走得缓慢，他表现着和别人的不同，他是观景，是想心思，是无目的地走路。

这个时候，镇街上清清静静的，乡中赶街的人已经走在了回村的路，街上的店铺也多关门打烊。这情景合着宋正明的心境，宋正明的步子越发的慢，那心境或许还有一丝波动。前些天，偶尔他在街上回步向东时，他看到了对面走着的季媚。对，她是叫季媚，宋正明难得记住并不熟的女人名字，也不知这名字是如何进入他记忆中的。只一眼，宋正明发现，在直溪竟能见到如此漂亮的女人。在他以往生活的百万人的城市中，走在人流涌动的大街上，也从来没有引他注目的这种感觉。

季媚的走路姿态并非后来的模特步，季媚的五官也并非那么精致，季媚的神态也并无搔首弄姿。她表现得最充分的就是女人，是女人。在男人眼里，总会感觉到她是女人，在宋正明眼里也一样。

季媚的脸上含着一点笑意，那似乎是她天生的表情，特别是她正面映着西天的霞色，整张脸，整个身子显得生动光亮，仿佛整条镇街，都亮了一层。

这时，街边便有男人与她打招呼。

有说："回家啦？"

"回家呢。"

也有说："家里冷锅冷灶的……"

那意思便掺着点意味了。

"我一做饭菜就热啦。"

还有更带点暧昧话语的，直溪也是个男女世俗地，偏偏这里有着宽松随意的风气。宋正明在镇上从未听到过有议论男女关系的闲话，这里的人似乎没有对家长里短的兴趣。

季媚应着每个男人对她的搭话，就是有男人的调笑，她依然含笑应声，一点没有恼怒与不快。这么就走近宋正明了，宋正明突然感觉自己的表情有点僵硬起来，努力朝她那个方向点一下头，他对自己说他并无邪念，但对着漂亮的季媚心中是笨拙的。

"宋干部，散步哪。"

季媚的声调并非嗲嗲的，却感觉依然是女人。

宋正明并非第一次见季媚，初到直溪时，他去百货店买日用品，只见季媚站在柜台里，她给宋正明拿着他要的东西，拿圆珠笔的时候，在一张小白纸上，画着圈试笔芯。

"有笔不出油呢。"

那一次宋正明便感觉到季媚的迷人气息，这气息专属女人。

宋正明认为，他在街上看到的人，并无男女之分，而是一个个活动着的无性别的人，往往是一张苦字脸，或皱着眉或无表情，再打扮入时的女人，也让人难以意识到是女人。

眼中是女人，意识中不是女人。

特别是经历了那段在思想中被封禁的人生，他一度对异性脱敏，心中无男女的感觉。

然而在直溪，季媚的出现让他意识到了女人的存在，并非单纯是她生动的脸，一眼看去，她的五官并不显现别致的女性特点。她给人的女人感觉，是她内在散发出来的情态，这情态使她的白肤有了光泽，这情态使她的神色透出生动。

他在她眼里是什么样的呢？他尽量浮起笑来，显得自己并不是太在意，显得在男女交往中并不稚嫩。他感觉季媚对他有着关注，有时他觉得多少有点自作多情，也许别的男人眼中的她，也会有这种关注。

人，之所以真正意识到人，起始于异性。意识到了女人，人便不是登记本上的一个个人，有了分别感，有了亲近感，有了圆融感，有了记忆感。

分配宋正明普查工作时，郑书记说过，没有人能抽出来帮助他。他去哪一个村子，村干部便派一个助手。

　　几大册派出所的登记本，是否记录了所有直溪镇的人？很快宋正明就想到，人口是流动的。那天他有事进镇边的巷子，就听巷边院里，有一个女人哭着说："你就这样对我啊，我才嫁过来，你户口还没给我上呢。"

　　这人口该怎么算？普查到每一个人，都要记录的。宋正明从小夫妻吵架中，意识到普查工作的关注点。他是个认真的人，合着直溪的民风。

　　本来他认为普查人口很快就能完成，看来是想得简单了，要做长期的打算。

　　宋正明并不急着进行实地普查，他喜欢在工作前，先做好准备。

六

　　这天在街上遇见了直溪镇文化站的黄站长，站长也算是镇上的干部，只是并不列入镇领导一层，很少在镇政府里走动。毕竟文化人之间，黄站长又是个好交际的人，几次与宋正明对话，谈点直溪的风土人情，算是宋正明在直溪镇上的一个朋友。

　　黄站长是上一代迁移来直溪的。父亲是个裁缝，走街串巷来直溪，有直溪村上的女子看中了他，留他倒插门。黄站长说，他的裁缝父亲觉得直溪好，认为是半仙之境。直溪人从来都恋直溪，一般年轻男女都在直溪本地找对象成亲。偶有外地女孩娶进直溪来，那是因为直溪的男孩外出时，遇上外乡女孩，一时把持不住的结果。

　　直溪的人心正。直溪的生活条件也比外头乡村要好，就是在公社时期，直溪乡村也比外头乡村的工分值要高。黄站长的裁缝父亲被直溪姑娘看上，姑娘也看中了他有文化。黄家有了儿子，裁缝便教儿子读书。黄站长中学毕业回镇上做工，受郑书记赏识，提名来当文化站站长。黄站长与宋正明交往并不表现出有所求，谈话中提到从小爱好看书，对宋正明说话显得文气。黄站长的想法多，只是有些想法并不落实。

　　黄站长对宋正明说，晚上有个活动，邀请他去参加。黄站长会组织一点活动，一般是读书活动。文化站在街面偏中转角，一条巷子的第一间房，站里横着一张长条桌，围放着几张长凳。对着门的墙边立着两个敞开的竹书架，书架上摆着一些书。黄站长每个月会在书架上添一两本书。乡镇很少文化活动，接到通知的各村文化骨干会来参加，都是些年轻人，活动像是后来的沙龙，也有介绍年轻男女朋友的意味。

宋正明进去的时候，见这次活动来的人不少，长条桌两边已坐了十几个人。长条桌的上方，从天花板上悬下电线，吊着两只亮着的灯泡，灯光显得昏黄，却偶尔会跳闪一下。黄站长站在桌的一头，见他便伸手掌，指向长桌另一头，那头的凳子正空着。宋正明刚坐下，黄站长就做开场发言，他说了乡镇文化读书活动的重要性，说这个也是郑书记提倡的。听着会议开头的习惯语，宋正明有点走神，他总是很难进入会议的氛围。他触到了在城市的多年的记忆，一群人听着一个人说话的会议。语音如串成一串的水……直溪镇靠山，雨季比较多，宋正明来文化站时，已经感受到星星点点的雨滴，静下思维，知觉到外面下起了蒙蒙细雨，能听到雨在瓦檐上的簌簌声，合着黄站长的直溪方言。

感觉中黄站长眼光投向自己，他是不是在向大家介绍自己？宋正明集中起精神，带点笑朝向黄站长。看到黄站长手里拿着一本杂志，灯光下，那本杂志有点泛黄。黄站长正捧着杂志，在读着杂志上的作品。看杂志朝下露出来的一片半片的图案，有点眼熟，只是记不清在哪里见过。再听他读的，是一篇散文的文字，也似乎是有点熟悉，比杂志封面还要熟悉一点。听了一会，越来越感到熟悉，似乎是在哪里听熟的。

接着宋正明发现，眼前另有眼光对着他。他有点蒙，有点分神。黄站长念完了，黄站长在鼓掌。他也想着鼓掌，发现四下散落坐着的人，没有鼓掌。直溪人倒是没有鼓掌的习惯，就是郑书记台上讲话，下面的人都含笑迎着，但也是没有人鼓掌的。

从黄站长边鼓掌边朝向他的眼光中，他才突然意识到刚才黄站长念的，正是他发表过的一篇散文。黄站长接着介绍，他是偶然在杂志上发现的这篇文章，感到作者名字熟悉，就想到了作者宋正明正是省城来的宋干部。作家在直溪，就在我们身边，让我们感觉自豪。

这也是黄站长能在直溪镇当文化站长的不同处，他宣传的语言很有感染力。从旁边的人的眼光中，宋正明看到的是实实在在敬重的神情。他有点惶恐地站起来，双手抬起来摆了摆，那样子引动了一点笑。听得出，那笑是善意的。乡镇中还没有人能在城里杂志上发表作品的。

宋正明想说两句谦虚的话，他没说出来，因为这里的人不习惯听谦虚的话，他们分得清是实话和虚话。他也不想让他们有这种感觉。

后来他发现自己幸好没说出来，因为他再次坐下来时，就听书架旁边有个人开口说话。听到那人的声音，宋正明立刻认出了他。看来他是在自己后面进文化站的，依然戴着标志性的帽子，帽子有点被雨濡湿了，边处洇着一点暗色，压在额头上。他半仰着身，头靠在后面半砌在墙里的立柱。

他说："这篇散文，初听时还以为作者是个女人……"他说到女人的时候，带点像是嘲弄似的笑。

"不是登在杂志上的作品就是好的，这篇散文写了一些旧时生活的记忆，看起来文字不错，也真实，但立意不高，格局小了，只是类似别的作家一般的小情感罢了。与时代相比，缺少了大气象……"

"我不是认为行文必须有空洞的时代感，我其实因为作者优美的文字，在城里还看过宋正明的其他散文，但看着看着，一时又想丢开去……作者的自我感觉太细了！显得心很小，都在计较小事，让人钻到小里面，弯弯曲曲的，又不是大弯曲，那种大弯曲能让人旋转起来。作者缺少的就是那种力量……现在宋正明来到直溪，是不是有想跳出常态的生活，改变自己内心的感觉？"

他从侧面伸出脸来，严肃地问，直率的语言中夹着对时代与人生的审视。让宋正明有点下不了台，不知道怎么应答，他的发言引动了宋正明的一点记忆，旧记忆在涌动着，但他的发言不属社会性批判的调子，他是懂文学的，有着艺术的鉴赏力。

宋正明清楚自己的写作确实是往内心走的，后来有评论说看他的作品有看鱼在水中游动的感觉。这种描写到底是艺术的表现，还是过于小气的格局呢？

"文艺争论我们都接受，这位同志初次参加我们活动的发言，也是高屋建瓴。今天的读书会就是让大家来学习，来畅所欲言的。"

黄站长有着掌控会议的能力，他立刻接过话，接下来问："还有哪一位要发言的？"

桌两边的直溪年轻人只是互相看着。

黄站长便来问宋正明的意见。宋正明点着头："写得一般，写得一般。"

"假谦虚，一听就是假的。这一句就不像直溪人。其实心里是清楚自己的作品高在哪里。在直溪镇还有能够在杂志上发表作品的吗？"

　　说不清他的话是捧还是贬。这位发言者口齿直利，倒是有直溪人的味道。桌两边的人都笑了，意思是他说得对。可明显他也不是直溪人，倒像是他作假，装着表现出直溪人的直来。

七

读书会结束，宋正明出了文化站，走到街上，晚上街两边只有供销社的窗子亮着灯，想是在盘货。雨停了，有一股山上流下来的清新空气，直透心室。他喘了一口气，又吸了一口，再吐出去。这似乎他的习惯。

"吸气要深，但吐气要慢。"

宋正明听得出那是那个他的声音，这声音似乎已是熟悉，带点嗡嗡的回声，夜的街上，很是明显。

宋正明扭转身来，同时说："谢谢你！"

"谢我什么？"

"谢谢你很好的意见。"

"又来假的了吧。"

"不假，我刚才也没有假，我也说不来假。我那篇散文并非自己满意的作品，只是我早期的一个不成熟的东西。你说得不假，我自然也不用假话来敷衍你。"

站在面前的他，直筒的帽子，宽大的衣裤，衬出直直的形体。他看着宋正明，点头说："好，好。你这个人，是能够写出好作品来的。有什么好作品，以前的或者以后写出来的，拿给我看看。拜读拜读。"

他后面的话有着一点客套了，说时便笑出来，街灯在他的身后，看不清他的面容，但那笑声想是含着玩笑的意味。

他说时快步走了，仿佛知道宋正明想问的话，口中说着："我叫林向英。"

向英向英，自然是向往英雄的意思。曾经那个时代出生的人，这也是常有的名字。

有几个晚上，宋正明散步后，会到文化站走走。并非因为文化站的活动中，读过了他的作品。只是觉得那里有点合乎他文化的感觉。文化站有一些书，黄站长往书架上摆着各种类型的书，有历史类的，有文学类的，有饮食类的，有种植类的，也有哲学类的，也有课本类的，有厚的，有薄的，还有小小的连环画。看起来黄站长是只要能弄到的，都会拿来放进书架。

黄站长对宋正明说，他是开方便法门，方便各种需要的读者。

宋正明发现黄站长的话真正有水平，细细想，那水平深不可测。

墙角搁着一个旧式置物架，在几张宣传画下面，宋正明发现了那里有一盘围棋，居然还是旧式贝壳的棋子，放在藤编的棋篓里。下面是一张并不配的薄板棋盘，虽然都显得旧了，但在这乡镇看到围棋，已经是很不容易了。宋正明很想等到有人来下棋，他一直是围棋的爱好者。但很快他清楚这是不可能的，那棋盘上正浮着一层薄灰。他把棋盘棋篓拿到长桌上来，吹去了灰，在盘上用黑白子下了几颗子的简单定式。一时许多有关棋的旧感觉，如同一层生命的体验，回旋在他的心里面。

那几日他就为了这一盘围棋，来到文化站，来后便托出棋盘棋篓，搁在条桌上，书架上居然有一本围棋书，他便独自打谱。

他知道镇上没有人会下围棋，这不用问。黄站长由着他去，想也并非围棋的爱好者。

文化站要关门时，黄站长过来笑对宋正明说："这副棋是从省城'下放'到直溪的陶老先生留下的，陶老先生在镇上去世了，去世前把棋留给了文化站。不过这里没有人会下，棋也没人摸过。看来你是懂棋的，只有你自己跟自己下。明天星期天，我要到乡下岳父母家去，也许要待上几天呢。你就把棋搬回去吧，反正放在这儿也是落灰。"

宋正明有点大喜过望，搬起棋盘，也不再假客气。终于有一点实实在在的东西，与以往连着。那杂志上发的作品是虚构的，相对来说，棋是深入他内心的实在。他一个人的时候不再有虚浮感。打谱时，在棋盘上放下一颗颗黑白子，仿佛在观两个高手对弈，就算独自下棋，也有与自己手谈的意味。

对着棋盘缓慢地落下一个子，一个子连着一个子，是一个棋局，是对子的两个人，心境是一个人的，顺势而行是一个人的，思维也是一个人的，却有着一个虚幻的形象在对面。

人生如何，时间如何，他在直溪，像是于这里坠落，像是于这里流连，过去的生活，仿佛都腻味，都想要排空去。于是剩下的便是时间，一天三顿都在外面吃现成的，他一个人住在这两层楼房间，以往何尝有过如此宽敞的住所？房间里有一只打气的煤油炉，边柜上搁着铝锅铝壶，柜中摆着碗筷，他只用来烧一点开水喝。他有的就是时间，以往他何尝有那么多空时间？他想起有人教过他打坐的方式，可以用来对付孤寂和落寞，但他不习惯盘腿，更无法以"佛缘何从西来"之类禅味的句子来入定，他的时间都放在了沉思上，想了许多虚玄的问题和解答。

有了棋，他就能在虚的时间中，用一种虚玄的实在来化解无尽的虚玄。

八

宋正明有时就餐于镇街上的一个小餐店。早饭要一碗汤面与一根油条，他喜欢把油条掰开了放在面汤里，这像是缺了牙的老人才有的爱好。他有工资，在直溪，想吃什么用什么，花费足够。从邮局寄来的汇单，提醒他外来城里人的身份。

小餐店门口搁着一辆自行车。这是郑书记配给他的装备。还有一沓白纸和一个订书机。从镇办公楼推出这辆自行车时，他感觉这辆车在镇上显得气派。吃早点的时候，宋正明眼看着这辆半新的自行车，车后面的铁架显得扎实，车有点笨重，高轮高位，像是有直溪人特点的车。

吃完了早点，宋正明骑上车，他想试试车。才骑上去，车就在镇街不平的石板路上摇晃着，双手把握不住龙头。他有着以前骑车的记忆，会骑车的人是不会忘记车技的。但到了镇上不灵活了，也许是这辆车太重，龙头扳不动。宋正明慌乱中略略抬头，发现前面有个老太太，那个老太太看着他，身子颤悠悠起来。他感觉龙头晃得更厉害了，赶紧下车来。车身高，他是跳下来的，车整个地滑倒在地，但见前面的老太太也倒在地上了。

宋正明心里叫一声不好，想是撞着人了。自己没有感觉碰了人，但也拿不准，或许车倒下来的时候碰倒了人。原来镇街上无人的，这下子就出现了几张脸，都朝这里看。他感觉，那是个乡村的老太太，臂上挎着一只篮，篮里裹着一个布袋。顿时他意识中浮现倒地的老太太，抓住他的腿。他只是站着不动，怕老太太以后的一切都赖着了他。不知这种感觉如何一下子涨满了他的脑海。

就见有人上前来，扶着老太太，口里问她："你摔疼了吗？"

老太太坐在路中，没顾说话，只顾去翻看蓝花布袋。那里面是几个鸡蛋，自然是碎了，布袋外流着溢着白蛋清和红蛋黄的液。

"碎了，碎了。"老太太说着，身子往前挪动着。

"你别动，别动……"

宋正明注意到说话的人，他头戴着一顶帽子，熟悉了的帽子。宋正明心里想，怎么哪儿都有他？当然镇子不大，只一条街，生活在街上的人，大都脸熟。林向英的出现也不稀罕。

"你就只顾自己的车，也不扶一下吗？"

宋正明嘴里不由自主地说："不是我，不是我。"

"你看到了，就少不了和你有关系。"

"你是什么意思。"

"你车倒了，她也倒了。"

宋正明觉得说不清，不过几十年接受的道德教育，让他不再管车，弯腰去拉老太太。林向英甩开了他的手。

"轻点，要是骨折了，再一大动，就麻烦了。"

宋正明缩回了手，这一刻有点对他忿忿的。那晚林向英对他作品尖锐的批评，还是有感觉的，这感觉又到心里来。虽然当时没有什么反应，他明白那篇作品不值一提，现在发现作品再怎么样，总是自己的好。

此刻也顾不得愤怒。但见林向英把老太太的脚放在他弯曲的膝上，慢慢地转，一边问她疼不疼。老太太还是眼看着篮里的碎鸡蛋。

宋正明从口袋里掏出刚才买早餐找回的几块零钱，递过去，说："老人家你别管那几个鸡蛋了。算我的吧。"

一边心里想：怎么就认下来了？要是后来老太太说是被他撞倒的，论起来：你没有撞倒人，赔什么鸡蛋？

老太太说："怎么要你的钱。是我自己摔倒的，我看到你的车子晃啊晃的，我就眼花了，身子也晃，就倒了。"

"是你自己倒的啊……"宋正明突然感觉心里一阵松快。

就听林向英说："没人说你撞的，直溪人不会说假话。但还是因为你不会骑车，晃啊晃的，让人家摔了。"

宋正明一下子头脑清醒了，只管认错："是的，是的。"他心里明白，看他的车头晃而倒，和被车撞了倒下，是不一样的。这种后果再大也没多大关系。他显得轻松起来，蹲下去，把钱放进老太太的衣兜里。

这时听林向英说："看来骨头没问题。"但老太太被扶起来后，有点迈不动步子。林向英说是扭了脚。宋正明和林向英一起把老太太扶到了自行车后座上，送老太太回家去。

老太太的村子离镇上不远，大概一里路的光景。他们送老太太到了她的家。乡村的房，门不高，里面有着一种酸菜般的气息，宋正明顾不及观察，从内室走出一个媳妇模样的人接着，口中埋怨老太太说："叫你别上街的，老说头晕的，这就倒了吧。"

把老太太扶上了床，宋正明又掏了钱包来，抓了几张十元票子递过去。媳妇一个劲地说："怎么好意思要你这么多的钱。是她自己晕的。是她自己晕倒的。"

宋正明意识到那几十元是他半个月的工资了，曾经二十元便是他一个月的工资，不过这个时期他的工资涨了。避开了一场车祸的关系，他心里是庆幸的。

且在林向英的面前，见林向英的眼光变得有点柔和，他落得大方些。

林向英关照老太太不要用手去揉疼的部位，不要用什么活活血的土法了，倒是应该冰一冰的。只是这乡村里哪来的冰，只有静养。但又如何静养下来？看来老太太平时动惯了的，此时林向英关心着她，偏偏她支配着媳妇倒水端茶。看得出来，老太太趁着在外人面前，显出对媳妇的权威。媳妇微笑着去倒了水来，老太太又说要尿尿了，她就在他们面前解着裤带，同时要下床到床那角的马桶去。

宋正明拉了一下林向英，林向英依然絮絮叨叨地关照着，不能让扭脚处着力。被宋正明拉了，四目对了一下，嘴里便说着："你去你去，我们走了，走了。"

两人出了农户门，一起往镇上去。宋正明依然推着自行车，一时感觉中还有那个倒地的老太太，说："幸好幸好。"

林向英说："幸好什么。"

宋正明想着老太太那满是皱纹的脸，她老了，老了还要自己活动。人老了会晕，走路颤巍巍的，倒在地上，扭了脚没感觉，却只顾着破碎的蛋。她的人生就只有这么低的知觉与意识。旧日明媚之年份都过去了，精神的知觉都皱了吧。看她的瘦削的体形与脸盘，也曾有俊俏的年华，也曾有人的眼光集中关注的，也曾提防着，珍惜着，怕被人赚了去，像是失去了一点什么。而今，她在男人面前一旦有生理需要，就来不及地脱裤解带的，一点没有想着要避讳。也许她在老的过程中，早已意识到，那曾经要回护的东西，在日月星辰的流转中都被磨灭了，已经没有人在意，也根本不用再把它放到心上了。老是一种可怕，而每个人都在老去，其实还未老时珍视的东西，又有什么意思。

宋正明想着这个"老"，似乎便对林向英说了的。意识到林向英的时候，感觉他朝自己点着头，似乎他们一路上在讨论着这个老。忘了林向英是怎么应的，似乎很默契。又好像只是他一个人想着，林向英并没把他放在心上。

这时候宋正明想起来说话："怎么……见着你……"他收住了口，没把那句"怎么哪里都有你的话"说完全。

"我是来找你的。"林向英说。

宋正明想到了那天晚上的读书活动，说："我没带杂志下来。上次你提到曾看过我其他的作品，我都有点惶恐。"

林向英说："谁要看你的作品。我每次去文化站都会看看那副棋，像是我寄在那里的东西，却和我没关系。昨天晚上一看，棋不在了。听说是你把文化站的围棋带回家了。"

"是带回宿舍了，黄站长让我带的，我也只是打谱自弈。"

"这么说，你会下棋？"

"当然，不会下，把棋带回宿舍做什么？"

"好啊好啊，原想这镇上没人会下围棋的，这下可有人下了。说真的，我的水平一般，只是好棋。什么时候请教一盘。"

"现在？"

"本来就找你下棋的，现在这么一耽搁，我有要紧工作去做了。"

说着已到了镇上，他们各自去了。

宋正明每晚坐床上，捧一本书来读。看了半辰一时，情节在感觉中迷糊起来，进入沉思，合着白天的事，特别是与自己有关的事，省三省，心中自有一番评点。他到了直溪，不再想过去的事，像是忘了来时路，眼下记得清。意识中浮游着自行车与老太太的交集，想到要是自行车撞了老太太，心里有点后怕，隐隐的还没缓过来。以后骑车还是要当心，在街镇上不骑为好。肯定是好长时间没骑车了，车技生疏了。早先骑车，能身前带一个，身后坐一个。那些坐车的伙伴又去了哪里……今日看到倒在前面的老太太，居然没想到要先去扶，而偏偏让林向英看到了。林向英的一言一行都在记忆中。其实与林向英何干？与他一点关系没有，却由他出面。他觉得自己是要前去扶的，却又止住了。为什么呢？似乎怕有什么说不清的牵扯。一个老太太被撞倒下来，或许是他一段时间需要负责的。过去的教育是要做好事。做了错事却想逃避是一种恶，这不讲道德的恶意识是如何产生的？在来直溪前还是到直溪后……

在床上放一张小榻桌，这是他在直溪买的竹木件，现在放到床上来，在榻桌前盘腿，在榻桌上放下薄棋盘，两篓棋子放在榻边床上。宋正明面对棋盘，他不再有空虚感。虽然还是那一个薄板棋盘，但空棋盘上浮起了有依托的力量。他突然发现，他面临一种熟悉的感觉，仿佛牵连着唯一的旧意识，意识的重叠如人生的梦，一重的梦套着一重的梦。

在空盘上，拈一颗棋子放下去，便有一重人生的开始，有一重熟悉的旧意识回复，连着的是一些旧事。那熟悉隔了一层雾似的，只有棋所引动的感受是实在的，让他对现实生活有了一重实在的知觉，味觉、听觉、嗅觉、视觉以及触觉，都生动起来。有些思考重叠起来。

在盘上放下了两颗白棋和两颗黑棋，守角为先，占了四个角，下面一手落下去，就开始要进攻与防守。布局的起始便有了旧时征战的味道。他停了停，品尝一下将要沉浸的感觉。他让自己细细地感受着这个滋味，身在直溪后，这种意识恍惚是陌生的。

似乎有着无数的人生。而人生的这个段落感特别强，仿佛几千年的一个个段落中，唯一遗存的感觉，都在这拈子与落子的感觉中。盘上的十九道线乘十九道线的交叉点，残留了无限重复的记忆。一曾是营帐外的金戈铁马，一曾是高山流水处的琴韵诗话。千古无同局，是无尽的变化，又是无可变化的一颗颗棋子落在盘上。

不变的黑白，不变的搏杀。

他似乎在等待着一个对手。独自一个人的对局，虽可消磨时间，一旦有了期待的对手，独弈便如嚼蜡。他朝棋盘的对面看一眼，有了冷清的意念。然而，会下棋的林向英没有来，不知林向英住在哪里，不知林向英是做什么的，不知林向英何时会来。不知林向英喜欢下棋的程度如何。他在直溪还没有过这种期待的感觉。以前他都是被动接受一切，一切也都是可以接受的。

他又不特别期待林向英的到来，也许怕他根本不是对手。势均力敌的棋友是很难遇上的。或许等来的对手根本不怎么会下，如此对局是会痛苦的。对手宁可没有，但不能棋艺相距过大。这也是一种人生所求，他不是一个随便的人，也许他这种性格在人生中不会顺畅。在这方面他很容易认识自己。他期待对手来，又有点怕对面突然坐了一个他完全无法接受的人。

九

秋天的雨下了两天，晴了两天，天色依然阴沉沉的。宋正明决定要去村里试试普查。他本来想等一个大好天，人也精神些。前面屋檐上有一只鸟飞过来叫了几声，旧屋檐上伸着一片片瓦当。他突然生了个念头，觉得不能等了，便下楼推着车走出院子，到了街上。他翻身骑上车，正骑得好好的，却看到对面走来了林向英。车头一晃，他赶紧跳下车来。林向英似乎刚看到他，眼光对着了，林向英就从对面跑过来。嘴里说："我正想找你下棋呢。"

宋正明不知如何生出了一点别扭，像是期待久了生出的怨。他又不想让林向英感觉到这种怨，这种怨本来就是莫名其妙的。

宋正明说："我有事呢。"他确实是有事，他准备了包，换了外衣，而刚换下的衣服还丢在床上。下意识觉得屋里乱乱的，不想带人回去。想林向英本来并不是来找他的，对了面才顺嘴说的。

"你到哪里有事？今天礼拜天，没人的。"

"我到村上去普查。"宋正明本来忘了日期，在直溪的日子里，只有白天与黑夜，并不记具体的日期。

"我没事，要不要我陪你去。"

"我也只是探探路，不用麻烦你的。"他口气里还带着别扭，毫无意识的别扭，跳上自行车想离去。却不想这几天已经骑熟了一点的车，这一跳上去，龙头又晃起来，车险些倒下来。就听到林向英在后面"噢"了一声。他控制住了车把手，心里别扭着，只顾骑前去。骑出一条街了，到了街头，车又晃起来，像是别扭着。这才发现，几天中下了雨还阴着的街外村路，虽称是大路，其实只是宽一些的土路，被车辙与脚印压得坑坑洼洼的。他这点刚恢复的车技，确实骑不了。无奈在街头上站了一会，回头到镇街，在不远的镇委会的办公楼边锁了车。果然星期天，镇委会院落里没有人。

他似乎还在与自己闹别扭，拔腿就往村上走。计划的目的地便是上次送老太太去的茹家村。他是个路盲，往往会迷路，觉得路走长了还没到，心中由别扭而成犹疑。终于看到一个村子，记得老太太的家是在村头，走前去看看，那面前的一座房舍，有点像，却又感觉不像。往两边望望，农村上的房屋外形大致差不多。再看面前房门的门环上扣着一根稻草绳，直溪人说那是防君子不防小人的。宋正明退回来到路口上，看收割了稻子的一片田野，远远的田里有人影浮动，田地早已分到各家，每家分到的田远近不一。老太太是不是也下田里去了，或者又到镇上去卖鸡蛋了吗？宋正明心里安定了一点，老太太毕竟不是躺在床上。虽然不是他撞倒的，但他心里总还有一点负担。村边有一只狗叫了两声，宋正明不由身子移开两步，一时就不再往村里走。只想等看到了人，问一下村委会的地点。

好不容易那边走来了一个人，挑着两只货担，宋正明叫住了他。他的货担里搁着针线小布人和拨浪鼓什么的。

挑担货郎把货担伸到宋正明面前，说："干部同志想要点什么吗？"

宋正明摇摇头。他看看宋正明的头："要不要剃头呢？"他说除了卖货，他还给人理发，往往把货担挑进人家里，一边给人理发，一边让人挑货担里的货。四乡八村的人都请他理发呢。

宋正明有点不大好意思地还是摇头，雨后的村路还是烂的，他货担挑在肩上落不了地，一直站着说话。宋正明赶忙问知道村长家在哪儿吗？这下轮到挑担货郎摇头了，他摇着头往村里走，嘴里说："我不是直溪人。"

宋正明看着他的背影，货担在他肩上一晃一晃的。他快要进村落里时，宋正明听到传来一阵铃声，想必是挑担货郎进村摇铃招呼要买货的人吧。铃声一时让宋正明有点恍惚，眼前的村子多看了，像是不再陌生。感觉他曾经在这里生活过，就像现在在直溪生活一样。人往往到的地方，都有生活过的意识，有点陌生又有点熟悉，有进入过又有在外面看过的感觉。所有的熟悉的生活，在内心里，却都又隔着一层。仿佛一时从梦中醒来的记忆。他的生活总有虚浮感，也许货郎一天到晚挑担在肩上，那习惯了的痛苦，才让生活的感受变得实在。

宋正明一时不知是往前还是退后，这时看到一个孩子从村里跑出来，手里拿了个铃在摇着，丁零零的，跑到老太太那家门口，像是发现了宋正明的存在，站停朝他看着。

宋正明隔着一段距离大声地问着孩子："村长家在哪里？"

孩子有点愣愣地睁大着眼看着他，宋正明再大声问了一次。那孩子摇摇头，突然说了一句："你不是直溪人。"回转身就跑进村里去了。

宋正明站着看久了，恍惚感觉面前展开了一片开阔地，越来越开阔，如城市的广场。而货郎挑着晃动的担走在前面，那摇铃的孩子在后面一蹦一跳。

十

在镇委会的食堂里吃过晚饭后，宋正明照例在镇街上走一走，感受一点乡镇的气息。他是城市来的人，看镇街门面房的飞檐和瓦当，感受着一点旧文化的气息。这天有兴致，向西一直走出街，沿着溪河走出好长一段，走到天色暗下来，四周也静静的，只听到细微的溪水流动声。他站停下来，山，水，田野，这是城市人感受不到的，他不由深吸两口气，同时想到这里的人，并不会觉得如此吐纳是种享受。

回头走往镇街，天色已暗，走在略高的河堤上看镇街，一片旧镇建筑的剪影。街后的派出所亮着灯，自然有值班的。码头上系着两条小船。车站前面吹一点横穿过的风。秋凉了，时间在这里似乎是半静止的。他再慢慢地向镇街那东头他的宿舍走去。

街上几乎无人，街两边店铺的门板也都安上了。偶有还在结算的店，从板缝里透出一点灯光来。他走到文化站门外的街上，朝巷子里看一看，应该是文化站活动的时间，但里面没有灯亮，看来黄站长还没有回来，他这个假是不是长了一点。文化对于镇上的人来说，是添色彩的，但没有色彩的过往是常态。

快到宿舍的街口，他看到一个人影。因为街灯少，走近了，他才看清是林向英。他看到了宋正明，扬了扬手。

"找你下棋……"

这一句宋正明听着，意识到也是自己想说的话。每天散步照旧，但知道林向英会下围棋后，他散步时意识中似乎寻找着一个潜在的人影。

宋正明引林向英走进宿舍楼。林向英一边走一边说："我等你好一会了。"

宋正明的门只是在外面掩上了，明显没有锁，门旧了，一掩上就关紧了，一推就开。像直溪人一样不用锁，没有什么值钱的东西。

"这里都不锁门的。你也没进屋等我。"

"主人不在，第一次就进门等，也太自来熟了吧。"

林向英说得直率。

开了灯，关了门。出门时，他没收拾房间，床上丢了衣服，被子团在一起。好在这里是乡镇，没什么讲究的。林向英却打量了一下房间，鼓了鼓嘴。

"下棋吧，下棋。"

林向英迫不及待地坐到了榻桌的对面。两人在床上盘腿而坐。林向英拈了一颗黑棋，就准备往盘上放。宋正明倒了两杯水端过来，放在床边的条凳上。

林向英朝盘上摆摆手，意思是赶快下棋，别客套。一颗黑棋已落在右角的星位上。

一旦下起棋来，林向英就慢下来了，有时有点过于慢了。明明宋正明感觉是一本道，无可考虑的，他也要想好一会儿才落子。这时宋正明想着要与他说几句话。但林向英在下棋的时候，根本不会答话，似乎完全的心思都在棋上。

棋到中盘能看出基本功来。林向英的算路不差，宋正明觉得与自己水平差距不大，这使他很高兴，总算人生有了一个对手。把棋当作游戏，对手的高低水平影响很大，第一盘是宋正明胜了，胜得不多，盘中咬得很紧。

"再来再来。"

按说时间不早了，一盘棋时间不短。林向英明显输得不服。宋正明也理解，好歹有了一个可以下棋的对手，一盘怎么能够。宋正明觉得自己思考得快，没有用那么多时间细算，自然水平比林向英高些。

"时间不早了，我们要下的话，下一盘快棋。好不好？"

"你是嫌我慢吧。意思是你快了还赢棋。"

"不不，伯仲伯仲。有时，长考出臭棋。"

宋正明一说出口，就发现自己用语不当。但林向英却并不在意，后来他发现对林向英说话只需随嘴而出，林向英就是这样说话的。

第二盘林向英下得快了些，宋正明想显得自己用时少，落子也快。林向英有时拖了点时间，抬眼注意到宋正明的神情，也就不再多想，落下子去。这盘要比第一盘快多了，但结果却是林向英胜了。也许林向英习惯考虑再三，其实首感是最好的，根本不用多思考。而宋正明想显得快，却思虑不周了。

以后他们下棋，往往是下快了，林向英会胜，而下慢了，林向英思考多了，反而输了。偏偏林向英总说：我们还是下一盘慢棋吧。慢棋有质量，下棋还是要有质量的。

林向英下棋的时候是全神贯注的，有的时候因一步棋想了许久，往往宋正明觉得那步棋是简单的，目数不大，只需简单走法。林向英却总想走出棋来，有时就想反了。想了半天宋正明只需简单应了，反而林向英亏了，就算不亏，他想棋的时候，宋正明也想好了接下去的棋，越发显得宋正明的好整以暇。而下快棋的时候，林向英不假思考，反而有时间会应一些话。林向英只要一下完棋，起身就走，根本不与宋正明说什么。而下棋时，宋正明分不了神，只要一说话，他的心思分了，棋不上紧了。

宋正明说："围棋是变化最多的游戏。"

林向英说："围棋是古老不变的游戏。"

宋正明说："围棋变化就是大，千古无同局。每一步都有新变化。"

林向英说："自古以来，社会、世界、人生，变化多大，古时候有电灯吗？有电视吗？有汽车吗？有高楼大厦吗？可围棋下来下去，还是那种走法，不变化的规则，一黑一白，两眼成活。又有什么变化。"

宋正明投降了。宋正明觉得林向英喜欢说反，但反的道理总也是道理。他是说在棋中的变化，但林向英却引进了社会的变化。一个棋游戏历尽千年变化之中，是在不变中，却有着内在的变化。确实世界都变化了，而围棋却以自身的不变又变化着，迷人于此。

林向英说："所以说，围棋是仙人的游戏。我原以为这半仙的直溪会有好多人下棋，却还是没人会棋。"

说是仙人的围棋，是说仙人可以在围棋中千年一局棋。也可以说，时间让围棋之外的社会、世界、人生变化很大。时间于棋局中依然维持着内在的变化。

十一

　　星期天，宋正明出门，在镇街的小餐店门口，遇到了林向英。林向英也是到这家小餐店来吃早餐的。林向英只点面条，不吃油条，说油炸的东西伤胃，对身体不利。后来宋正明意识到他说的是医理，而当时以为是林向英的一种习惯。按说那个年代并无太多的医学宣传，那时镇上的小店也不可能在油条里用明矾，那些都是后来的说法。

　　宋正明是实实在在喜欢吃油条。

　　小餐店里只有四张不高的桌子，宋正明和林向英对面而坐，宋正明还是习惯地将油条扯成一小段一小段，按进面汤里，合着面一起吃。几筷便小半碗下肚了，发现林向英挑着几条面放嘴里，慢慢吃着，碗里几乎没有动。宋正明平素吃饭就快，而林向英吃东西也太慢了些，如慢棋中的用时。男人吃饭如虎，女人吃饭如鼠，宋正明想到这句俗话。林向英似乎知道他心里想的，说："吃东西要细嚼慢咽，这样对消化系统好。"

　　宋正明心想：我又没说，你怎么知道我想的。也许林向英吃得慢，以前就有人说过他，他也是这样回复人家的。

　　宋正明也放慢了速度，不好意思老看着林向英的碗里，移过视线，看到旁边一桌坐着一个乡村老头，看来是要乘车到外乡去的。老头吃完了面并喝干了汤，从袋里掏出一团裹在一处皱皱的人民币，慢慢地抹平了，看清了角与分，一角一分地点着给小店的女老板。女老板认真地等着他的钱。宋正明觉得点这一分两分的角子与纸币，是店家的生活常态。曾几何时宋正明也有过在乎这一分两分的，在他没有工资收入穷困的日子里。不过现在这么计较着的日子已经离他远去了。手指粗黑糙皮的乡村人，点着一分两分抖抖黢黢的，也许是卖了家养鸡生的蛋和自留田里种的蔬菜，积攒的票子。人生有时候很无奈，而往往有这种感觉，已经是跳出了这之外的时候。传说中的百万富翁完全超越了金钱的局限了吧，根本不用在意钱，那么还要拼命赚钱做什么呢。

林向英已丢开了碗，看着他。宋正明对着他的眼光时，林向英的眼移开了。嘴里说："人生的公平不公平，看上去不一样，其实都一样。说公平都公平，说不公平都不公平。"

"什么都公平？什么都不公平？"

"要说不公平，我看到的不公平比你看到的要多，而且深刻。要说公平，对于死，人人公平。"

宋正明觉得林向英直直说到死，话虽不错，但还离得远，有点虚无。

"你觉得虚，我觉得实在，不公平也实在。"

有时宋正明会觉得林向英听得到他没有说出的话。

"看我普查的数字，也许会觉得虚，但一个人就是一，两个人就是二，都实实在在的。也无所谓公平不公平。"

"你啊，对几个阿拉伯数字那么认真，下棋却没觉得你有那么深入，要不你的棋力会了不得的。"

"那可是我的工作。普查人口是实在的重要的，关系到人类……"

"好好好，我知道普查的重要性，不用你背条文。"

宋正明想一想，也就笑了，说："我们去下棋罢。"

"你有工作，我也有工作的。"

林向英起身就走。宋正明想着去拿包，但又想到今天是星期天。想对林向英说，他已经走远了。他吃饭如数，却行动如风。一下子看不到他的身影了。本来宋正明想与他聊一聊他的工作的。这样就可以知道去哪里找他，但每一次都忘了问。林向英也根本没有机会让他问。

十二

反正是星期天，宋正明就在街上转一转。虽然已入深秋，乡村的农忙已过，但镇街上走动的人并不多。直溪人的身影并不显忙碌，却还总有事做，动作悠闲。编竹搓绳，很少有晒太阳聊天的，就算邻居隔壁的人见了面，说上几句，不会聊闲话，很快各自去做各人的事。如此也就少有矛盾少有纠葛，确实直溪镇的争论少是非也少了。镇上有乡村来的老太太摆个小摊，卖个菜卖个鸡蛋，卖个农副产品，各自卖各自的东西，也不互相以物易物，他们赚的钱为家里添一点盐糖酒油的实用品。再说，眼看着到冬天要换装了。

像宋正明这样背着手在街上逛的独他一人。

走到街西头，他在汽车站口站了站。汽车站是一个三开间的平房，一间开着售票窗，买了票了，在两开间的屋里候车，候车室靠墙两排长条凳。往往一班车过后，很少有人。快到有车来的点上，里面有坐着的，外面有散站着的。车到时，售票员敲着售票板招呼买了票的旅客排队。

宋正明看一班车接了旅客走后，回头往街上走，想这车站人来人往的便是一天，想那夹着扁担提着两袋东西上车的人，又会到哪儿过另一天。他就这么走着，发现已经走到了百货店的门口，他有意无意地朝里瞄一眼，这一看让他顿了一顿，那正对门的柜台里坐着的是季媚。

他知道季媚是会计，平常坐在里间做账的。这一天难得地到柜台上值班，偏偏店里静静地，只她一人在，低眼看着摊开的手掌，不知看什么。就在宋正明一顿之间，季媚抬起头来，眼光与宋正明碰上了，那眼波柔柔地流动过来。宋正明感觉不好再走开，装作若无其事地朝她走过去。

两人隔着柜台站着，她原来是坐着的，在他走过去的同时站立起来，像是迎着他。而宋正明走近柜台停下来，眼光失了勇气，偏下去看玻璃柜面下的物品，一时又没想到要买什么。

他想她肯定感觉到他的窘态，而从那窘态中感觉到另一种意味。她见的男人多，自然懂得。他一时想不出来怎么说，却想着她会问："你需要买什么？"他回答什么都避不了刻意。

"宋干部，我听说你发表作品了，是作家呢。"

季媚像是邀他进店来，对他说这一句话的，话中带着敬意。她这一句话就让宋正明的心绪落平了，一瞬间，她声音中的轻柔，气息中的轻柔，身体中的轻柔，混成一体的轻柔，都在恢复着宋正明的知觉。

"不是，不是，我只是创作一点东西……哪能算作家……"

"我从小就崇敬创作者，初中上语文课，老师读课本上的文章，我就在想，这创作者真了不起。"

女人。宋正明恢复了深度的知觉，后来他自省时想到了，真正的女人是能够柔柔地托抚着男人的感觉，令他每一个毛孔都感到轻柔舒坦。

宋正明正想说什么，就听身后有人叫："宋干部。"声音到时，人也到了身后。

回头一看，是派出所的老郭，老郭手按在他肩上，说："你跟我来。"口气中有公安特有的威严。

宋正明莫名地跟他出店门，老郭往派出所方向走，走的步子很快，宋正明也快步跟着，老郭出西街走向车站候车室，宋正明跟过去一看，墙边长条凳上躺着一个女人，体态臃肿，一眼就看到她的肚子高高耸起，双手蜷抱着。

靠近了，发现她在哼叫着，压抑着尽量不大声，却也忍不住，偶尔哑哑地嘶叫出来。看来这个候车的孕妇是独自赶去县城生养的，没想到一时动了胎气，眼见着要生了。

宋正明明白老郭是拉他来帮忙的，车站虽然有人，但都是候车的旅客，车快到了，抽不了身。老郭是来找他这个闲人，不过，老郭怎么会知道他是在百货店里？

老郭托起了孕妇的背，宋正明听他指挥，抱起了孕妇两条腿，两人把孕妇抬到卫生院去。镇卫生院虽然也在街西头，却是沿着车行马路一段路，单独的一个院子，里面三四间诊所，还有配药房、挂号室等。星期天，只有一个诊室的门开着，诊室外有在长条凳上坐着候诊的人，也有站在门边朝里的人。见抬来一个孕妇，都让开了。宋正明在来路上，发现孕妇下面有液体渗出，知道她羊水已破，赶快把她抬到了诊室的窄床上。

那个本来坐诊的医生站起来，做了个让人出去的手势。护士跟着进去，把门关了。看来要在里面接生了。护士出出进进端水和倒水。宋正明见老郭要走，也想跟着，但老郭又按他一下。

意思是让他等着。到了卫生院里自然安静，老郭也只有手势。宋正明想：等什么呢？不过孕妇没有亲人在，也许需要一个人听招呼。宋正明就呆呆地等着。诊室的一层板门倒也严缝，里面隐有叫声传出，撕心裂肺般的，感觉刚才抬孕妇时，她的头发散乱地盖在脸上，浑身像是脱力，此刻却叫得那么有劲。人生的痛苦，生便受之，从子宫出阴道，让母亲如此非人般的惨痛，那被挤出母体的小儿，又该是承受如何的艰难，又一下子在完全陌生的世界中，初历那完全陌生之感。幸好婴儿的记忆能力还不具有吧。

诊室里面的声音换成了孩子哭声。就见护士出来问："家属在哪儿？"

宋正明见护士朝向着他，大概认定他送孕妇来，自然是家属。

宋正明说："我只是送她来的……"护士已转了身，宋正明也就跟进去。立刻嗅到有点腥的气息。小床那里拉着一片薄薄的白帘，医生掀开帘布出来，把手里的婴儿抱给护士，拉下手上带血的手套，往旁边水龙头去洗手。嘴里说："家属呢？"

宋正明上前一步，说："不在。我在……"

也许听他说得奇怪，医生转过身来，手上还滴着水，扯一块毛巾擦了，盯着他看，随后拉下了口罩。宋正明发现，这个头戴着直直的医帽、一身直直的医褂的医生是林向英。

十三

"你是医生。"

"我当然是医生，从来没说过我不是医生。你看到我在卫生院坐诊，还给人接生的。"

"你也没说过你是医生。还是个会接生的医生。"

"卫生院里的医生，什么病都会治。其实比起省城的医生来，更不容易。"

后来林向英到宋正明宿舍来，两人在棋盘前，宋正明拈了颗棋子，就是不下子，林向英也便与他对话。

那天在卫生院里，宋正明对着穿着白大褂、戴着白帽子的林向英几乎是喊一般地说："你是医生。"

那天林向英也是说："我是医生啊……我想孩子不是你的吧。"

"我当然是来送孕妇的。"

宋正明当时发现自己的话有点歧义，也不管这个，嘴里说："你是医生。你是医生。"

林向英说："你把孕妇的真正家属找来吧，把母女领走。她俩都平安，可以回家了。"

宋正明这才想到，林向英的用语是标准的医生口吻。母女平安，那么来时路上，她那么痛苦的表现是怎么回事。

林向英坐到医桌前去，似乎听到他的意思，嘴里说："生孩子嘛，都痛苦的，难受的，如死一般，她还是头生呢。"

宋正明意识到他更像个医生了，还知道是头生，看来挺专业的。以前他怎么没有表现出来？也不能说他没表现过，宋正明想到那次在镇街上，对着在自行车前倒在地上的老太太，林向英说的话与行的手法，算得上是一个专业的医生。当时还只以为他懂点医术。

被认出医生身份后，有一星期，林向英没有出现，显是被揭出了真实身份而不照面。昨天宋正明去了卫生院，其实他早可以去的，却一直在等着什么。

林向英在给人看病。他一边在处方上开药，一边说："你身体有什么不舒服？"

"我有几天没看到你了。"

林向英抬头朝宋正明看看，他的脸都掩在口罩后面。宋正明发现自己语言有毛病，好像不是对一个朋友说的。林向英意识到他的感觉，头摇了摇，低头把处方撕下来，递给病人。随后对病人说着，药一天服几次，大颗的一次一颗，小颗的一次两颗。

林向英隔天便到宋正明宿舍处，近三次见面的林向英，是一个林向英，却又似乎有着三副面孔，三种说话方式，有一种是共同的，他是个医生。

"这些天很忙，直溪流行着一种病毒性的感冒。就医的人很多。"

宋正明这才意识到林向英是戴着口罩来的，口罩在进门后脱下。

一般来说，感冒对乡村的人来说，都不当回事的，伤风嘛，用被子捂住，出身汗就好了。但在林向英的口气中感冒就不是感冒，当作一回事来看。说到底也只是感冒吧，医生就是医生，总把病当作个事，口气严肃。倒是那天对待孕妇却是轻描淡写的，根本不把那痛苦当一回事。

林向英下了一盘棋就走了，临走的时候有点疲惫地说："你也要当心点。"还搁下两只口罩在桌上。

宋正明根本没有把林向英的话当一回事，感冒都是碰上的，就算是流行，身体好的没关系，抵抗力强也没问题。不过他第三天就开始感觉咽喉不舒服，吞咽有问题，随后咳嗽和淌鼻涕。他怕出门，出门戴着口罩，在镇上人看起来有点奇怪。好在他平素也不怎么出门。他从食堂里打些稀饭回来，一顿吃一点。很多的时间就是倒头睡觉。直到后来林向英来，又大惊小怪地回卫生院拿了针筒与药来，给他打了药水针。林向英连着几天一下了班就来，一会儿给他吃这个药，一会儿给他打那个针。来时，林向英还穿着医生的白大褂。慢慢地，宋正明觉得以前感冒从来没这样厉害的。不过以前他是不是感冒过，什么时候感冒的，到底是什么状况他也弄不清了。只是觉得林向英在自己身边的时候，喂他吃东西的时候，往他嘴里灌东西的时候，他能嗅到林向英褂子上的气息，那带着医院医生的气息，让他有着一种亲近感。

十四

林向英下一次来的时候，宋正明发现他们已经好久没下棋了，他躺倒在床上也有十几天了。天很冷了，冷天里的流行病更是严重，他也已经好长时间没有到村里去了，普查似乎是刚开了头，就断了。没有人催他。本来说得很紧的工作，因为有流行病便有了拖拉的托词。有时人做不做事需要有理由的，什么样的理由都行。普查工作反正有一年的期限。

林向英那天来，带进来一股冷气，他的嘴里发出一点嘶嘶寒意的声音。

"冷吗？"

"冬天到了。"

他摇了摇头。意思是天冷了，现在已是冬天。但这个冬天嘛，天气并不是很冷。宋正明发现自己从林向英的神情与语言中，能感觉到许多的话意。其实话意也简单，并不用去猜。从棋中他们已经有了默契，并不是他们的默契有多深，而是因为不用推演，意思是简简单单、明明白白的。

"上来吧。"宋正明说。

林向英脱了鞋坐到床上来，原来两脚落在地上，有点侧着身子，整个棋盘也有点往他那边歪。现在林向英上了床，他们俩对着面，在床上正相对棋盘。榻桌上摆着棋盘，被子在小榻边绕了一圈，扯过来盖住他的脚。他双腿屈进，抱着双膝，身子蜷曲着。下巴放在了膝盖之上。

宋正明突然发现与人接近了，以往自己从不与人接近的。就是与好多人在一起，却还是一个人似的。此时，他觉得人与人接近的时候，两人间有着一点暖意。那种人生知己的温暖之意。这个和他接触并不久的林向英，却似乎在远远的时间中熟悉了，似乎记不清岁月了。

互相看一眼，又互相笑了。这笑确实是互相的。

"很少有的。"林向英说。

"很长时间的。"宋正明说。

他们说得短，却也都理解了对方的意思。各自拿起了一颗棋子。仿佛在说棋，林向英把棋子放到盘上。宋正明只是转着手中的棋子。他们没想到要下棋。林向英放在盘上的是一颗白棋，按棋规则，第一手棋应该是黑棋先行。

捏着一颗黑棋的宋正明，看着盘上的白棋，像是在考虑怎么下，而这颗白棋又如何孤独地下在了盘上，又似乎想到了其他的意思。

"忙吗？"

"两个主治的，轮班。他是当地的。"

"出诊吗？"

"有出诊的，由主治的延续。"

宋正明点点头。自己生病期间，也许林向英管着了他的出诊。

"你的事不急的吧。"

"原说要早完成，又说不放过每一个人。要仔细认真。"

问的简单，答的意思却多。

"能记录每一个吗？"

"我尽量做到不遗漏。看着简单，也难。"

"是啊。人是流动的。"

"直溪还好。"

"我曾经见过的病人，再找就找不到了。"

宋正明精神专注起来，不是与林向英的说话不专注，而是对话连着了人。

"今天不谈病人也不谈普查了。"

宋正明立刻停下意念。心里想到，人生有许多相连的，绕过一圈，形成了复杂的意识，其实偏是莫名其妙的。多少觉得一瞬间的专注，也是莫名其妙的。细想与当下的人生，并无多少意思。

他突然想把感觉默契的话说出来，也许说出来就不是那么默契了。人的语言用于交流，有时反让思维形成隔断，有了空当与破绽。其实思维也并不能完全表现完整的内在。

"你病以后，是不是感到许多变化了。"

"你说脑子吧，意识流……动多了。"

"说出来，你如果认为不对，也说出来。对我说出来。"

"我觉得你听得到，不用说出来。"

"就算我听得到，你也要说出来。"

"听到了，还说什么。"

"我是医生啊。"

"这又不是病。"

"是不是病，医生说了算。"

"那你说……"

"你不用把我当医生了，既然你没病了。"

"你为什么是医生呢？"

"我不是医生，你病在床上谁来给你看？"

"你不是医生，也许我就不病了。"

他们这么对着话。宋正明有时会觉得他们并没有说话，还是那种默契。

"病人是什么呢？是身体哪一部分不舒服了。人其实都是有病的，只是习惯了，或者生了抗体，没有明显表现出来。没有检查的话，不知道，不知道就当没病。一旦检查，达到一定的指标就是病了。其实病发作时，是病比较明显。人是耐病的。往往有些指标高了，并没发作，也许永远也不发作，那是基因的缘故。有人有的指标天生高，或者天生耐高。换到别人那里，病早就发作出来了。"

"我天生血压高，是有一次体检查出来的，但我什么症状都没有。后来才想到我父亲血压高，年轻时高血压，早早地退了休。其实他也是没有症状的，但一旦确诊了，也就常年住家了。我一直认为他应该休养，后来想到其实他也可以完全不当回事的。他还不断下棋，并没有什么异样。"

"你可能有高血压的，如果指标偏高，就是原发性高血压，这要注意的，什么时候到卫生院来，用血压计给你测一测。"

"信着医生，就不用正常活了。我一点症状都没有。也没头晕过。"

"你上一次上自行车就眼晕，也是一种症状。"

"你能不能别吓我。"

"不是吓你，我说过，人或多或少都有点病，遗传的成分多。我也有病，因为有病，所以才学的医。"

"你什么病？"

"说给你听，你也不懂。"

"我不想问了，这是你的隐私。"

"你还讲隐私，都是哪里来的一套。"

宋正明当时确定，那是他们聊天说出来的话。不像前面只是默契。可是后来，他还是有点疑惑，他怎么会和林向英谈到了他的父亲，明显属于过去了，也可以说长长几十年的过去。在直溪时他记得自己已经三十大几，快到不惑之年了。而在直溪之前的记忆，像是忘怀了。

他又如何会对林向英说那许多，仿佛是自然流出来的。是病了之后，让他有吐露的感觉，还是因为与他亲近了？宋正明并没有头晕的感觉，就是在鼻塞头痛的时候，也没有晕的感觉。并没有发作原发性高血压。不过他想到，也许有一天他并不头晕，而到卫生院去，让他测一测，打破医生的原发性习惯。

此时宋正明想着病。林向英说凡人总是有病的，不存在绝对没病的人。本来人就是由许多微生物组合成的。有时候发热只是人的抵抗力的表现，是人身警报而起的反应，但高热会把脑子烧坏。高血压也是一种反应，好还是坏，谁能说得清。他觉得莫名其妙地联想到许多好与坏的道理，病到最后连着的是死。死了，在普查中减少一个数，这个数在他笔下很简单的。

十五

这天，宋正明又去了那个老太太的茹家村，由人指点，找到了村委会，里面只有村会计在做账，告诉宋正明，村长不在家。宋正明就向村会计谈了一通普查的重要性，又讲解了一番普查的工作程序，村会计脸上有笑，看得出心思却在账簿上。宋正明说了句："请转告村长吧，我下次再来。"也就转身回镇上了。路上想着，村会计能对村长转达什么呢？

本来以为普查如去一个个城堡取物件，任务简单。而今感觉那城堡雾蒙蒙的，一进入便迷了路。心灰灰头昏昏的，蓦然看到街前面走着一个引人注意的女人，正是季媚的背影。宋正明也就似跟非跟地在后面走着。

季媚走出西街头，原想她大概是要乘车去县城，但见她没过马路，沿路边走着，宋正明本来没想准是不是在跟，到底跟到哪儿。现在发现季媚是去卫生院，大概是看病吧。不由想到了林向英说的高血压的理论，也就步子不再犹豫地跟着走。

进卫生院，挂了个号，在诊室外面候着。季媚已坐到医桌前面的凳子上。此时季媚隔了一段固定的距离在眼前，由不得他要审视一下自己的意识。他到直溪后，对女人没什么感觉，心思也没有在女人身上停留过，像是有意隔断着先前在城市中这方面的经历。再说，他确认自己是个正派男人，思无邪的。然而，此刻他无法否认对季媚的关注。这是个年轻女人，大概三十岁左右，白净丰满，个子中等，在乡镇是出挑的，第一次见她，那种女人的感觉就到心里来。他知道她本来是百货店柜台的售货员，后来进后台当会计了。在镇上门店，会计应该算是好工作了，不用一天到晚站着招呼客人。是里间坐着打算盘管钱的办公人员。闲时可以泡杯茶，聊聊天。她的情况，宋正明似乎是留意后打听到的，也不知什么时候以什么方式打听的。不对，他不可能去打听，在镇上他也没有朋友会对他说季媚。他第一次在百货店柜台接触过她，后来在镇街上散步从百货店门口而过，会有意无意地朝里看一眼，也就再见过她一次。有时晚上坐床上反省时，会觉得自己很无聊，又会对自己说：食色性也。毕竟她是好看的，好看的女人总会让人想多看一看，正常男人嘛，免不了的。一时联想到她与他有共同点，就是数字，自己本子上的数字是虚的人头，而她的数字是实的金钱。有时想，自己并没有肉体欲望的。但想下去：真没一点肉体感应吗？也是未必。这么想来，用多少年前的说法，实在是该思想改造的。

诊室里坐诊的医生便是林向英，他依然戴着直直的白医帽，穿着宽大的白医褂。林向英给季媚看病的时候，是全神贯注的，根本没有注意到诊室外的宋正明。就见林向英抬一抬手，做个示意，背朝着宋正明的季媚撩起了上衣来，接着林向英的手伸进她的衣服里去，这才发现林向英耳洞里插着听诊器。但手确实是伸到季媚的乳房处，应该是给她听诊。宋正明突然感觉自己的心像触静电一般地麻了麻。他把头低下来，只是感觉还停留在那里，停在撩起衣服的温温绵绵之处。这时候他突然有着一点不平的感觉，对林向英的不满。他知道那是一种对医生工作的忌妒。

他想到旧日看过的一本书中，那个作家应该是很有名的。书中描写的情节，就是看医生给女人看病，想象着医生可以摸女人的手，可以摸女人胸脯，似乎还有更引人的……那时他觉得这个作家的想象是很流氓的。

林向英测了季媚的前胸，又让季媚反转身来，测她的背部。季媚听话地转过来。宋正明看到她的脸部了，季媚的脸上一点没有羞却的神情。眼光朝宋正明投来，一瞬间从茫然转换成柔波。宋正明却低下眼光去，似乎在为她不好意思。看医生嘛，应该没什么可羞怯的，而宋正明感觉自己的心里正有着什么。

林向英还在季媚的身上移动，手按着这个和那个部位，反正都是在她的衣服里，嘴里问着她什么。季媚则特别听话地应着是还是不是，一点不在意林向英的触摸。宋正明突然想到病人实在是悲哀，本来一切是珍藏着的，到这里就变得听从别人的吩咐而打开。

还让宋正明不满的，是林向英的手从季媚衣服里退出来后，立刻起身到后面的小洗手池去洗手。上次，宋正明在这里看林向英诊治一个乡村黑焦肤色男人手臂伤口后，同样起身去洗手，面对两个如此不同的形体，他居然给予的是同等待遇。

季媚拿了处方单出门时，宋正明感觉还在刚才的意识中。季媚与他擦身而过时，宋正明听到柔柔的声音："宋干部，你身体不舒服啊？"

"我是来……"宋正明正应着，就听林向英叫："下一个。"并眼光对着了宋正明。宋正明慌急慌忙地走过去，坐到林向英的面前。

"测血压……测一下吧。"

等着宋正明脱了外衣，林向英在他的胳膊上绑上血压计的袖带，塞进听诊器的听件，开始捏气加压。宋正明看着血压表的水银汞柱一跳一跳往上升，感觉还是有点懵懵懂懂的。

就听林向英说："你走了多少路来的？歇歇歇歇，再量。"

"怎么？真的高？"

"是啊。"

"我说过高的。"

"高也不可能一直这么高。就算有耐量，一直这么高，怎么可能？"

林向英和他说着话，让他不要动。宋正明的意识才回到眼前来，觉得自己刚才心思不对头。这么坐了几分钟，林向英与他说着什么，宋正明尽量安定着自己的心。

重新测了，林向英抓着测量器，看着他说："还是高，不过比刚才好一些了。你都干了什么？想了什么？"

宋正明觉得林向英话意里含着什么。

第三次测了以后，林向英还是摇了摇头。

"还高吗？"

"还高。不过好了不少。我给你开药吧。你想吃就吃，吃了就别停，不想吃别吃。不过作为医生，我不能叫你别吃。我真弄不懂你。"

林向英说时带着笑。他脸上戴着口罩，带笑时，眼角向上翘起。这也是宋正明已经熟悉了的。

后面还有病人等着就诊。宋正明出了诊室，没拿药，逃也似的离开了卫生院。天已经寒了，出门后被冷风一吹，他感觉头不再晕晕的了。不可能是高血压，按说天冷的时候血压会高一些，因为体内的血管收缩。

十六

　　林向英下一次来下棋时，问宋正明吃了药没有。宋正明说他根本就没有拿药。

　　林向英摇着头说："知道你怕吃药。"

　　宋正明说："我不怕吃药，怕不停地吃药。吃药成了每天必不可少的事，外出包里还要记得放着药，那人生还有什么意思。"

　　"你知道你第一次测量与第三次测量，血压相差了将近六十么？第三次依然高，而第一次就高得怕人了。"

　　"我说我耐……"

　　"不对吧。开始我还以为你是快步走来的原因。后来才想到你是跟着女人进来的。"

　　意思是宋正明的血压是因为女人而高的。看来宋正明候在诊室门口，林向英就注意到了，只是没有向他示意。林向英在诊室时，是严肃的，是心无旁骛的。

　　下面的话题就有玩笑成分了。开联系着女人的玩笑，是两个男人之间亲近的表现。男人在一起不谈女人的几乎都不是知交。女人的话题本来就是男人间永恒的话题。

　　似乎有关季媚的情况也是林向英告诉宋正明的，要不，宋正明又如何知道季媚的事，林向英谈季媚，说明他也对她有兴趣。也许以前林向英并没有说过，在诊室林向英的手前前后后地伸在季媚的衣服里，脸上没有表现出任何神情。季媚也没表现出来对林医生有意思，一般来说女人对与她有意思的男人肉体接触，会有不好意思的感觉表现出来，相反，季媚对着林向英一点没有讨好柔媚的神情，而只有对医生的无奈顺从。

此时，宋正明和林向英对季媚并不了解。她应该是有男人的。没见过她男人，没听别人谈过，也不知道她男人是做什么的。后来听说她男人在城里工作，曾经在直溪插过队，后来上调回去了，不知如何没有带她去城里。

他们谈得深入，宋正明谈的是对女人的感觉，林向英没谈感觉，只谈女人的身体。林向英说女人的身体没有什么可神秘的，男人有兴趣，只是异性相吸。

宋正明对女人的感觉，说女人皮肤细腻，神态柔婉，是一种真正的美。

林向英听了就笑了，说："一个季媚就美了？就让你有了对女人的兴趣？其实女人都那个样子。尤其是与男人不同处，特别不堪，起码是难以打理、很容易生病的部位。"

宋正明也笑了，说："这就是你学医的结果，女人的部位看多了，看透了，眼里只有生理形态，只有正常与不正常的反应。"

"生理形态有什么可变化的？人与动物一样，人就是一种高级动物。"

"又是医学说法。动物都是雄性漂亮，公鸡比母鸡漂亮，公牛也比母牛雄壮，只有人是有思维的。女性比男性要漂亮，书上只有形容女性漂亮的。"

"那是男人的书，作者都是男性，他们雄性激素表现出来的感觉，美化了女性。其实女性哪有男性好看。"

"怎么说？"

"你想想大卫的雕像吧，多么好看。女人的塑像再显匀称，也软塌塌的，没有肌肉，没有力量，其实与雌性动物一样。只是在男性眼中，生出了异性相吸的感觉，才显得漂亮。客观来说，女人的形体哪一部分都不如男性。越是与男性不同的地方，越是吸引男人的地方，其实都丑。"

宋正明想到，也许林向英表现的是第三方角度。也许在女人眼中，男人是好看的。柔与媚本来只是主观感受，不是客观标准。他又笑了，说："当了医生看多了女人身体，就没有了神秘感，是吗？会不会性激素也减弱了。这也让人放心。听说上医学课时，黑板上挂的便是子宫啊这些女性器官图，做实习医生便看一个个女人真实身体，且都是带病的身体，自然有了条件反射，不再具有男人的雄性阳刚，不是生理上被阉，而是感觉上去势……你别恼啊。"

林向英不恼反笑："到底是作家，充满的是感觉，什么到你嘴里都文学化了，而我说什么都是医学化。"

接着他正儿八经地问："你真以为女性器官比男性器官好看吗？"

"你这么一说，让我对女人的感觉萎了不少。好了好了。别说了。"

"我是让你具有客观看法，看事物最重要的是别主观。这样才能真正看清事物本体。"

宋正明后来想想，林向英的眼光像科学家，医学正属于科学。自然与文科的看法不同。人确实应该具有一种客观的分析能力。到底林向英的学问是理科的，讲究客观判断，不容易被主观蒙蔽。

这么一来，那种想到季媚身体时，心中麻一麻的感觉也就消退了，突然觉得头脑中清醒了不少，高血压的症状没有了。这大概是林向英作为医生的一种疗法吧。

十七

　　镇上开了一次三级干部大会，郑书记做报告后，特别将同坐主席台上的宋正明向众干部做了介绍，并宣传了普查人口的重要性，那种总结性的高度，让宋正明佩服。想来普查工作应该会顺利开展，不顺利就会问责当地干部。

　　宋正明过了几天后发现，他到村上去时，村干部都重视他，还留饭，把他当作镇干部来对待，毕竟他是坐在主席台上郑书记身边的。但重视是重视了，工作还是开展得难，非得要村长带着去一家家核实，村长每到一家，先寒暄了，再坐下来喝水抽烟，由宋正明讲明白普查人口的重要性，村人少见如此重视的阵仗，认真地听着，还问着问题，如小两口不在家，探丈母娘家去外村了；有女方没有迁户口，已经成家了，过些天会去办户口，现在登记不登记；有入赘村里的，能不能快点入籍。还有的问题是与普查根本不搭边的，宋正明不厌其烦，一一作答。临了，说老大不在家，没人签字。待要离开时，女人拉着村长，提着一个要求，有外人在场，村长耐心地答复着。如此这般，走不了几家，时间就过去了。宋正明一个村跑了几回，有时村长刚带宋正明走在村路上，有人来找村长办事，村长说我陪镇上干部做工作呢。那人便笑求宋正明行个方便。宋正明也只有笑着，跟着村长先去办事，心里想，我这也是体验生活呢。关键还是落实到户签字难，宋正明每次都对村长说抱歉的话，村长回说：不麻烦的，为工作负责。

有时，发现直溪什么都不在乎，一旦在乎了，又钻牛角尖似的非常在乎。宋正明感觉比原来还难办。

既然郑书记重视了，隔一段时间，宋正明少不了要去做汇报。这才发现郑书记是个坐不住的干部，他很少在镇办公室里坐着，经常下到乡村去。而一旦回到镇上，又不知钻去了哪里，也不在镇政府露面。

这天，宋正明在镇街上，看到远处郑书记往镇上来，他就迎过去，在镇街外的土道边，拦住了郑书记。郑书记对待干部，特别是镇里的下属干部，神情是认真而严肃的，对村里来的乡人却是和颜悦色的。也许与宋正明接触多了，不再像一开始时带着微笑，显出认真重视的神色，只是在严肃的神情后面又带点亲近的感觉。

正说到去村上，受重视但签字难，郑书记点着头。此时路上有人过来，是扁担头上缠着绳的村人，见郑书记都要招呼一声：郑书记。不知郑书记是不是认识他，郑书记带笑依然点着头。都说郑书记很厉害的，在直溪镇是说一不二的。但宋正明看到的是他的平和，是好干部的模样。

郑书记听着的时候，移步靠到田边，在一棵树下，拉开裤子拉链，就往田中撒起尿来。宋正明感觉这显示出郑书记的当地干部本色，土地的主人本色。

这时就听到一个年轻女人的声音，叫着郑书记。宋正明听声音好听，抬眼看到从街上过来的女人正是季媚。宋正明一时反应有点不顺，身子动了动，往树后退了一点，像是让她与郑书记迎着。

"郑书记好，明年这片田苗肯定长得高壮。"

季媚并没避开郑书记的眼光，还似随意似的瞥了一眼郑书记。话中含着女人对干部的谄媚成分，又似乎表示着熟稔。郑书记一点没有在意什么，脸上依然笑意绵绵的，说："从去年到现在，也没见你高了胖了。"

宋正明本听着他们是在打招呼的，后来想一想，郑书记的话似乎还带着什么意思。不过也难说，就算有什么意味吧，直溪本就民俗淳直，有男女交往自由的风气。这一次的场景，宋正明感受很深。不过也想到，这便是直溪的好处，如果由他写到作品中，应该是值得称道的。

不过想到季媚，觉得女人怎么可以这样？又想这不关他的事，女人又怎么不可以这样？同理，郑书记怎么可以这样？但又想作为直溪的干部怎么不可以这样？

宋正明把这件事告诉林向英，林向英睁大了眼说："是这样子啊。"不知他惊讶的是什么，是惊讶郑书记会是这个样子，还是季媚会是这个样子。不过看起来林向英也不是那么惊讶，似乎惊讶只是在外表上，是装出来的。

一转眼，林向英又笑了。他笑的时候，嘴角上翘，眉眼展开，男人这样子笑，倒是可以说："是这样子啊。"

"你对季媚很上心的。"

"什么上心不上心。"

"换一个女人，你不会这样感觉的。"

林向英说的是感觉，宋正明感觉确实上心。换一个女人会这样吗？换一个女人恐怕不会生出这个场景来吧。郑书记会这样应话吗？女人会这样搭话吗？也许别的女人会扭着头嘴角一撇带笑地过去吧，特别还有宋正明这样的男人在场呢。

林向英皱了皱眉，像是厌腻着宋正明的这种感觉。他做医生的，会有这种想象吗？就算想到了这个，生理的一切对他来说，有什么特别？

林向英说到了过去学校里有一个女生，地震的时候，正在浴室里洗澡的她，一吓就跑出来，在外面才发现自己是光着身的，满场所有人的眼光都盯着她，连地震的感觉都不在了。此后她就不见了，原以为她是害羞躲开了，好几天后与她家人联系，发现她失踪了。以后只是听传说，在江下游拐弯处发现了她的尸体，身上裹得严严实实的。

宋正明说："你对她也上心吧。"

"什么？对她上心？"

宋正明当然是玩笑话，不过这个玩笑确实开得过了。林向英好像有点不高兴。以前他们之间说着男人间的荤话，那可以意会不可言传的话也是有的，林向英从没像这样变过神态，也许是涉及死亡了吧。按说医生见裸身还有死亡也是常态的，他怎会有这样的反应？还有他们不是中医学院的吗，学生遇上这样的事会轻生吗？

于是宋正明也说了一件他在学校里的事。说学校的开水房，煤电紧张不是时时供水的，水烧开了，敲两下钟，大家就去取水。每个寝室总有一个为人民服务的前去，那时总会看到一个真的漂亮的女生出现。她提着水壶的样子，真如画中人，衣冠飘飘，发上的一根飘带是五彩的。当然那时没有五彩的带子，是光映着的感觉。她走向开水房，后面总会有一群男生跟着，只是她进去后，你知道里面会发生什么吗？

"你以为男生都挤进去了吧。根本不是。而是那里面只有女生，男生都在外面候着，很绅士地候着，等着她出来，看着她离开，这才鱼贯而入。似乎都是一本正经的神情。"

宋正明没再说下去。等了一会，林向英神思回味般地看着宋正明，问："后来呢。"

"什么后来？"

"没有后来啦？"

"后来她不出现了。"

"也失踪了？怎么不出现了，怎么回事？"

"她毕业了。"

林向英怔了一怔，想了一会儿，随后微笑地看着宋正明，摇着头说："好好。好漂亮的女孩。让人神往。"

"你也看到过？"

"当然没有。能想象得到。"

他们往往说话不用解释。宋正明想到了是默契。自然对那个如画的女人，男人各有感觉，感觉相通。此时宋正明默念在心。应该过去多少年了吧，直溪之外的人与事，许多都忘怀了，许多不想记起。而那个女生的形神依然在感觉中没有褪色，有点如仙的意味。

令人入迷的学生时代。也许只有学生时代才会有的，一次次听到两声钟响，就提着水瓶往开水房跑，却只在开水房外，隔着一段距离默默地候着。

外面已经雪花飘飘了。在直溪光色是明亮的，所有的房间里总有点昏暗，也许光色被山吸去了，雪天里房间中明亮了，清亮得有冷冷的感觉，也许是披了雪的山影映着了亮色。

十八

元旦在乡村并不算节日，对乡镇干部是节假日，这个节假日却歇不下来，逢到年底年初总会有一些事要忙。村上迎春节的大年节快到了，过年是最大的节，家家都做着准备，外出的人都会回来，孩子总会添一两件新衣服，跑来跑去兴奋着。

宋正明不再下村去，他闲着没事做，整日等林向英来下棋。说下棋，其实往往并不下棋，只是等林向英来聊天。他们几乎是无话不谈，一谈就谈到了理论，谈得深，谈得默契。有关生老病死，有关天文地理，有关命运寿数，有关人生悲喜。

快到过年了，在镇街上走着的人多起来了。林向英这天晚了一点来，一进门，就说真冷真冷。脱了鞋坐到床上去，连袜伸到围着小榻桌的被子里。

"下棋下棋。"

"这么晚……"

林向英说病人多，过了下班的点，挂了号的病人坐满了候诊的长凳，还有站着的。好些病都是天冷的时候发作的，如关节炎与高血压，乡村里的人，小病一般都是熬熬就过去了，来卫生院的都是病痛熬不住的，所以凡到卫生院来的病人，卫生院不会以时间到了拒绝接诊的。

宋正明问："来诊治痛风病的人多不多？"

林向英说："那是富贵病，只有城市里少运动、身子发胖的人才会得。你有这种病吗？"

宋正明摇头，又说："我母亲有这个病，我的基因中有这个问题，自然要当心。"

林向英说："你还知道基因。"话中意思是你还会懂这个。宋正明也不记得自己是什么时候看到基因这个词的。那个时代从哪儿看到这个词呢？再说他没有接触过什么医学知识。也许因家人有此病吧。要说基因，他的父亲有高血压，他的母亲有痛风，他的基因可是有问题的。

宋正明正在疑惑。林向英说："你回不回去？"

宋正明本想说，回哪儿？又想到林向英自然问的是家。来到直溪，家便是他想要回避的问题，林向英提起，他要想一想，一时并不回答。

林向英说："我也记不得家在哪里了。就在直溪卫生院吧。"

这一天他们就从基因谈开去，林向英说："我是中医学院毕业的。其实在中医院看病，诊断都是靠西医的仪器，开的也多是西药。中医的望闻问切，麻烦得很。有人说，中医没什么科学。其实说到西医科学的基因论，便想到了被称为迷信的古代算命术，中医与四柱八字命理，同是一种理论。阴阳五行，金木水火土，相生相克，旋了一圈，合着了命与运。基因的存在与遗传不就是一种命定？落在一个人的身上，不就是与生俱来的嘛。人一出生，将来可能会得的病，便是由父亲与母亲及上辈遗传的，亦是一种命定。无法更改，早晚的结局，年轻时还不显现，年龄一大总会表现。"

宋正明说："人有时会感觉到生活在这里，也是一种无法更改的过程。在直溪仿佛如一个梦，没有经历却又如经历过的。莫名地会想到：我从哪里来，我往哪里去，我到底是谁。一个叫宋正明的人，是我，又只是与我联系着的。是不是真有一个平行世界。在那里我已经经历过了，过去未来都经历过，自然到了一处便有熟悉的感觉，直溪的生活，如在某一处经历过。恍生恍死，恍存恍去。"

"这就偏于迷信了。披着科学的外衣。"

"其实有些迷信的说法，只是不了解时的表述呢。自有科学的道理。"

林向英没说话，拈着一颗棋子想到了什么。眼下他们下棋往往只是下棋，有时棋盘上该谁下子，终盘后都不知道谁胜了谁。是手谈嘛，还是嘴在谈。

"在想什么？"

"想到了一个人。"

"女人？"

"是个女人。一个女病人。"

"你要在这里十年，直溪人都曾是你的病人。"

"我想到了，你在派出所做普查工作，记得我也在派出所里查，就是查那个病人。"

触及他的工作，宋正明有兴趣了，他想到了一个披着黑布的女人形象，在暗色阴影里。

"她什么病？在哪个村？"

林向英说："她的病我说了你也不明白。她在哪个村，我要知道了，还去派出所查？"

宋正明觉得是个无头案，既然不知在哪个村，查也查不到的，还查什么？不过在他们的对话中，他习惯不去反驳林向英。只有林向英常常会反驳他。人与人的交往形成了惯势，也就无可反复了。其实宋正明与所有人大概都是这种交往，由着别人反驳。这也是性格使然。

而后，他会想，这个女人曾有病看医生，林向英给她看过，也可能听她谈到过迷信一类的话题。这个女人走了也就不再回头了。也许不是在卫生院见面的，是林向英下乡的时候遇上，或者在路上。他曾听林向英提到去山里出诊。那么是往西的村子。往西的村子是山路多，面积大而村落散，一般难说哪条路属于哪个村。刚才宋正明没有追问林向英。林向英素来喜欢说就直说，不喜欢说再问就落了不好，他脸色也落得快。

这些日子里，林向英往宋正明这里走得勤些。宋正明在镇食堂吃饭后，出镇政府大门时，坐门卫间的看门老头，移开玻璃窗，问他身体是不是有哪里不对付的。看门老头平素坐在那里，半闭着眼，像是在睡觉，一旦有陌生人出现，他的眼立刻睁大，颇显精神。

宋正明说他的病毒性感冒早就好了。

看门老头说，不是问他的伤风。

宋正明想到他大概是看到林向英上他的住所去了，不过，林向英来都是晚上，看门老头应该下班回家了。

"你问的是林医生吧？"宋正明觉得门卫老头有点奇怪，直溪人一般不喜欢管闲事，无论是医生看病人，还是朋友来往，都没有可问的啊。

门卫老头垂下眼，头微微摇了摇，神态和善。

"我们是下棋，围棋。"宋正明耐心地说。

十九

那天，宋正明去镇政府食堂吃饭的时候，发现食堂关了门，没有一点烟火气息。这才想到春节快到了，已是小年夜了。前两天门卫老头说到食堂要关门的，还问食堂不开饭，你在哪儿吃？

走到镇街上，好多的店都关门了。幸好小餐店还开着。进去点菜吃了一顿，觉得比食堂吃得好多了。问起来，明天也关门了。宋正明赶快去副食品店买了一点挂面，还办了一些年货。

晚饭还是到小餐店去，已经打烊了，只开着半扇门。小小个子的女店主平素便是笑吟吟的，见着宋正明，眉眼里都是笑，说："想你晚饭没地方吃。……直溪有风俗，小年夜吃馄饨，开年有衣服穿。……你一个人弄不了。我给家里做了，也给你准备了一份。现下给你吃吧。"

宋正明有点感动。感动的时候，一些记忆浮上来。恍惚是老一辈的姨奶奶，说过小年夜吃馄饨有衣服穿。看来这是通行的风俗。风俗有的是地区性的，往往北方的流行不到南方来。北方有大年夜吃饺子的习俗，在南方并不通行。小年夜吃馄饨想来是南方通行的。是因为馄饨像件衣服吗？女店主挽着一个小匾过来，匾的一边卡在腰处，匾上摆着大小一样的馄饨，一个个像小元宝似的，包得整整齐齐的。小餐店是不是小集体性质，由女店主承包？年头模糊记不具体了。就算是集体性质，以后还是会变更给女店主吧。当时的宋正明根本不管这个，以后想起来，也便记不清了。

女店主在店堂和里面的炉灶间出出进进，炉灶间不大，一些作料与用具放在了外面的玻璃柜里。炉灶间溢着浓浓的肉香，女店主大概也是给家里做菜。大小年夜烧菜最忙，家家的灶间都会传着红烧食品的气息。乡镇只有这一节日大吃大喝，大小年夜做的菜，一直吃到正月十五。

吃了一碗鲜汤馄饨，女店主在馄饨碗里放了肉骨头汤。滑索索的馄饨皮，青白的菜肉馅。吃的时候，水汽浮升，宋正明觉得眼睛都湿了。

吃完了，把汤都喝了，宋正明真的想再要一碗，但他只是坐了一会儿，看女店主还忙着锅里的菜，在堂里灶间走前走后。其实他就是再要，也吃不了一碗了。女店主分明腾出空来为他做了馄饨。宋正明起身付了款，出门去。还是在街上独自散步，此时的镇街已是冷清，人们都回家吃馄饨了吧。宋正明还是和过去一样，从街这边往那一头走。这已是他生活的一种习惯。

还有两天过年了，一天一天，并没有引动什么感觉，而年，有点沉沉的。恍然光阴在年的刻度上有着分量。宋正明正走着，看到前面巷子口走出黄站长，黄站长发现了宋正明，抬起手来招呼。

在直溪镇，除了林向英，宋正明与黄站长交往最多，两人见面总会聊一会儿。黄站长比宋正明略矮一点，脸形瘦削，与人说话，眼亮亮地盯着对方，不知是热情还是习惯。

"从哪儿来？……"宋正明看黄站长出来的巷子，并不是文化站所在的巷子。

"从来处来，到去处去……"黄站长说着笑了，他喜欢对文化人说有文化内涵的话。

说时，黄站长眼光暗了一暗："一个朋友，分明是过着美好的日子，偏偏自陷痛苦。其实哪个人不会有痛苦？只有人放大痛苦……罢了。"

宋正明有时弄不明白，往往黄站长行事时，只显得是一个乡镇的小干部，但他似是无意说出来的话，又有着深意。

黄站长见了宋正明话说不停。

"你还要赶回家吃馄饨吧。"宋正明提醒黄站长。黄站长乡村的家离镇有五里路，要走上个把小时呢。

"对对，回去吃馄饨。你没馄饨吃吧，跟我走……我家是远了些，你今晚就在我家歇了。"

"我在小餐店吃了，女店主为我做的。"

"好好，她是个有情商的女人。"

宋正明不知他如何会说出这个情商的词来。回身陪他走到东街头上，看着他走进暮色的乡村田野中。

二十

宋正明再转身，走向西街头。又在西街头站了一会儿，独自站立，看久了若山影幢幢，感人生沧沧。

数千年就这么站着，数千年便只一瞬间。

从西街头往回走，走得越发慢些，那个宿舍楼房间里有的只是空落孤清。大个子警察老郭不知何时走到了他面前，朝他身后看了看，说："看到人了吗？"

"什么？"

宋正明后来才想到，老郭是在找人，自然找的是不法人。谁还在这年节出来做坏事？偷盗之事在直溪很少听到，外来的人，也该回家过年了。老郭知道宋正明有散步的习惯，直溪人认为散步是踱方步，旧社会读书人的习惯。宋正明这一路过来，不曾见有人从他身边走过，从街西过来两边有几个巷子，巷子里都是黑洞洞的，是不是有人想避开人，钻进巷子里了？老郭到底是想找出什么人？他到底发现了什么？老郭是一个尽职的警察，那次他们一起抬了孕妇后，宋正明便觉得老郭对公安工作很负责的。这一次他感觉老郭有点大惊小怪的。

"小年夜还不回家吃馄饨。"

"小年夜呢……"

老郭没听宋正明说什么，就从他身边走过去了。宋正明原想抬眼看一看那明天不会出现的月亮，现在残剩的是一丝弯钩，这时断了兴致，不再停步，往前走去。

走出一段路，宋正明听到旁边的小巷子里有点动静。不是狗啊猫的细碎声息，应该是人。宋正明本懒得管的，这条巷子通着几家人家的偏门，有镇上干部的，有镇上普通人家的。此刻家里肯定都有人在，不会有什么偷盗之事发生。不过，宋正明刚才遇上了老郭，听过老郭的询问，不免生出了些好奇心。他往巷子的黑影里走过去。巷子不是笔直的，依坡子的高低有着微微弧度。整个直溪镇的建筑，是依着山脚的高低坡度所建，巷子中间有一处弯着了，他走过去才发现弯处旮旯里，弯腰站着一个女人，正想要说话，那边有一个暖暖的手伸过来。

"是你。"

"我……"

她有点呻吟般地说。那意味是不想让他出大声。宋正明也不明白，单单听到她一个音节，就意识到她表达的意思。

后来宋正明也疑惑过，她在巷子里如何发出的声息，如何会只是让他听到，也许是巷子里太冷清太安静了。但刚过去的老郭是警觉很高的，她发出的声息，不会让他听到吗？她是不是就是避着老郭的人。她又为什么要避着他？

她似乎喘着粗气，气息中有点甜甜的。那点气息触动了宋正明男人的感觉，感觉仿佛一下子生成：她是季媚，她是季媚。这两个声音仿佛是两种滋味，令六感窜动。第一个因她是那个漂亮的年轻女人，第二个因她是那个风情万种的女人。一个在眼里，一个在耳中。生出两种效果。

"你怎么了？"

"你带我走……"

她分明的意思，却也似乎有着两重。他把她的话当作需要避开的那一重。他不能回头走，回头会到街上。虽然街上没有人走动，他不能确定老郭会不会转身，也不能确定街面上会不会有门开开来，门里走出人来。他后来想到自己胆子很小，很重自己的脸面。他是不是一直是小心的人？还是因为以前曾经发生过什么，让他怕着什么，提防着什么。

从这条巷子穿出去，房子后面有篱笆围着的几畦地，再后面是田野。她一声不吭，他理解是怕旁边墙隔壁人家听到声音，他也跟着紧张起来。男女单独在一起，有时会莫名其妙生出某种感觉，其实什么都没有开始，心里却已经害怕。害怕也是双重的。也许男人在这个当口，在这样的情景下，对着这样的女人，都会生出不可避免的双重性。

他们都不出声。她的手一直插在他的臂弯里，他把双手插在袖筒里，他以前不喜欢这样插着手，觉得像很土的乡下人。这时候，他不由自主地如此笼着手。再走下去，走到田埂上了，离开房子有段路了。他又问："你怎么了？"

"你带我走……"

她还是这么说。这一次分明是第二重意思了。

"往哪里走？送你回家吗？"

他问过了，便觉得自己的话是多余的，是虚伪的。如果要回家的话，她自然会有示意。她的手一点没有自主性，只是软绵绵的。

她有点喘。她的口气也一点没有自主性，那意思似乎是随你走到天涯海角。

他想了想。其实他并不知在想什么，只是头晕晕的。他有个毛病，他早发现自己有这个毛病：凡遇上了事，想不出什么来，头就会晕晕的，不知怎么是好。其实很明白的事，很明白的情况，他头脑在想，没有落处。

再往前走了一会儿，冷风一吹，宋正明打了一个寒战，她的气息靠近了，她不喘了，只顾手插在他的臂弯里，往前走。她的侧面身子有时会靠到他的臂肘上，那是极柔极软的感觉。女人，他意识中又生出这个词来。

宋正明这才想到，他们这样走，会走到哪儿去呢？分明不是她家的方向，他根本不知道她家在镇街的哪一条巷子里。冷风中，他的意识与裸露的僵僵的面孔不同，有点清醒了。看来她不想回家去。按说她的丈夫在城里，总会回来过年的。是相聚的两口子起了矛盾，形成了大冲突？或者丈夫没有回来，她怕孤独不愿回家。三十岁左右的她大概还没有孩子，想来是没有，因为从来没见过她与孩子走在一起。她这个年龄有孩子也不会太大。此时他管她有没有孩子干什么？男人一旦与一个女人接触了，会莫名地想到她生活中的周围人。她为什么会躲到那个弯处旮旯？最先想到的那一种可能性较大，接下去便是意识流了，老郭抿着嘴盯着人的眼光，笑吟吟的郑书记……好多似乎有关，似乎又无关的流进意识中……眼下与她有关的是自己，要是两人挽手走在夜的田埂上，被人看到，说不定他与她之间的关系第二天就传开了。八卦话题，会谈上好长时间，挂在他整个在直溪的生活中。直溪应该没有流传绯闻的习惯，不过谁知道呢，也许对象是漂亮的女人便不一定了。

她走得慢了，其实她一直走不快。他这才发现她的一条腿是拖着的，她原来走路并不拖腿。是不是她不想走快？宋正明本就走得慢，越发走慢了。

"你的腿……"

"我脚伤了。"

她像要停下来，不再漫无目的地走动。原来宋正明所见的她是神气的，明艳动人的，眼下在星夜的田野中，她的肤色如乳，神情楚楚动人。

他面临着选择。她的脚伤了，是扭了还是骨折了，是被打伤了，还是赌气出门摔倒了。她必须有地方休息，而不能回家去。眼下最方便歇下的是自己的住所。他想问她，也许她早想到这一点，就等着他问的。他如果有意带她去，一旦问出来的话，结果有二重性，要么确定她　开始的目的所在，要么他显露出了能被她误会的目的。只要他一开口就定了。如"薛定谔的猫"。不对，意识流到哪儿了？肯定是后来回忆产生的意识，那时候怎么会有量子学说的意识。但有一点可以说，他意识的深处是他自己也弄不清的。这样一个直溪的夜晚，多少时间他没有与异性亲近了，身边是他一直莫名其妙关注着的女人，自然有着一股引他不管不顾要问出来的冲动。也许此时这一问是最合适的，也是他作为男人少有的一个机会。就算她并没有这样的想法，她也不可能对他有埋怨的反应；就算她对他的动机有所怀疑，便轮到她做决定了；就算她对他不喜欢，也会是一种难有恶果的结束。从短期来看，结果多半会是使他满意的。到此为止，她顺着他不声不响由着他走，他带她到自己的宿舍，进了自己宿舍的院子，这期间可能会有多少人看到？进了房间关上门，又可能会遇上多少说不清的结果？将会展开一种怎么样的新世界新生活，结果从长期来看，有着莫名的恐惧。那种结果可以想象到是困难的，一定会弄得自己无法收场。她的脚伤是一个明证。直溪是开明和自由的，但在直溪之前，如前世一般的生活中，一次次灵与肉的矛盾，曾考验过他。

其实，这理性的思考并非当时生成的，当时他思想杂乱而犹疑，毫无目的慢慢地顺着田埂往前走，田埂的阡陌是弯曲的，唯一确定的是不往镇街靠拢。只要再走下去，下意识终会引他去那个目的地。然而，这时他终于听到了声音，是开门的声音。没想到他们已经走近了田野边的一处矮围墙。那里有一个院子的后门，随着开门，一片光透出来，有一个背着亮的人影，正对着他们。他们已避无所避。宋正明第一个意识反应：季媚的手还插在他的臂弯里，一点没想移开。也许她的脸还带着往日笑微微的样子，什么也不在意似的。

宋正明发现，前面的人戴着直直的帽子，正是林向英。很快宋正明也发现他们是在镇卫生院的后门外。也许林向英在里面值班，也许林向英一直是住在卫生院的院子里。

林向英一只手端着个空盆。

"你们……"

二十一

第二天下午，林向英没到下班时间，就提着一个篮子到宋正明宿舍来。篮子里有肉有菜，还有一只杀好了洗干净的鸡，葱姜都配齐了。

林向英说："都是单身过年，大年夜我们团圆团圆。"

林向英与宋正明什么话都说。男人间的话，带荤的，还是林向英说得多。林向英是医生嘛，涉及生理上的话，他说出口很自然。有时宋正明感觉，他是把这类话当正经话说。本来林向英说话就是直来直去的。宋正明绕着说时，他倒有点弄不明白了。

林向英下厨，宋正明打下手。其实宋正明很能做饭菜的，林向英摆出一副厨师模样，也就由着他。宋正明给他择菜洗菜，给他剥蒜切肉。与两人的对话一般，两人在厨房活上，配合得默契。宋正明觉得与林向英在一起，交流自然，像是多年的好兄弟。

宋正明不像以往那样寻了话题来说，要说谈资，无论是历史还是哲学，无论是人文还是地理，他懂得不少，偏偏说到哪里，林向英也能跟得上。有时他不接话，不作声，但突然应了一句，却是都在内行，得其三昧的。所以他们的默契是深度的，仿佛一起生活了长长的日子。

宋正明不说什么，林向英也就只顾做着菜。那次宋正明生病的时候，林向英来给他熬过粥，知道宋正明这儿厨房的炊具齐全，大概是以前给挂职干部配过，那只需打气的煤油炉，打入一点气，再点起火来，火苗绿绿的，火不大，总也能起油锅烧熟菜。碗筷不少，盘子碟子也有，烧一个菜搁小桌上，用盘子盖着碗，怕它凉了。眼看着，一个个菜碗就把小桌摆满了。

真丰盛，且色香味俱全。不记得什么时候吃过这么多菜了。宋正明意识中大桌中间搁一个转盘，转盘上摆满了菜，似乎是梦境。

榻桌还放在床原来的地方，床上的被子和垫被折叠到了里床，宋正明坐的地方搁了一张小方凳，方凳上放了一瓶酒，还有空碗碟。桌上的棋具早拿开了，小桌上菜确实不少，除了林向英拿来的鸡、菜与肉，宋正明也买了一些罐头食品，还有酒。宋正明本来准备独酌独品的，没准备烧多少热菜，现在一下子仿佛溢了出来。

宋正明坐到里床正中的墙边，他的左斜边坐着林向英，一条腿环在床上，一只脚半悬落在床边。这样方便宋正明用右手去抓酒瓶倒酒，林向英下床去倒炉上煨的骨头汤。

两个小酒杯倒上了红红的封缸酒，两人举了举杯，原以为会说许多开席前的话，却只是酒杯互相举了举，对着笑一笑。

都是一饮而尽。

喝了一杯酒，吃了几口菜，都想着要说一点话。

"过年了。"

"过年……"

"还是第一次在乡下过。"

"还是第一次在直溪过。"

"你也是第一次啊？"

"是的，是第一次……"

酒喝了三杯，宋正明想还是说了吧："昨晚，我是那个，散步遇上她的……"

说了这一句，他觉得可以说开了，对林向英没有什么不可以说的。他细细地说到他是听到声音到巷子里去，说到他发现她弯腰在弯处旮旯里，说到她伸手插在他臂弯，让他带她走，他后来发现她拖着腿走，她告诉他是脚伤了，他想到她可能是家里发生了情况，一时也不知带她去哪里，就这么走着，走到了卫生院的后门，正见他林向英开开门走出来。

宋正明自觉说的都是实在话，并无虚言。只是说出来后，又感到自己说得遮遮掩掩，隐去了不少，隐去的是什么，是念头，是想法，他的念头与思想，不说出来没错吧，但对着低着眼的林向英，宋正英还是觉得有点心虚。

林向英等了一会，确定他说完了，于是说："我知道。她都对我说了……"

宋正明突然想到，肯定她在林向英那里，会比与自己在一起的时间长得多，后来她是怎么对林向英说的，有没有对林向英说到昨晚究竟发生了什么，她又会对林向英如何表示女人的轻柔，也会对林向英说"你带我走"么？林向英是怎么对她的？当然林向英会给她做脚伤的治疗，林向英曾给她看过病，手伸进她衣服里，她也顺从地由着他的。有一个长长的夜晚，除了治脚伤，林向英到底问了她什么，她又应了什么，最后，他和她到底做了什么？

宋正明同时想到，根本不该是自己心虚，理应是林向英要说什么。他提着菜肉来，和自己一起过大年夜，也许不是要听他说什么，而是关照他不要说什么。

他想开口问她后来的情况，看到林向英对着自己的眼光，他还是第一次发现林向英的眼光也显如水波，是明澈的。她脚伤了，到了卫生院，接下去就是医生与患者的事，有什么好问的呢？

正这时，猛然一下子楼房震晃起来，林向英身子一缩，就把头伸进了小桌底下。宋正明还是正襟坐着，心里有点害怕但还没反应过来。接下去外面噼噼啪啪地响着，原来是鞭炮闹年了，刚才的震晃是近处炸了第一声爆竹，蓦地响动，人的感觉中响与动搅在了一起。

宋正明低眼正见林向英半朝他撅起的屁股，忍不住伸手向圆鼓鼓处拍了一下。

"真可谓顾头不顾腚。"

"以为是地震了呢，是防护常识，好吧……"林向英说着抬起身子来。

"哪见过怕地震怕成这样。"

"你怎么可以……？"

"我当然可以做到泰山崩于前而脸不变色……咦，你的脸怎么这么红？"

宋正明这才发现，他刚才无意拍的一下，让他反应这么大。林向英整个脸都是红通通的。

"谁说你是……你莫名其妙的……"

宋正明还是第一次发现他说话吞吐，红红的脸不知是不胜酒劲还是恼怒。如是醉意，他的酒量也太小了；如是恼怒就是怪他戏弄人了。确实，他以为他们之间已是亲近的朋友，可林向英刚才正在窘态间，他的动作多少有点过分了。

接下去，四周爆竹鞭炮响成一片，年的气氛一下子升腾了。林向英说了一句什么，宋正明没有听清。他往前凑一凑，放大声说："怎么会响那么多炮仗？乡村也是一年比一年富裕了。"

宋正明觉得他已经不在意刚才的事了，看他的脸不再那么通红，但多少带着酒意含醉的红，什么都不用答，先前的话也不用问，应该喝酒吃菜沉入年节中了。在直溪的乡镇，与朋友一起过一个很有意思的年。

在乡下过年应该就是这样吧，宋正明以前在城里过年，城里的大年夜爆竹放得多，但林立的楼房多少隔着音，不像这空旷的乡镇，闹年节的响声激荡，仿佛满世界回旋聚集。

林向英说："你没听到我说话？是不是心思还是在昨晚？"

林向英难得会说这样的话，又似乎是在报复。宋正明露着莫名的笑。他笑的时候，发现林向英有点恼怒似的盯着他。

林向英说："人生有时候就是莫名其妙。"不知他说的是他还是自己。

二十二

　　直溪的春天色彩明显，因为靠着山，可以看到山峰、山腰与山脚的各种植物开着花的景色。春光暖意，一片五彩的印象。山边开着红通通的山茶花，把溪河的水映得如火燃起来一般，山腰的树丛绿草绵延向上，倒影又在溪河中镶了一条绿光带，端的是色彩斑斓。宋正明觉得在溪河边摆一盘棋对弈，颇有情趣。这就想到了林向英，如今，他们一开始的那种弈战不在，而是以棋为消遣，已经不记得他们到底谁胜了谁，倒是开局下了几步，就能看出对方的精神状态。许多的语言在棋上，真正的手谈。

　　过年前就立了春，爆竹到正月十五再响一响，满是春天的光景了。宋正明开始普查工作，先往山里走。这一走有十多天，山里的色彩变化得快，日照多，山阴面还是嫩绿，山阳面已是红红绿绿的艳色，宋正明感觉到自己离开多房舍的镇街，走进自然中，心境映得丰富多彩。

　　原想着山里之村，普查的事难度大，人口散落，走下来，却发现其实好办，一户就是一户，没有太大的变化，也少有流动。山里人家简朴，见是镇上来人，还是省城里的人，由村长陪着的，不问任何问题，听查人口，把孩子一个个叫来，让宋正明看清人头。

　　这一天，黄昏时分，在镇上怕是暗影朦胧了。山西方峰口，眼见着日头落下去，西天还余亮色一抹，霞彩一层，云雾一片。

往下走谷口，发现离前面的村子隔着一道弯，宋正明感觉这一弯山路起码还有十来里路，走下去怕是近夜才到，最后的一段路恐怕要摸黑前行了。而手电已电量不足，夜中只显昏暗的黄光。关键是山村里小卖部很少见，就是见着，小小的门店的壁柜里，也只搁着油盐糖醋之类，土烟土酒倒是不会少的，但不一定有电池。是他估摸不足，下午行走时问路，最先一个山里老人应他说：不远，八棍。棍指的是老太用的捣衣棍，八棍当然指的是前路不远，就八棍长短。后来，一个扛竹的山里人告诉他，离谷口村大概十来里路，他想十来里路只需一个多小时吧，便慢悠悠地一边走，一边看山景，从峰腰走上峰头大概走了十公里多，现在往下也有十来公里吧，乡村人特别是山里人估摸的里数十分不准，是他们太乐观了。山里人大概平时少有里数的远近差异感，反正他们抬抬腿就到了。时间的长短，对他们来说是自由的。他沾了这种乐观感觉，吃过苦头的，也没记性。其实行路这事儿，不着急的话，早晚总会到的，只是他心有城市人的时间焦虑感。时间嘛，忧老怕死的人才显得沉重。其实时间说有是有，说没有也没有。因人生需要而产生，是人类的约定俗成，判定与预定，根本没有一个固定的说法，固定也只是一种人定。古代用沙漏计时辰，谁定的？人定的。现代的秒，分，时，亦是人定。对时间的流动便形成了旅行人的焦虑，山里人并不焦虑，他们每天生活的变化不大，过去现在，都这么悠悠地过。十来里，二十来里，隔着一个峰，依然在一个大村里，串门照旧是悠悠地走。宋正明要是上午出发，心里就不会有什么时间概念，现在他生出了一点焦虑。就算有焦虑，但照样悠悠地走，脚步加快会累。这是他接受了在山里行路的知识。

转过一个坡，前面看到了一个人，从身姿看得出，是女人。引宋正明注意的是那女人像中东人，裹着头巾，遮住了脸，只露着了两只眼睛与双眉处一点皮肤，背着亮，看不清楚。她迎面而来，远远的，看一眼，她晃动一下，像鬼魅一般不见了。宋正明倒显是不怕鬼，也许心里有着阴影，但他对理性难以解答的现象，有着刨根寻底的好奇心，胜过了惧怕之意。他赶着几步，在他的感觉中，她的行走仿佛是飘着的，一下子就飘过去了。宋正明赶了几步，如果就此不见，虽不会失望，但会有点遗憾。总算看到了那个女人的身影，是在坡边的一处窄道上，她穿着一身黑布衣服，那衣服裁剪简单，接口的针脚歪歪扭扭，露着毛边，她默默地看着沿坡的一块梯形的田，也许这是她家的田，田里有着苗，还看不出种的是什么。

"大姐，问你个路。"他是有意搭话。

那女人停了一停，但不转身，听着他说。

"我到谷口村去……"

那女人还是没有转脸，看来她是不想与他这个过路人对话，她只是抬起手来，慢慢地朝下点一下。又摇了摇头，像是不对，又像是她不想说话。

"我是搞人口普查的，你是村上人吗？"

女人仿佛已经回答过他，不再继续搭理。她身子一动，飘然上坡，很快看不到她了。宋正明走过去，发现坡上有一片林子，奇怪的是，这一片树并排站立，一律朝着一个方向，整整齐齐。宋正明能想是风常年运动的关系。只是如此立着高矮粗细相近的一排树，宛如鬼斧神工所作，让人顿时生出一种对自然界的敬意。

天就在这一瞬间暗了下来。

宋正明到谷口村的时候，天已经完全黑了。谷口村是个小村，村里没住多少人家，眼下只有两三家的窗户还亮着灯。村落里人家也隔得远，他好不容易叫开了一家的门，问到了村民小组组长郭强四的住所。郭强四已经上了床，起身来披了衣服，看到宋正明，就叫开门的媳妇去烧水铺蛋，过年还剩的炒米，抓一把放在蛋汤里，端了过来。

宋正明正在自我介绍。郭强四笑说："我认识你，上次三干会上你坐主席台，郑书记介绍过你的。"

镇上的三级干部会，是镇一级、村一级，还有村小组一级，相当于公社时期的公社、大队与生产队三级。村民小组长相当于过去的生产队长。

那次会上，郑书记曾介绍过人口普查的重要性。宋正明一边端过炒米鸡蛋汤吃着，一边还是再宣传了一下。他去过了几个村，知道当时参会的干部也未必清楚重要性。

宋正明正饿了，且鸡蛋炒米汤里放了一点粗红糖，特别好吃。也许是饿了更觉得好吃，宋正明下到村上，发现自己的胃口特别好，好多次他不好意思顺着胃口吃。很想吃，但想维持自己的脸面，控制不要太贪吃，以免让乡下人笑话。其实村里人请吃饭是希望客人吃多吃好的。直溪人不虚饰的。宋正明每次临走时会搁下一点钱来，他的工资用不完，在镇上用不了多少。村里人也不推辞，只说，让你花那么多钱。不再说谢谢之类的客气话。

下次宋正明再去，他们加足了招待。

吃过了，宋正明拿出自订的本子，来对一对村上的人口。郭强四由着他，只是精神已经不济，宋正明说了几句，发现他眼睛眯起来。

宋正明停了口，郭强四注意到他，揉眼一笑，张罗媳妇去孩子房间睡觉，再让宋正明上床。宋正明也已习惯这种安排，他本来一个人睡觉都认床，搬一个地方，往往会长时间地闭眼不得入睡。下了乡村，到底是走累了，疲倦了，与人同榻也能很快入睡。

上床与郭强四通腿睡下，宋正明突然想到了那个在坡上裹头巾的女人，随便问了一句，问她是谁，也是村上的吗？

郭强四倒来了兴趣，一下子坐了起来。宋正明脚就露出被子了，略略缩缩脚。郭强四并不在意，说着："你见到她了，和你说话了没有？"

宋正明此时想睡了，经不住郭强四的问题，便说了看到她的情景。他想到她大概会有些不同一般的事情，也许和人口普查的事有所关系，问："她生活在村上？户口是村上的吗？这次普查得到她吗？"

郭强四说她应该算是生活在村民小组里，但她不是他们村民小组的人，也许都不算是村上的人。

这一下宋正明也有兴趣了，坐起来，把露着的脚缩回来。

郭强四告诉宋正明，她应该算是病人，早先像是麻风病的皮肤传染病，在谷口村建立了一个安置站。最早安置站不在山里，听说原来在山下有个专门的皮肤传染病院，所谓病院也就是一个集中安置场所，后来从山脚下搬过来，落实在谷里，算起来好多年前的事了。多少年中，社会上发生了多少事，安置站措施也松了，隔离的人有走的，有死的，来防治的断了档，到现在剩下的就这女人一个了。没人知道她的姓名，没人知道她的病情，她不与任何人交往，自觉地做着隔离，努力遮掩着自己。

郭强四说，她肯定不算是村民小组的人。那么，普查需要统计到她吗？宋正明心想，她是一个活生生的人，普查的数字中肯定要纳入她，要不普查的统计就不实了。

"不与人交往，她怎么生活的呢？"

"原先真不知她是怎么生活的。反正现在她只一个人，肯定不会有人照顾。她一直是自生自灭。一个人不知弄什么吃的，山里总有果子可摘，她生活的地方房子倒还宽敞，原来住过好几个嘛。她自己也烧菜吃，偶尔也看到她生火起灶，房子的烟囱冒着烟。她到底烧什么吃什么，没人知道。从来没有村民去她那里看过，听说得的是传染病，谁也不敢去。她也一直离人远远的。"

"但是……"郭强四突然兴致又高起来，显出笑纹，他大概三十来岁吧，说话还有点山里人单纯的孩子气，忽高忽低，但脸上显老相。这时更显出来。

"但是……不知什么时候开始，山里传开来，她能算命。好像这是迷信了，有镇上干部来警告她的。可是，干部去见她以后，警示的后劲没了，拍拍屁股走了。听说干部也让她算了一下，算来是准的。她的事慢慢传开了，传得多了，知道她并不是算命，去访她的人，问她一件事，或者是自己的事，或者是家中人的事，或者是牛羊家畜的事，有大人临事的，有孩子犯病的，有家畜走失的，都是贴近人生活的事，她回答得简单，但结果准确。都传她说得准，我家里前几年也有事去问过她，问的是妹妹的婚事。她回答说会嫁到外镇人家去，那人家门口有个水塘，是吃公家饭的。后来有一次妹妹到镇上赶集交公粮，遇上镇粮管所工作的外镇男人，小伙看上了她，与她搭话，一搭就搭上了。后来妹妹出嫁过去，发现妹夫的家门口真有一个水塘。"

宋正明一般对这样的传说都是将信将疑，对他不了解的事物，他不盲目相信，也不盲目否定。只是听郭强四说得神奇，也不免生出点兴趣，觉得世界也许会开出一个新的窗口，那窗口外，人生许多确定的东西，变化了形象。

郭强四告诉宋正明，你想去问她什么事，明天我带你去。她总是在黄昏时才会出现，也不知她平时去了哪儿。她种了一点菜，捡柴烧锅，因为有这个本事，找她的人都是远处来的，存着认真的心，不会拂她的意，来时会带一点实物给她。她不需要的东西，她明说让人带走，特别是钱。后来听过介绍的来人，带的都是实用的，如盐糖布碗盆，也有带小鸡来的。都知道她不收钱，因为她有钱也不会到店里去用。她与来人隔着一段距离对话，人走了，东西就留下了。来的人并不太多，倒是有人从远途来，问的自然是人生大事。

时间长了，谷口村新嫁来的小媳妇，生出交往的心，没事找事去问她。她或者不见，或者见了会应一些她们听不懂的话。本来她与人说话少，话说得含糊，一旦有想与她拉关系的，她的话就听不懂了。于是再也无人去接近她。

二十三

第二天白天，宋正明由郭强四领着一户户普查。绕着谷口村的农户一家家走过来，户数不多，但户与户隔的距离不短，坡上坡下，地无三尺平，一户一户走过来，绕了一圈，行了一上午光景，郭强四没觉得怎么，宋正明却内里衣裤有点汗湿。他们在村边一个旧祠堂外休息了一会，宋正明问："是不是都走到了？"郭强四一时没有说话，宋正明顺着他的眼光，看到旧屋檐角挂着的一个生了锈的钟。

郭强四顿了顿说："还有两户……"

宋正明本来坐在一块高低不整的石头上，身子有点懒，但还是努力站起来，做着动身的准备。郭强四却一时没动。

宋正明问下去，郭强四才告诉他，那两户人家在祠堂后的小孤峰上，就单独的两户人家，是不是需要跑这么一趟？日后得便，见着那峰上人家下来时，顺带登记签一下名吧。

宋正明立刻摇头。想日后会是什么时候，经人转手，是否随便填一个人数，签一个字，会不会两户都签了？再说，不经他亲自到场核准，他的工作不能算做实做好。

既然如此，郭强四也就迈腿，两人向后走时，宋正明问了一下："大概多远？"

"三四里吧……"

宋正明这才意识到郭强四刚才迟疑的原因，山里人说的里

104

数，他已是领教了的。郭强四自是迈迈腿的事，这位村民小组长的迟疑是为宋正明所考虑。

启动无可回头。郭强四领着宋正明爬峰，没有明晰的路，原来有路，走的人少了，就隐隐入于草中了。郭强四脚下便是宋正明走的路，从石上，从树边，宋正明只顾看着脚下，走得高高低低，踩得歪歪扭扭。开始一段路旁还有不平整的梯田形态，后来便只有山上自然存在的石头与树草了。

好在有郭强四一边走一边说着话，郭强四说到这两户人家一直守着祖上的老屋旧地，几辈子都没往峰下移，当初人民公社光景，搞集体劳作工分制，时任生产队长辛苦，每日提前到祠堂边来敲钟召集这两户人家上工。恢复了村镇后，包田到户，田地就近分配，以后各种各家的田，峰上人非必要不下来，很少看到这两户人家的身影了。

"峰上有好田块？或者有好风景？"

"好吗？上去看了就知道。"

有几处小道行得艰难，手抓住的树杈有点松动，这枯死的干树说不定哪一刻便拉脱了，还有崖边突出的石块已裂，说不定哪一刻便掉落下来。郭强四说到，当年集体制时，就准备进行改造的。

听说这两年镇上在排查，山中有哪些险处，总会有修建的时候。

爬山的路仿佛没有穷尽，好在越往上走，感觉山风越凉，要不宋正明怕是被身上的汗弄虚脱了。

终于，路边看到非纯野生的物种了，很小的一块一块地方，栽种着合乎人生活需要的果蔬，同时听到了狗的吠叫，鸡的鸣声。

峰上居然有流动的溪水，围着数间石屋的树上，开着明黄的花，感觉峰上明亮起来。有人迎在前方，显然这里很少有来客了，为首的是一位老者，长须下粗布的衣裤，比常见的乡里人，要光鲜些。

峰上人以山果与野味来招待来客，老者带着郭强四与宋正明把一间间屋子都走过，把两户的人，一一叫来介绍给来客。

中年以下一辈的人都穿得单薄，也许他们习惯了峰上的寒冷。一个十岁左右的孩子手里拿着一把小镬头，镬头前端还沾着泥，泥上还带着几根草叶尖，想是刚被叫回来。孩子眼睛亮亮地看着人。宋正明突然想到哪一年，他乘轮船在江上，看到江岸一边的绵延的大山，山上绿植葱茏连绵，不见活物，却发现近江的山路上正有 个背着背篓的孩子，似乎跟着轮船在跑，眼神明亮。见船上的人看着他，便扬起握着镰刀的手。当时宋正明曾起一个念头：这大山里的人家生活肯定贫困不便，这大山里的人肯定感觉孤独，他们为什么不搬出大山，到城市里去生活，就算城市里无处安身，而又有户籍限制，但多少年代中，应该有流动迁徙的机会，荒凉或贫瘠的土地上的人，寒冷或酷热的土地上的人，为什么不向气候温润的富裕地方迁徙？眼下想来，故土，祖先，传统，习惯，老屋，旧物，等等，等等，延续本有力量，改变形如挣扎。

登记签字完，老者带郭强四与宋正明在峰上转了转，去看了户前端的一个不大的石牌坊，石牌坊很陈旧了，牌坊里口处还矗着一条刻着纹的长条石，那是象征权杖之石。不知哪个朝代时，这里人家中出过一个七品官，听说牌坊是御赐的。

宋正明独自走到峰口，向远望去，一座座远近矗立的山峰，或隐或现在朦胧的山雾间，望久了，虚虚实实的，再念到那石牌坊与石权杖牵连着的岁月时光，两户十二个人连同一个襁褓里的婴儿，如山峰浮在空中。他访过的一户户一个个登记的直溪人，都浮现着，起起伏伏的。接着，那在一个县的人，一个市的人，一个省的人，一个国家的人，一个世界的人，仿佛都升浮来这眼前的空间，亿万人亿万峰容纳于此间，应是模糊。一一看去，一人一峰，却显清晰。一时有如梦如幻之感。

黄昏时分，郭强四带宋正明去见裹头巾的女人。郭强四有点兴奋，显得比宋正明着急，走近女人的住所，他又说，可能来早了，也不知她在不在。然而，黑衣女人正在门口站着，像是知道他们要来，这也不奇怪，她昨天是见到过宋正明的。依然是隔着一段距离。

毕竟是村民组长，郭强四算是这片地方的领导，她认识他，知道他。她能感觉到这次见面是避不开的。也许她还知道宋正明是从镇上来的，并想到他是外来的干部，因为他的形象与气质都不像是直溪的人。

她说："上面来的……帮助工作的。"

郭强四说："对啊，普查人口，知道吧？你一定知道的，他是有身份的。"

她点点头。

郭强四介绍了宋正明的工作，并提到了是郑书记安排的。宋正明清楚郑书记在直溪这个地方具有的权威。女人似乎也听过郑书记的名头，说了一句："郑书记……做过好事不少。"她的言辞含糊，似乎指的是前生。这一生她并没有与人有社会性的直接交谈。

宋正明掏出本子来做记录。她面对着他，他问几句她才记得回答一句。看来她确实很少与人接触，似乎连自己的名字都忘记了。也许很多年没有接触过她的姓名，她低头想了好一大会，才含糊地应了。宋正明让她说了几遍，才听清她好像是叫姚萍丽。问她什么萍什么丽，她没回答。想她大概不识字，那个年代过来的女人，得病前也许是个文盲，后面她的每个回答都这样。

此时宋正明看清了她，发现她衣服是烂的，磨损处有点发灰，没见破洞，还算干净。她住房的门洞是暗蒙蒙的，里面不会有灯，没人给她装过电灯，因为进不去，也没有人敢进去。宋正明问到她的户口，她只是摇头，也许她根本没有过户口一类的意识。宋正明又问了一些其他事，慢慢把情况拼凑起来：她发病前生活在一个叫姚村的地方，后来住进了传染病院，病院在河边，有水。她记忆中的地方，要么是有水，要么是有山，山水是她辨识地方的习惯。她的用语不多。后来病院搬到山里来，再后来就剩她一个人了。

"罪还没有受完。"她嘟囔着。

宋正明听郭强四说过，这里的安置站原来有好几个病人的，后来有去世的，有出走的，有一个在山脚底下发现尸体的，不知是失足掉下去的，还是自杀的。想来姚萍丽的人生肯定悲苦，但她的声音平静，一点没起波澜。说了好一会儿话，仿佛她自小就没有过一个家，得了病后，隔绝了社会。宋正明不好再问下去，感觉她的人生黑糊糊地就像她身后的门洞。

里面深深长长的隧道，昏暗朦胧跳闪着一点荧光般的火，燃着的柴上破灶破锅，一团黑黢黢的食物，火摇晃明灭，四周继续延伸着的暗色……

要是她真有预测能力的话，那就是她生活中的一点光，也是给她的一点人生补偿。听说外国有一个能感知未来的女人，本是平常，有一次被狂风吹上了天，落下来后成了盲人，慢慢发现有了预知能力。以后凭这能力，给人算命，还给世界的领导人测算。大多是准的。那是眼不明，某处心明。而姚萍丽外表裹着一身黑衣，再不见人，这么多年熬过来。听说是传染病，一般人猜想她的外貌变了，有所畸形，无法再见人了。但她也有着测识命运的能力，是悟到的，还是感知的？天下有没有人生苦难而形成的特殊感知沟通？正常人自然难以达到。

姚萍丽坐在门口，在一张旧毛毯上，双腿盘坐。离她有一段距离的地方，有一块长条石，正好给来的人坐，宋正明与郭强四两人坐着都不嫌挤。那块长条石，石纹奇特，看不出是哪种石材，反正与盾山石不同，很令人奇怪的是这么一块长条石，如何出现在这里。凭一人之力是无法搬来的，就算当时有几个人，但几个病人又如何搬来？到底是什么人，把这块山里难见的奇石，搬到了这里，搬它来又是为什么？往往有巧事发生的地方，也有不可理解的奇情发生。也许坐到此石上的人，便会对眼前盘腿而坐面裹黑巾的女人，产生一种敬畏来，产生一种无由信任的心理来。

苦难造就一个作家，宋正明是写作者，起码懂得这个道理。他现在还算不了一个作家，也许他的苦难总是虚浮的，缺了一点根本的基础。

这以后，他遇上痛苦的时候，便会意识到那点痛苦其实算不上真正的痛苦，对姚萍丽来说，他只是一个普普通通的人，只是感受一点普普通通的痛苦。不管是在城市还是乡村，遇上的生活中的不便、感情上的挫折，能与姚萍丽相比吗？

昨天看到她的第一眼，后来听郭强四说到她的人生，以及她神神道道的奇事，想她黑巾掩面，会做出巫婆一般的举动，飘拂而来，奇异而去。但眼前的姚萍丽却是一个稳重的，反应思维笨拙的，只是与人少有沟通，与世隔绝久了的一个病人。是一个无法面对人与社会的女人。

这一刻宋正明难得地忘记了普查人口的工作，仿佛此行就是来接受这个女人的一点启示。郭强四也意识到这一点，他们对看了一眼，郭强四对姚萍丽说："你看看他，你能看到他什么？他个人的事，你能看到什么？"郭强四显出是带人测算命运的引路者，他还把双手握拳放胸前拱了拱。

宋正明此时确实生起了一点心，他很想听听她会说什么，还怀着某种对命运敬畏的惴惴不安的意识。等着她能让他看清楚自己的这段人生，他又想到应该带一点她需要的东西来，以表诚意的。不过郭强四说过，她并不在意来人的东西，对任何人都是同样的神态。

听郭强四此说，姚萍丽便脸对着宋正明了，像是刚才她对着他，但并没有对着他的感觉，他也没有对着她的意识。此时他感觉到她在黑布上的两眼，刹那间闪出一道光来，肯定是他意念中的恍惚所产生的，那一道光闪过，他定睛望，她那里还是混沌一片。

她嘴里念念叨叨的，有点含糊不清。反复着。只是反复着。郭强四问了两声，她还是那么念叨着。郭强四拉着宋正明起身，回头就走。走了一段路，郭强四自责说："我忘了带点东西来，她这是以为你来工作是干部，怕你说她搞迷信呢。不像是一个诚心求教的。"

宋正明说："她已经说了，已经说了。"

在郭强四听来，宋正明也变得有点唠叨了。

其实宋正明听到她嘴里念的是："如梦如幻，如喜如悲，不增不减，不实不虚……"

听起来好像是她在念经。不知以往什么时候，什么人给予她的指导，让她负人生重累所求解脱的一种方法。一旦她不想具体回应时，便念其词。这也能理解，这种传统文化几千年传下来，自有一层合着人生模糊的多重的意义。各人听来所谓懂与不懂都可作似有非有的解释。宋正明后来细想一想，又似乎她正对应着他人生处境所说的。

说她是，她便是；说她不是，她便不是。

如是如是。

二十四

宋正明回到了直溪镇上，他进了宿舍房间只坐了一刻，就想到了林向英，也许是看到了小桌上的棋盘与棋篓吧。映着窗亮，篓盒上面竟有了一点点细灰。想到出去有半个月了吧，窗外桃树的花开了，树枝正对着窗户，带着花的枝头像要伸到窗中来。他本想坐下来休息的，想到林向英，像是有什么牵肠挂肚的。他把带下乡去的旅行包搁在床边，没有往外拿东西，只是看了两眼，就起身下楼，往卫生院去。

诊室里坐着的医生不是林向英，宋正明想到林向英是住在后面院子的，他还从来没到他的住所去坐坐，乘着兴致，往后面走。此时宋正明也奇怪他怎么从来没到过林向英住所，都不知他住在哪一间，房间里面布置如何。不由想着，到底为什么没想着来过，朋友相处，应该是来而不往非礼也。林向英会不会不高兴呢？想他们是棋友，而棋具都在自己那里。但现在他们并非只是单纯的棋友，他们在一起并非都在下棋，更多的时间是聊天，特别是大年夜聚餐过。那么许是林向英这里是医院重地，有所规章，有所忌讳。卫生院会不会不希望成为接待客人的地方，所以林向英从来没邀他来过。作为医生，林向英有一些运作很讲卫生的，比如吃饭时用的筷，他会丢水锅里烫上一烫。其时他注意到宋正明盯着的眼光，低头说：“做医生的毛病。还是很多的。”

那么，林向英大概不希望他造访吧，这一次他过来，会不会让他不高兴？宋正明这么想着，朝一个个房间的窗户里看。一个在房间里的护士开口说话："你找好看的嘛。"埋怨声带着糯糯的直溪口音。

她正在窗前对镜梳妆呢。

宋正明道了一声抱歉，看来护士认识他，笑说："你找林医生啊。在后面种菜呢。"

春种秋收。入乡随俗，林向英也有种地的爱好。大年夜带来的菜大概就是自种的。镇上人家，都有在屋后种菜的习惯。

宋正明走出卫生院后门，转了一个弯，见有个女人弯腰在田地刨着土。宋正明没见周围有其他人，只见女人穿着深红色的春装，手脚娴熟地做着活。想是镇上新来的女人，镇上的干部、老师和职工是城镇户口。城镇户口与农村户口区别很大，城镇人端的是国家饭碗。如是农村户口的人，就算借调在镇委会的院子里，毕竟还是乡下人，自觉低人一等的。

宋正明在镇上从没见过如此身材与穿着的女人。几家店铺里的女售货员，几乎每日在街面上走，总能看到的。

"你回来了？"

应该是林向英问的话，声音带点回声嗡嗡的，而他正是刚回来的，合着这一句问话。宋正明早注意到周围没有别人，而近处的女人一时并没有抬头，然这句话只可能是她说的。

宋正明正想着如何回话呢。女人转身来看他，宋正明发现她便是林向英。

刚才听她的声音，他还没有这种发现。宋正明看着的是女人，感觉她的声音里带点糯糯的柔音，这一对面，不由生出疑感，原来林向英是这么说话的么？她如此声音，自己怎么会不感觉到她是女人的？

关键是她的一身衣服，过去她穿什么的？他都不怎么记得了，因为是秋冬季，她穿的衣服宽大臃肿，色彩灰黑合着直溪人的感觉，与镇上男人无有不同。特别是她总戴着帽子，最早于派出所出现在宋正明面前时，戴着的形如医帽的平顶圆帽，裹着她的头发。现在春天到了，那帽子已不在头上，一头散短发，显得精神。宋正明只顾怔怔地看着她，突然想到，她大概是故意装男人的，这种装男人的女人心理是正常的吗？如果不正常的话，也是医生的病。

眼前的她真是林向英吗？这大概不容怀疑。她是不是意识到宋正明一直没把她当女人，那么现在她就显形了。原来她总穿着宽大的衣服，看不到她真正的体形，仿佛是有意为之，眼前她的身材是苗条的。

为什么显形了？

"你……真是女人？"

宋正明还是把这句话说出来了，后面的声音低下去，也不知她听得到否。以前的林向英和他是有默契的，现在成了女人的林向英，是不是还有能领会他话意的默契呢？

真是女人？那么还存在假是女人？

她似乎根本没在意他的话意。也许她不想深究他的这句话。这句话本来就有我原来疑惑你是女人的意思。宋正明发现说什么话都是可以变化语意的。本来他一刻儿没感觉她是女人。但他又如何与她相处了几个月的时间。她有没有恼怒地想到，你怎么就看不出我是女人？还真不真假不假的。

林向英站直了，作为女人虽然苗条，并不显多高。作为男人，她应该算是矮个儿了，但在他的感觉中，以往的林向英并不是一个矮男人啊。

"你是不是念着了镇上的某人？"

她口中镇上的某人，味道指向女人，属于男人之间的玩笑。而这个女人当然不是她自己，那么指的只有季媚了。过去的林医生开过这样的玩笑，男人开男人的玩笑。她从不拿女人开玩笑，那会显俗。现在她显形女人，说这样的话，多少有点不自然的味道。她一时低眉显出一点恼怒的样子，有另一重的味道。

他真是一直把她当男人吗？这一刻感觉飘去后的下意识里，又让宋正明有所疑惑。以往宋正明与她探讨人生与社会，那种默契又岂是单纯男性朋友的感觉。但原来这种感觉是虚的，空的，假的。面前的人儿是个鲜活的女人，男女的相处感觉才是真实的。

一旦林向英显形女人，宋正明觉得林向英就是个女人，应该早就看出来她是女人，她的动作神态都是女人形象，还有以前的种种细节，特别是她对着围棋盘拈子落盘前，那手环着兰花指的模样，分明不同于男人。那么他以前怎么没把她当女人呢？他怎么就把她看成男人了？也许最初宋正明接触林向英时，他的心里因封禁的过往，而隔绝了男女的感觉。错觉开始于派出所，一直延续下来。宋正明意识到自己在直溪的感觉，总有点恍兮惚兮的，许多对时间与对记忆的感觉都沉在内心里。

如梦如幻，如悲如喜。

　　林向英到宋正明这里来得少了，来了话也少了。其实以往她话也不多，说出来的话直直的。如今她说话多少婉转了，大概嫌麻烦，就不说了。林向英来便说下棋，他们是棋友。她是认真地跟宋正明下棋。宋正明想引话说，但对着是个女的她，有些话不好说了，说来的话，少了男人间的敞亮。剩下的似乎总绕着男女的话题转，并非他有意，只是他不知说什么好了，他的心思也确实绕着这个在转。宋正明有时反省，觉得自己确实有点流氓，男人式的流氓，男人都有这种倾向，想不承认也难。也许在男人根本之中，总有着流氓心思。往正常里说，便是异性相吸吧。

　　先前，他们下棋的胜负参半，宋正明曾经说过，林向英下慢棋会输，下快棋反而会赢。现在不管是下快棋还是下慢棋，他总是在赢，有时他想故意输给她，依然输不了。他一落子便以战胜者心态，反正把女人当作一种类型来看，居高临下地看到女人往往总在细小处着力，宋正明尽量显出男人的大局观来，不在一子一地上用劲。这样，棋局上，宋正明通盘挥洒自如，不纠缠小战斗，全局目光，往往脱先跳开。这样，林向英就算是好多地方搏杀是赚了目数，但最后还是因大局亏而输了。这么一来，宋正明下棋水平显得比林向英要高出一两子来。

　　本来他们是棋逢对手的，一旦男人显形为女人，她便弱了棋艺，倒像是自然弱势了。怎么走，宋正明似乎让了好几处，结果还是林向英输了。下棋有时需要气势的，一旦气势弱了，怎么走都难以翻身，像是被压着。不管怎么下，对方步步要强，看得更清，走得更严密，占尽便宜。相反，林向英全心在棋上，步步为营，算路谨慎，还是毛病显现，输得多了。像是她显形女人后，他根本不把她当对手了，有欺负女人的感觉，甚至不把她的棋当一回事了。林向英免不了显出不高兴的脸色，推了棋盘不声不响地起身就走。弄得宋正明也觉得自己是过头了，现在他发现不知如何面对林向英了。想林向英大概认定他看轻她了，不把女人的形象放心上，说起话来，总绕着一点男女心思的意味，如此，便生出些嫌隙来。有时，林向英好几天不到宋正明这儿来，来了以后只管坐到棋桌前，像是认真地想在棋局中报仇似的。话说得更少了，议论也更少了，谈不上两句就停下来了。

只是林向英还是会来宋正明这儿，她从不请宋正明去她那里，因为他们是下棋的棋友嘛，林向英那里没有棋。再说，医院重地，女医生住的地方自然不好请宋正明去。旁边还住着护士呢，偶尔病人会出现在院子里。对于林向英的生活，宋正明现在虽然多了一层关心，但他是一点也不清楚，反而有了一点神秘感。

二十五

暮春之季，宋正明要到山脚下的坛水村去。坛水村在直溪镇东面的边缘，离镇中心有点远，坐车要四十分钟。宋正明山上山下这么转了一下，发现直溪镇真的大，根本不应该是一个镇的范围，要说是镇也是特大的镇。听说在1949年后的几年，直溪曾经是一个区的编制，领导周围好几个乡。后来，地区认为县下有这么一个区的建制不合规，就撤销了区，还原为镇。但作为镇，直溪靠着山势，沿着溪河，往山上去，占着几个峰谷，山脚靠着一条河，是山溪流下汇集的河。平时河水清清，因山势颇有些陡，雨季黄梅天时，山水发时泛滥而下，直溪便要动员抗灾了，天灾无情，直溪人遇灾齐心无杂念，有多少力出多少力，直溪人常年经灾，并不在意。一旦灾情消除，便各顾各家，却都承着团结抗灾的情，不会为细小之事争闹，洒脱自在。

每到一个村，去一户一户人家去登记，入户登记是人口普查的关键环节。根据申报人的回答填写普查表，登记后由申报人签字，每登记完一户，在住房单元图上做好标记，防止重登和漏登，也方便数据核查。有人流动在外，宋正明须下次再去。

有时一个念头冒出来：我算什么，我在做普查，我又不在普查中。该普查到我的地方，那里的普查不会有我的签字，谁代我签？

他走进一家家农户的门，不管是家境不错的村干部的家，还是简陋的村民的家，总会嗅到屋里的朽木与新柴草混合着的气息，还有旁边猪圈的气息，对他来说是熟悉的味道，像他在这里长期生活过。而他在镇上独自生活了一段时间的宿舍房，依然有不扎实的浮空感觉。

坛水村的村长是个上年纪的男人，似乎有点耳背，听半天话，不应一句。宋正明在村办公室对坐了好大一会，不知怎么继续下去。此时，从外面进来一个女孩，宋正明看她年龄大概只有十七八岁的模样，说话却老练，一来就与宋正明握手，说村长把任务交给了她，她听说过普查的事很重要，是镇委郑书记指派的工作。她这就来做他的助手。女孩自称姓的是直溪第二姓，姓姚，叫姚春来。女孩与宋正明说话的时候，村长起身出去了，宋正明选无可选，只能由她领着挨家串户。

宋正明想到这个村子里的人多是姓姚吧，随后对姚春来谈到姚萍丽，其实宋正明先选坛水村普查，就是要落实姚萍丽的纳入。

姚春来马上就说，她听说过坛水村有这么个传染病院的，当时因为坛水村的土质好，靠水近，环境好，才落在这里。自她懂事起，医院便搬走了，也说不清什么原因，也许一开始就是临时性的。她带宋正明去了当时医院的所在地，那里砌着几间平房，房前房后，长着不少树。姚春来介绍说，本来种树不重花好看，重结果子，可是，这里树上的果子结了，也很少有人吃。这里的果子有着一种不同的味道，比如平常桃子应该是水灵灵的，这里树上的桃子却是干瘪带酸。不知这块地当时就不好，还是因为做过传染病院所在地，所以变不好了。眼下成了副业队的养鸡场，现在养的鸡倒从来没有得过传染瘟病。

姚春来本来显小，宋正明开始觉得因为村长看他不上，才让她来应付自己。很快发现她很活络，她比一般女干部更像女干部。她的言行做派落落大方，对村镇的工作说到哪应到哪，实在不像她这个年龄的女孩，也不像直溪镇上木讷的女孩。她的心思都在外面，表现得很成熟。这坛水村靠近外镇，离县城相对也近了，想是受了外面的影响。

出了鸡场，姚春来走到旁边的坛水河边去，蹲在一个旧磨盘上弯腰洗手，洗了好一会。宋正明想不起来，她是不是和养鸡场主人握过手，她似乎是见人就握手的。如果没有握手，她那样洗手不知为何。

坛水村到底是靠近县城的，村里盖了两间房做招待站，招待站砌在离村一段的小高地上，四望见水见村，风景不错。想村长的样子，是不想与外来的干部太接近。宋正明也不想与村干部有太多接触，由姚春来领着走户普查，听她做着详细介绍，觉得她做普查助手很是不错。

姚春来是个热情的女孩，第二天一早就来敲宋正明的门，手上提一个盒子，里面是她准备的早餐，很好吃的瘦肉皮蛋粥，还有一碟当地的甜萝卜条。

姚春来坐床边，晃着悬着的两只脚。房间里有一张床，一张靠窗的写字桌，还有一张搁着盆的靠椅。宋正明在桌边吃粥。姚春来突然说，普查人口为何要问到传染病院呢？那都是十多年前的事了，她还是听老人说起过，谁都不提的。

宋正明知道她的意思，村上不喜欢提到这里曾经有过传染病院，仿佛相隔了十多年，还让人有避开传染的感觉。

姚春来说，她洗手只是顺便，坛水村人有一种习惯，就是洗头。这里人洗头洗惯了，起因就是传染病院。当初刚听说在这里建医院都很高兴的，后来发现医院并不收治当地的病人，这倒也罢了，可医院的病人都是被隔离的，村上的人就闹了一场。平时直溪人是温和的，但那次闹得大，锄头铁耙握在手上，围了医院。大家不敢靠近医院，只是不让院里人出来。于是医院就搬走了，搬到了人口少的山谷里去了。

医院搬走有大半年光景，村里人都从井里打水喝，不喝从河里挑回来的水。因为医院是建在河湾中的。直到下半年发大水，河水冲过了浅堤，老人说旧水都冲走了，换了山上新下来的溪水，这才恢复太平。

姚春来对宋正明说：你可别把这个姚萍丽落成我们坛水村的人，医院的病人本来就是从县里各地集中来的，坛水村根本没有一个这样的病人，这关系到坛水村的水土声誉。所以，村长给她的任务是陪着宋正明，别让他留下这条线根。姚春来重复说："坛水村的村上人绝对没有过传染病人，这关系到坛水村男娶女嫁的长久影响。"

宋正明说："只是普查，与病人根本没有关系的。"

不过他发现坛水村十分重名誉，这是直溪人的又一重性格。

姚春来这一次有点异样，话不那么多了。她有时会在臂弯处或小腿处搔一搔，问起来，她说去了一次养鸡场，在原来传染病院的旧址上走了一圈，鸡屎的气味像粘到身上来，皮肤上到处冒出细痘粒来。以后她再也不去鸡场，也再也不吃鸡了。

她小小的脸上，皱眉担心的样子，煞有介事似的。

宋正明翻查过坛水村往年的记载，当时传染病院确实不划归坛水村。那个传染病院到底落实到哪儿，病人当然纳入在哪儿。宋正明要做得实在，不能让一个活着的姚萍丽没有落处。要不，普查自然变成了不真实的数字，他的工作也是不负责任的结果。虽然在普查表的数字上只是一个一。

有着配合的姚春来参与，坛水村的人口普查工作进行得顺利。坛水村的人员来往不少，但经姚春来介绍，弄得很清楚。宋正明由她带着一家家跑，那些人家对姚春来熟，称她为代表。是妇女代表，按年龄又不是，宋正明也不知道是什么意思，后来也跟着叫姚代表。宋正明发现村上的干部，会有一些不规范的称呼，并喜欢在称呼前加姓，而称呼往往不规范，有时像是身份，有时像是戏称。直溪人往往有这种爱好。

普查工作结束，宋正明准备第二天就走了，顺便走一下附近的村，先到邻村水北去，如果顺当，还可以转一转后塘村。这天姚春来早早地告诉宋正明说，村委会要请他吃一顿饭，喝一顿酒。宋正明说他不善喝酒。姚春来说，所有来工作的干部，临走村上都会请一顿酒，给工作做一个总结，请来工作的干部领导做一点指示，提一点意见。姚春来虽然年少，但对这种社会性的语言很是习惯，还会尽快把新的社会性语言融进来，融得很协调。偶尔多少说出些稚气的大话，一般干部都会微笑地宽容。

几次下乡，宋正明渐渐吃惯了村上的酒宴，席上，红烧猪肉少不了，鸡汤也少不了。好处是当地的蔬菜，各地各有特色。席上如有女性陪着，便也各有自己的表现方式，有的温柔，有的泼辣。

原来姚春来说会有村长陪客。宋正明也是习惯了的，特别是村宴上干部陪客，往往几乎村上所有的干部都到场，有的也会说一些场面上的话，有的插不上嘴，也不想说话，只顾吃饭。陪的人多显示重视程度高。其实客人吃不了多少，多是陪着的人吃了。村干部们开始敬着客人，客人没什么话说，村干部便互相说话，说自己的事，说村上的事，分成了三四个谈话点。宋正明一开始不适应，他又不喜欢喝酒，又不习惯在这种场合说话，便带点笑，听他们说，吃自己的。慢慢地他开始喝一点，敬一圈，问一点与工作有关的人与事。后来上酒桌他能开口说一说普查中的故事，吸引席上人的注意，这种说话能力越强，村上干部对他的尊重明显增加。有时他也怕这种尊重感，他心里想，没来由浪费了许多的时间与精力。

这天晚上，桌上菜并不少，但来陪席的人，却只有姚春来一个。她说村长临时有事，不来了，由她代表了。她没提其他的干部，像是她代表了村长，其他干部就不在话下了。

端起酒杯来的姚春来，一下子变了一个形象。原来她是代表村长做工作的样子，努力做得像模像样。但敬起酒来，敬酒词一套一套的。一句代表村长，一句代表全村干部，一句代表全村人民，她一一代表过来，都是先干为敬，弄得宋正明不好意思不跟着喝，只有他们两个人，她的目标也只有他一个，不像以前酒席上有众人分散了目标。而她的敬酒词不断变化着，一套一套的。那些敬酒词有的宋正明已经听过，熟络了的酒席文化，又听了一遍，由姚春来说来，又有了一点特殊的味道。还有一些宋正明没有听过，像是她满世界搜罗来的。这一刻，宋正明在酒文化的熏陶中，仿佛交融了后来的许多日子，展眼看，一片酒意在言语的气息中飘浮，无始无终。喝了酒的姚春来一副老练的样子，一点十七八岁的女孩样子都没有了，说得头头是道。

只有两个人对酒，姚春来喝一杯，宋正明自然要应一杯，对方是个女孩，他不能有欺负人的感觉。且所有的话题都要应着，他也要说一些场面上的话，以前他因不习惯而冷场，再见面别人不怎么理会他了，当然对他的工作有影响。要命的是他有参与之心，没有参与之力。

宋正明开口谈到姚萍丽。这一次他谈的是姚萍丽的预测才能。宋正明说得颇是具体，说得颇有色彩，说得颇怀悬念。多少加了一点创作的手法在里面，烘托式、渲染式都用了来，他也不知为何会对一个女孩这么用心尽力。引得姚春来变得恭敬神往，此时再提到姚萍丽，不再有嫌弃感，似乎很想姚萍丽就落在了坛水村，她好带人听一听她神准的预测。

到底还是小女孩心性。

本来她说不吃的鸡，她也吃了几块鸡肉，喝了半碗鸡汤。

二十六

宋正明回到镇上没大一刻，他才烧了点水坐下来喝，林向英推门进来了。她是敲了门的，只是敲一下便推了门。仿佛敲与推是同时的，她的出现那么地巧，仿佛早就在他住所的街面上候着似的。

这一次，她不是一来就下棋，仿佛有好久没有见面，只顾看着他，又像他是个病人似的，望闻问切。宋正明想着是不是要伸出手去让她把脉。

面对面看着，宋正明细细端详，发现林向英的脸显得秀气，以前只是因为她穿着宽松的衣服，上下直筒筒的，一般女人都会有所打扮，乡村女人也一样，但在宋正明的眼中，林向英从来都是一个模样，特别是林向英戴白医帽，穿白大褂，把手伸进季媚衣服里，触及前胸后背的时候，依然不改惯常神情，宋正明觉得林向英是个毫无情趣的男人，自省中不免认定自己的好色，且意识淫俗。现在林向英脱了帽甩开了短发，他看到她的女人本色，感到她的所有言语与动作皆属自然。同时为自己感到的某些意识自责。

"你下去了好长时间，走了几个村子？"

这是一句问话，又像是一句叙述语。林向英的口气似乎变了三变。宋正明想了一想，这次他走了两个村子，因为坛水村与水北村的工作都顺。水北村因有姚春来的介绍，由一个年轻的女村干部做助手。女干部做这一类的工作最是适宜，很会仔细安排，带人前前后后探访，耐心讲解，不厌其烦。以前一个村子起码要去两到三次，花上十天时间。乡村的一个镇，一般有二十几个村，大镇应该有三十多个村。本来算下来就有三百天。

既然两个村子普查顺利，宋正明就有闲暇时间，去水北村所辖的芦湖上游了一游。那天下着若有若无或飘或止的细雨，远处的山和水连成了淡青色的一片，眼前的水却越发显如翡翠般的清碧。船橹划动，远远的前面一排黑点连成了线，线上的黑点沉浮摇曳，船下水波荡过去，慢慢地黑线一头贴着水面浮起来，整个黑线扯上了水天，又化作了一个个黑点，向远一点水面飞去了。原来那是野鸭，隐隐有鸣声传来。细雨天中，天水之色的气息清清淡淡，难得的心有清净。

宋正明向林向英谈了坛水村，谈到了姚春来这个女孩助手，谈到了姚春来对传染病院的忌讳，又谈到姚春来最后对姚萍丽的关注。现在回镇上来，过两天会再去派出所查一下当初传染病院的档案。

本来林向英对宋正明的普查工作不感兴趣的，这一次听得入神。她后来说，主要是因为关系到姚萍丽。她那时到派出所去查的便是这个传染病院，还有作为安置站中的病人。那也许可以不关她的事，但镇上既然有过这样的一个医院，现实还有着这样的病人，作为医生应该了解的，对以往流行病情的诊断与确定，也应该是她的工作。宋正明发现林向英与自己一样，是个认真工作的人，或许比自己更认真。

他喜欢对工作认真的人。特别是医生，这关系到人的生命。

人生作为生命行走的一条路，有的人是随便走的，而有的人是咬着牙往艰难里走的，可不管怎么走，也许最让人悲哀的是：每个人走的都是命定的。

　　林向英说："我要和你一起去一次，看一下姚萍丽。"

　　宋正明说："好的，一起去。"

　　他们停下来，四目相对，不再说话。不说话也对，有一种氛围裹在当中。像湖中的船，晃晃悠悠，遥远的水色扯动一条黑点的线，在水面上浮起来，化成一个个散落的黑点，钻进以前的时光和岁月中去……

　　也是一个雨天，春雨绵绵，他突然大着胆跑到了一个女孩家中去，在他以前的感觉中，他与那个女孩对门坐着，两个人总是这么对坐着，她在做着什么事，或者是择菜，或者是织毛衣。其实对方按年龄是个女孩，而他应该是一个男孩。

　　那个女孩也叫什么英的，他连她姓什么都忘记了。她的完整形象也记不起来了。只有她坐在对门织着毛衣的模样，肯定有过偶尔的接触与对话，那个时期社会上发生了许多的事，但感觉中，少年时间的岁月流动得很慢。她有时会从他家的过道走到前面一个小巷里去。她的出现有时看来是无心的，有时看来是有意的，有时看来含着一丝诱惑，有时看来带着一点迎合，这些感觉其实皆是他心里生成的，他确定不了感觉的现实性，于是那感觉便一天天地打着旋，组成了一个个的圈，在那圈里是有着甜甜的幻想，而在那圈外有着一层封禁，或者说封禁融成了圈，围着的一圈是绵绵的悲哀。他一直没有勇气拦住她说话，说一句囫囵的表达心意的话。

他要离开她，离开他和她生活的城市，去遥远的地方。以前的女孩在他的印象中，是美好的。他把常看的一本书用包书纸包起来，在后页的包书纸上写下一段段如诗的文字。他不知道那算不算是情话，应该不算，他那时还不懂什么是情话。他还不敢把心中真正的话写在上面。突然就一冲动，他走到她的家中去，那暗暗的楼下的厅屋间，她正在屋里打扫。他径直走到她面前，把书翻到最后，递给她。她坐下来看，应该看完了，但还在看。他一个劲地问她："你觉得怎么样，你觉得怎么样？"那一刻她静默着，一瞬间中，他感觉那上面的词句都黯淡了，都是黑色的了，都是一些无意义的空话，都是堆积起来的欲念。他与她原来不怎么说话的，偏偏他一冲动走进了她的家，一冲动说出多么愚蠢的问话，但一下子他就冲入了多么奇怪的氛围。她在他一连串的问话后，站起身来，通过房间的过道，朝后门外走了。他一时不知怎么才能回头。他在那个暗蒙蒙的屋子里站了一会儿，觉得自己被一种莫名其妙的氛围裹着。无穷无尽的黑暗色彩，一直穿过窄窄的过道，永远没有穷尽地延伸。

其实这段人生的小插曲，会偶然跳入他的思绪中来，并非记忆深刻，他以后经历过的男女情感，引动痛苦的、悲哀的强烈得多，那都被他安放到封禁的思想圈圈中。只有这人生男女情感初始的细节，因其单纯而在封禁的圈外。在直溪，过去与现在的氛围并不一样，点点冒出来的记忆，多少抑止他的情绪，毕竟年龄不一样，地点也不一样了。他已经经历了不少，不再具有单纯的情感了。

面前的林向英站起身来，或许她也是受到默契氛围的压力。

她站在他的面前，仿佛要触摸他的脉搏，他低头看手的时候，她握住了他的头，在他的额头上吻了一吻。

二十七

宋正明感觉那是吻，其实感觉恍惚，只是额头暖暖地触了一下，到她走了以后，他才想到那是吻。但在有所确定以后，又变化成另一种感觉：她站起来，走过窄窄的过道，走向后门去，像是重叠反复的旧时情景，一遍一遍回放。生活是过去的，不是现实的。眼下的感受，唯心而起。是少年女孩英，让他延续着内心的阴影。那片阴影并不算什么，而真正的阴影，他回忆不起来，似乎被一圈电网包围，一触便电麻了。他根本不会去触碰。没有任何力量，能打破那圈氛围，他在暗色蒙蒙的厅屋仰起头，无尽的天际透来一片光色，印在额头上。是想象的弥补心理，而不是眼下的现实。

感觉难以确定。混于以往漫漫的生活中，有点含糊不清。对一个男人来说，异性的吻特别有意义，然而，换到一个开放的社会，额头上的一吻根本算不了什么。西方男女正常交往间的吻，比这更有过之。他在内省中悟到：自是小境界的人，摆脱不了小情感的纠缠。在直溪，在这男女交往开放的地方，他发现林向英是女人前，没有与异性交往的意识，就算有，也带着恐惧与不安。

况且刚才的感觉是恍惚的，不真切的。他习惯生出疑惑：额头上的吻算什么？也许不是吻，只是用手指或是用面颊在额头上贴了一贴；那吻是他将近四十年人生中曾经有过的回味。那吻触动了命运隔断了的许多大事，许多悲哀的感觉，许多牵连着的沉重，许多关联着的痛苦，许多扯不断的纠缠，会让内心碎成一片片，一点点。

本是不思量，无念想。

触及便退后。原就阻断的，不想去触碰，那里一片苍茫，连绵无断的灰白芦花连成天地一色的情景，越远去越沉沦。

以后几天，林向英没有来，宋正明也没有去医院找她。以前他可能找借口，托病去看她一下。但此时他不想这么做。他有大事要做，人口普查关系到整个世界的人口存数。数字中的一，便是一个人。一花一世界，一叶一人生。他小心翼翼地对着一种氛围，一种感觉，一种体味，一种心境。宋正明有时也奇怪自己的心态。凡没有的会去冒险，明明可以期待的，却生着疑惑。

宋正明病了，如此又病了。这一次病得缠绵，没有感觉哪个部位有突出的疼感，但似乎全身生着疼，是内在的疼，隐隐的，若有若无的。他一点不想吃东西。他的思维还是活跃的，所以那感受附在了思维上，让他一思想到了什么，就感觉缠缠绵绵的疼，从里面透到外面来。其实只要他一动弹，那感觉就会消失了，但他无力去动，也不想破坏这种疼的感觉，因为这疼深入骨中，让他能真切地感受，让他感觉鲜明。在直溪的日子里，还从没有过这样的真切。这让他有着一种薄薄的人生知觉，那种曾经要死要活的记忆都虚远了，生命一切相连着的东西，有了一点真切感。同样连着了仿佛一辈子的立体感觉。也许一辈子虚浮了，空泛了，集几生几世重叠了，沉入其中，无法解脱，有着梦境套着梦境的意象。

他联想到病前的黄昏，在林向英走后，他看到窗台上爬着一只小球虫。他好些天不在，窗台上沾着了灰。本来玻璃窗就不严缝，窗玻璃上也是暗灰灰的。没人打扫，脏乱处自然生出虫来。他随手捏着虫，一用力就捏扁了它。手指上粘了一点虫汁。他的心思犹在茫茫然中，他甩了虫尸，去小卫生间洗手池，开了水龙头，慢慢地无意识地洗着。

眼下躺床上，思绪乱乱地牵连着，莫名其妙地想到了那虫子，在窗台上蠕动的球虫的模样。虫子的生命是微小的，为了生存在爬动，其实干他何事？他又何必杀死它？但从卫生角度讲，虫蚁都该清扫干净的。他不消灭它，任由这种虫子繁殖，他这个住所就不成样子了。从生命的角度讲，球虫与他同样是一个生命，如何因为他的卫生，就该消灭球虫的生命。生命同等的高度，在他的思维中无法达到。虫的痛苦与他的痛苦有没有牵连？他的病与虫的死，和林向英疑似的吻，有牵连么？他觉得是病，是身体的原因，让他的思维变得莫名其妙。生命总还是有大小之分，医学书上说到人的病痛，是细胞间的战斗造成的，那么现在，他体内的有益细胞正在与有害病菌战斗，这一刻也许有无数的细胞和病菌在死亡。又有什么可思考的。如果每时每刻想着微小的生命，那么人只能像印度耆那教徒，一边行走，一边用扫帚扫着前面的路，怕踩死了脚下可能有的虫蚁。如此想去，人只能由蚊子咬，由苍蝇叮，蚊蝇不都是生命吗？所谓害虫也是从人的角度来评判的嘛。

宋正明努力起身来，洗了洗往楼下走。他想用行动和与外界的接触，来消除内在流窜的琐杂思绪。一旦动起来，与外部社会接触与交流，那些细小的感觉与莫名的思维，还有肉体的疼痛感都消失了。感觉本来需要去感觉才存在，有的莫名其妙的思绪也是在静思时才流动。人应该投入社会变革的斗争，开阔的眼界形成大格局，这才是对的，这才能消除那点小格局的思想。他还是太局限了，局限在了这一个小小的直溪。

人生往往局限在一种惯性的生活中，又渴望另一种有意思的生活。其实什么样的生活都有意思。而想到底，什么样的生活都没什么意思。

在直溪走访一个个村子，有时觉得直溪很大，是天下最大的镇。做人口普查工作，一个个村一个个人统计成一个个数字，组成一个镇的人口拼图，集合到全县，全地区，全省，全国去，有着中国十几亿人的宏伟意义，且有着全人类的意义，不可谓不大。相对来谈，一对男女间一个小小的吻根本算不了什么。然而，对于个人来说，这一吻打通了男人与女人原来隔着山般的距离，距离感打破了，隐秘消失了。人为什么要有隐秘？为什么天下人与人之间不能没有隐秘？有了隐秘就有了对隐秘揭示的选择，有时的选择不胜其扰。而人为地将隐秘渲染烘托成神圣。人需要隐秘来形成追求，男女间的追求直至没有任何的隐秘。把这种隐秘消除的过程，当成是一种美，一种意义。于是生活有了色彩，生命有了寄托。人与动物的不同，也就因此多了一点意义，也就多了一点痛苦，要是动物有意识的话，它会觉得是莫名其妙地自找烦恼。

二十八

宋正明摇摇晃晃地走到街面上，他想走出去，但不知为什么要走出去。他身子虚，走不动，脚步踉跄。他走到了平时常去的小餐店门口，觉得实在走不了了。他的脸上还带着点笑，在小店门口位置的长条凳上坐下来。女老板过来问他是要馄饨呢还是要面，这是他常吃的。他有时要的是馄饨面，第一次提出，女老板回说：没听说过一碗里又有馄饨又有面的。宋正明说他在外面吃过的，放半碗馄饨下半碗面。宋正明也不记得是在哪儿吃的了。女老板还是说没这么做的。直溪人做生意，没办法变通。

这次宋正明又说："要馄饨面。"

女老板说："都这样要，我生意没办法做了。原来招牌上没有的，没办法做。好了好了，我试着给你做做，你不能对外面宣传的。"

女老板去准备做了。突然宋正明面前伸过一张脸来，宋正明看清了这张熟悉的脸，是林向英。她似乎是从街上过，从背影上认出是他，过来看他。

只听林向英说："你怎么会虚成这个样子了，是病了吧？"

宋正明说："我病了。"

他身子一歪像是要倒下来。林向英从后面托住了他的腰背。那边女老板正端了馄饨面过来，看到林医生的神情，才发现宋正明是病了。别人看不出，医生总能看出。

林向英托着宋正明的腰，把他扶起来，往外走。

女老板说："不吃了？要走了？我特地给他碗里多放了油呢。"

林向英说："他这么个样子，病了几天了，哪能还可以多吃油啊，一滴油许是要拉肚子半天的。"

宋正明靠在林向英的身上，软软的，他觉得这一刻才是活着的。

把宋正明扶到宿舍屋里，放倒在床上，林向英又给煤油炉打了气，从米桶里舀了米，洗淘了，放锅里，烧起了火，煮稀饭。

嘴里说："有病也不到医院里来看，非得要人上门服务吗？"

宋正明一下子觉得身体好多了，病不病没什么关系的，便带着点笑听她叨叨。

"这一刻气色好多了呢。"林向英说，"你得的是什么病啊，本来想带你去卫生院查一查的。"

宋正明说："我没什么病的。"还要说什么，没说下去。

"你还没病？我刚看你，瘦了一大圈。还敢跑到外面去。一见着我，浑身没了力，险些把我压倒了。还不知你先前装的，还是见了我装的。这段日子你总是有病。"

宋正明仿佛好长时间没见林向英这么爱说话了，生出些陌生感来。

"你是医生嘛，看到你，就想到了病。"

"那还是我让你病了？"林向英用布擦干净桌子，"春天了，该多出去走走。"

"身体好了，自然要多出去，还有好多个村没有去。"

这天林向英离开后，到晚上她又来了一次，挎着一个药箱。她进门时，宋正明刚吃完晚饭，起身收着碗筷。看起来没有一点病态。

林向英还是拿出了听诊器，前胸后背测了一遍，又取出血压计量了一下，随后收着医具，一边朝宋正明看着。

"我说没什么病吧。"宋正明神情严肃地说，他也奇怪自己怎么病就好了，真怕林向英疑惑，他是装病。偏偏一见她就好了。上午她走后，他就起床活动，中午和晚上两顿都吃得正常。

"是啊，突然病来，突然病去，要不是心因性的病……"林向英看着他摇头说，"这病便不是易治的病了。"

宋正明看她神情认真，不像是玩笑，他并没在意，生死对他来说，如梦幻的宿命。只是林向英的认真神情，让他感觉医生的林向英显得别一样漂亮。

按说，他们之间的亲近程度，宋正明可以轻松地说话的，然而，林向英的认真神情反而让他不知怎么说话。

"知道我是医生，你就有病要我诊治。"

"是。"

"知道我是女人，你就躺倒要我照顾。"

"这一刻你在我眼中并不像女人……"宋正明面前的林向英头戴着医帽，帽子把短发裹着了，她身穿着白大褂，给他是早先的感觉。宋正明说了这一句，发现她的眼光直射过来，赶忙说："当然，我知道你不是男人。"

林向英依然笑吟吟地说："到底是男还是女？"

"你作男时便是男，你作女时便是女。"

"到底是男还是女？"

"我见男时便是男，我见女时便是女。"

"到底是男还是女？"

"即男即女。"

"你是说，我不男不女？"

宋正明发现自己还是说随意了，爽性说下去："都说雌雄人特别好看呢。"

身体有精神的时候，宋正明出去走走。宋正明发现在春天的山里面转，意识还是沉在自己的内心里。林向英让他多关注外面，人总是把心思囿于内在，乃是万病之源。他努力去看山景，发现春色已浓，山路边有花开得盛，他采上一朵凑上去嗅一嗅，一时间香气透进内里。回看坡下，镇外田间麦子开始黄了，风吹起一片麦浪。手里的一朵鲜艳的花漂亮，相比之下，整片的麦田映着跳闪的金黄色光亮，更是赏心悦目。

外景虽然好看，但他并没有迷醉感。在人生的现实中，他感觉不到完全的迷醉，感觉不到文艺书中描写的那种如醉发痴。人生像是虚浮着的，忽忽就过去了。一切感受都是一瞬间的，无数的细微感觉，组合成人生的过程，又如何不让人觉得如梦如幻。而在林向英的眼里，他的病就是唯心的，会把梦幻当真。

有两次宋正明遇上郑书记，郑书记很关心地问他的身体与工作。他说到了人口普查工作，说从县里发的材料，外乡都提到黑孩子的问题，将难以解决地纳入。在直溪，倒是不成难题。郑书记说到他特别关照派出所，计划生育该罚的罚，该处理的依法处理，但小孩的户口都要给上的。人是国家的宝，是最重要的，不能怕影响计划生育，而让直溪的孩子没有落地处。

郑书记到底是很忙的，一边与宋正明对话，一边还应付着别的人。有办事的人在办公室找不到他，便到路上来堵他。在外面站着，自然汇报变得简单，郑书记三两句话就回复了。宋正明怕影响他，想要告辞，郑书记却会叮嘱几句普查工作的重要：不能多报一个人，也不能漏报一个人。一个乡镇有所漏加，全国合起来，就是一个不小的数目，国家的规划也就没了一个准确的决策。郑书记的话总有高度。

二十九

这天，派出所老郭在街上看到宋正明，把他叫着了，说了声：跟我走。宋正明跟着他进了派出所。一路上，宋正明感觉单独跟着警察走路，路边的人的眼光，总有点不对。只是他也清楚老郭喜欢管闲事，但不是一个过于管闲事的人。老郭做事也很认真，把什么事都当大事认真做，与自己很合的。想想自己做的普查工作，也许别人看来，亦是过于认真的吧。

直溪都是做事认真的人，到直溪来的人，也变得认真。

其实有多少事需要那么认真呢？当然林向英是不同的，她的医生工作关系着生命，人的身体才是重要的。但林向英似乎认为他的写作也是重要的，关系着人的精神生活。她偶尔会问到他，是不是在构思新的作品。其实宋正明清楚，在直溪的自己，根本排斥着写作，他本就怀疑写作到底能有多大的精神感召力，也许在有的人眼中，所谓作品是无聊的人写给无聊的人看的，有正事的人多看一眼都会觉得是垃圾。

老郭带宋正明进他的办公室。派出所里面隔了一隔，正对面的右侧坐着小茹，这当口低着头在看着什么材料，并不在意宋正明的出进。派出所的左侧是三个小房间，每间有一张办公桌两把椅子，还有靠墙的一排橱柜。三个房间应该有三个警察在里面办公，但平时宋正明只见到老郭出进派出所，现在其他两个小间也没人在。宋正明跟着老郭走到最里面的小房间中，进去以后，老郭便关上了门。宋正明原来不知因什么事被老郭找来，此时莫名其妙地紧张起来。

进了小房间，老郭给宋正明倒了水，才在对面坐下来，朝他很严肃地看了一会儿。这才说话："你记一记，那天你是怎么看到她的？"

"谁？"

"你不用推说不知道。我都问明白的。"

老郭习惯用的是审问的口气。

"仔细想想。"

警察问话，当然是有的放矢的，但一般对象模糊，答话人下意识地触及的是最重要的人与事，或许吐露出来别的大问题。

宋正明突然想到了林向英，内心跳出她吻额头的事，心中烫了一下似的，要不是连着了阻断似的苦痛，差点把此事脱口说了出来。顿一顿，马上反应过来，想要不是林向英说的，谁都不知道的事。莫非老郭在窗子外面监视着他？过去的时代中，曾有男女不正经属于治安的范畴，需要细查的，难道民风开明的直溪，依然把这种个人间的交往当问题吗？那么这件事倒要认真对待。他没法与林向英通一通气，是不是老郭已经问过了林向英，她会怎样说呢？宋正明做着努力在想的样子，其实只是磨时间，也知道磨不下去的。

正准备老实回答时，老郭说："你有什么不好说的？想瞒什么吗？她都说了，只是找你证明一下，有没有这回事。"

宋正明一时头晕晕的，他逢事就有这个毛病。弄不清到底是怎么回事，心里的念头粘着这一个场景，于是点点头。

"说你在巷子里遇上她的，你到巷子里去做什么？"

"我听到了声音……"

宋正明突然心里明白了一片，其他的地方暗着，那片亮处便是季媚。串联着那个小年夜晚上散步所遇之事，先是见黄站长，陪送黄站长一段，再散步到西街返还，曾看到老郭。那晚老郭问了他一句，像是问：看到人了没有？老郭那晚到底是在巡视还是在找人？是不是与季媚有关系？忽然又感觉到那晚老郭的问话与此时问话的话音相同，多少压低了似的。

人有六感，鼻主嗅，舌主味，眼主色，身主触，耳主听，心主思。宋正明这一感不同于人，起码思这一感有些特别。或时愚钝，晕晕乎乎；或时又特别敏感，过去现在往往串联着。

"人的思维有偶然性，凡偶然性中便有必然性。看起来你是在巷子里听到她的声音走过去的，其实结果是必然的。"

宋正明一时恍惚，随后有点怀疑刚才是老郭说出的那段推理式的话，他应该看过不少哲学的书，很难想象成天在街上值勤的老郭坐着看书的样子。

在老郭身后的橱柜里正搁着一排排的书。

宋正明说："你很喜欢看书。"

老郭说："我不怎么看书。但我听到或者看到一段有道理的话，便会把这段话想半天，走路上时也在想，想它的道理。这并不会影响我同时对周围情况的判断……你别打岔，还是说那晚巷子里的声音……你听到声音，过去看到了她。你又听她说了什么？她告诉你了什么？比如她为什么会在那里？为什么会发出声音？"

宋正明很想问老郭，他为什么要问这些。她为什么在那里，现在自己也不知道，他突然也有兴趣知道。自从知道林向英是女人以后，宋正明明显对季媚的事不再注意，只是眼下提起来，多少还残剩着那天的感觉。

人，行事总是有道理的，与动物相比，行动总是由目的引导。

"你问她了吗？"

"我是在问你……"

老郭恢复了习惯的警察问话。宋正明说："我真的不知道。"他带着一丝交代不清的口吻。

"以后你们去了哪里？"

"没去哪里。"

宋正明赶紧地说，他心里就想到了，他并没有带她到自己的宿舍里去。宋正明抬头看到老郭的眼光，发现他的眼光有着透视的感觉。他说得很快，就是不要讨论这一点，不要让老郭有怀疑。

老郭依然看着他。

宋正明只有说下去："我们走到巷子后面，后面是一片田野。我发现她的腿有点问题。不是腿，应该是脚吧。对，就是脚……"

"她的腿脚有了问题，你问了到底为什么没有？她还能走么？……"

宋正明觉得有点莫名其妙的紧张。好在那晚的紧张举动，并没有什么不可说的，当时的心理也不是必须说清楚的。

"她把手插在我的臂弯里……"

宋正明做着手势来说明。他突然意识到，他的回话不用考虑，一旦想着什么，反而被对方看清了什么。

"你们看书多的，就是会把事情说复杂了。手插在臂弯里没有什么嘛。人帮助人的时候，不应该计较对方是女人还是男人……你说吧，你们就一直走着吗？"

老郭很有一种推理能力。难怪直溪镇没听说有什么悬案发生，偷盗的案件都难得有。大概小偷小摸者也很怕老郭的问话。

"对，因为她的腿脚毛病，后来我们就到了卫生院。"

宋正明略去了不少偶然性的叙述，既然偶然里面有着必然，就直接说必然结果吧。

宋正明等着他问值班医生是谁。但老郭问到这儿停住了。也许他认定了宋正明的答话是无疑的。也许他只是询问一下小年夜那晚，他与季媚两个人的行动轨迹。到有医生出现便不再是两个人的事，三个人以上便是公开的事了。宋正明意识到自己还是落入被怀疑中，核实着两个人到底做了什么。他们两个人的事，就算挽着手走一段路，根本算不了什么。关键疑惑处：她到底为什么在那里？他答不出来，老郭又能知道么？

老郭大概看穿了宋正明想问的。他说："人都有好奇心，总会问一问，她怎么了，为什么会出现在那里？……书看多的人问题越多。其实除了工作关系，人不要有太多的疑问，那是警察职业的问题。最后说一句，对人好的办法，就是不要问，也不要说，这就是对人的尊重。你可以走了。"

老郭明显是赶宋正明了，宋正明听来却像是放生的意味。他赶紧站起来，又尽量放慢速度转过身，走出派出所的大门。感觉像是被释放了，心里想着与公安打交道，能避开还是尽量避开。

那晚的季媚到底是怎么一回事？老郭是不是问过林向英了？老郭似乎不想提到林向英，这又是为什么？宋正明感到疑惑多了，一个疑惑扯动着一串思绪。宋正明也觉得尽量不要再想才好。也许只有身在直溪，才会生出来许多莫名的感觉。

三十

春雨季节过了，天慢慢热起来，泥土里暖暖的气息浮起来。让人对过去的梅雨季有点留恋，相对来说，虽潮湿，活动起来是舒畅的。眼下花开得艳了，只要出了门，一眼望去，总能看到树上或者街边的土里、石缝里，墙角伸出的草棵上，长出了各色的小花。

这一天黄站长在街上见着了宋正明，说大作家怎么总见不着面了。宋正明从没听过这种称呼，又不好意思当面反驳。他认为是黄站长习惯的恭维，恭维是人与人交往的滑润剂。只是在直溪很少听到恭维的话，人见郑书记时，也没有特别的恭维话。想来，他并没什么可以被恭维的，不过是发表的一篇散文，在上次读书会上读过，实在当不得大作家的称呼。

黄站长说要再搞一次阅读活动，在夏收夏种的忙季到来之前，天气也好，请宋正明一定要参加。宋正明答应了。他本来参加过几次此类活动，活动中他都不主动发言。只是黄站长把他作为一个人物，邀他说几句话。黄站长所选阅读的文章都是那种励志的心灵鸡汤类的，宋正明需要费点心思来评价。因为他第一次参加文化站的阅读活动，读的是他的文章，以后，他没有托词不参加。前些天，听说直溪文化站在县里被评为优秀文化站，新近的活动，自当出席表示祝贺以示支持。他也有些日子没有去文化站了，这一次黄站长所邀，宋正明答应了。黄站长知道宋正明只要答应，就会参加的，摆摆手高兴地走了。

宋正明不知黄站长为什么高兴的样子。黄站长的活动有着一些固定的人员，他动员能力很强的。文化站的活动，其实是邀些人来聚一聚，提供一点茶水，像个聊天的沙龙。对于有的人来说，谈一点很大的话题，吸引一点别样的眼光，也有点意思。

文化站门口站着一位迎候的姑娘，人差不多坐齐了，她便来给一个个端茶倒水。这是一个出奇纯净的姑娘，应该是中学刚毕业，看上去还小，像个小女孩似的。皮肤很白，模样俊俏。宋正明觉得在过去的人生中，漫步于大城市，也很难看到这么好看的女孩。女孩的脸以及眼鼻嘴都生得精致，单个来看，无处不美。因为模样纯美，甚是亮眼，吸引着男人的好感。对着她的纯，年轻小伙子忍不住要偷偷地多看几眼，不免动作规范，说话显得高雅起来，收起了那种直率的粗俗。

听人称她为小荷，心里会想到一支雅雅的小荷，却是不敢有往下的念头。

宋正明想黄站长把女孩找来，大概是想多吸引点人气，食色性也，人喜欢看漂亮的姑娘，在哪儿都一样。不过宋正明看过两眼，觉得那美，可以欣赏，也值得欣赏，但不会入心里去黏着。先前接触季媚，女人两个字，是从内在跳出来的。现下小荷美则美矣，纯美如画，却亦如画般的平板。宋正明又想到了林向英，自从接触了女人林向英，宋正明对异性的感觉十分挑剔起来，季媚的感觉也模糊了。

私下里有人说到，那是黄站长的小姨子，已经定了亲了。是直溪同村本地人。宋正明下到村上去，难得能看到这样肤色这样纯美的女孩。宋正明有时会想到，这么点大的女孩就要结婚了，连着一点对女人的想象，她能懂得什么是女人之道么？

有了小荷在场的文化站，灯光似乎也亮了一些，不像以前感觉灯光昏黄。

读书活动开始的时候，黄站长会先介绍一些有关文章作者的背景材料。黄站长又说到大作家之类的话，话锋一转他说到这位大作家就在场，是直溪的荣幸。宋正明头晕晕地看到女孩手里拿着的一本杂志，杂志封面也有熟悉感，不过，一个时期的杂志封面，会有相同的版面设计。但发现大家的眼光又一次都对准了他。

这一次作品是由小荷姑娘读的。宋正明有点陌生地听着这篇文章。这是一篇写现实生活的小说，小说的主人公在走访中，寻找着人生的意义，但情节有所奇异，有所误解，有所反复，还有所荒诞。小荷读了一段以后，宋正明才感觉似乎与自己联系着，文字有种习惯的语气，慢慢地与自己的气息融合在一起，从陌生到熟悉，一段情节出现，他才确定是自己的作品。但他已忘记了什么时候写的，什么时候发表的。他写的东西，往往过段时间再看，就会有陌生感，有恍惚感，很像自己在直溪的日子。

小荷读小说的声音与她的形象不一样，并不具有反差，是女人的声音，不是难听的声音。只是她的声音不像她的形象那样清澈，而是不合气质，带着一点中音的厚味。宋正明某一刻，感受她的声音与小说的语言有着不同，宋正明认为自己的小说语言是清纯的，有追求的，与小荷姑娘的形象是相符的。

小说读完了，这一次下面发言的人变快了，变热烈了。宋正明感觉还在小荷的声音中，讨论的发言已经开始。

这也正常。文章写生活实实在在，说道理志存高远，一般人听着提不出什么意见。这小说类的文艺作品，有了人物，有了形象，有了故事，有了叙述，谁都可以评上几句，谁都可以议论几句。最多的论点就是描写的情节合不合乎生活，像不像，准不准，对不对，还有真不真，假不假。

直溪镇乡村青年的发言，引动了宋正明的一点记忆。那时他纠缠在一些文学理论中：心念是善，表现为善；心念是恶，表现为恶。表现恶的作品却显得有力量，也需要想象的超越，然而，他在作品中表现恶的时候，总自感有所做作。他有时认为他内心的根本是善的，但有时他明明感觉到，他内心浮起的念头，一片一片如暗夜黑色的洞天。他是无法真实地表现它们。他的想象无法超越，进而他感觉是不敢面向它们，他有所恐惧，怕一旦沉浸便会陷入。所谓表现柔善，也许只是他平庸的艺术能力。有一天他觉得累了，他不再想写了，本来他的专职工作就不是写作。但写作的欲望依然不断地在他心念中冒出来，引他再坐到书桌前去拿起笔。这些已是隔绝了多少年的记忆了，某段时间的自我封禁，他只想让自己的心清净。说清净又如何清净？而今在直溪，惯性的欲望多少割绝了，他的心多少清净了，于是也就没有了写作的念头。

宋正明没想到的是，两次的读书会又勾动了他曾有过的文学梦。这里的青年读者把小说情节当真了，评开头了，一个个轮着来说几句，指形象的是非，指格调的高下，指思想的对错，指情节的好坏，关键是真实与否。说开来，变成一种批判，说到底就是作品缺少了高度，缺少了给人以光明面。

黄站长带点歉意地请宋正明发言。他摇了摇手，不是抗拒，只是不想说什么。

林向英不知时候坐到了墙角的竹凳上，上一次她就坐在那里。她突然发言了，先把手挥了一下，像是赶掉了一只面前飞的小虫子。潮湿的旧房里总会有小虫飞啊飞的。宋正明想到过两天要下村去，快到忙季了，外出的人该回来了。前些日子天气一直不好，规划中还有两个村子要去，先到镇办公室给村委会打电话。但小虫飞飞大概又要下雨了，还得待些天。

林向英说："我的意见与大家都不同，我算是一个异见者。你们说到这篇小说不真实。我偏偏说这篇小说真实得很。小说的文学表现其实是假象，是作者虚构出来的，折射出作家内心的实相。小说从具体生活角度去看，是不真实的。从艺术表现角度去看，又是真实的。这篇小说在它的叙述语境中是真实的，细节勾画是真实的，形象是真实的，是艺术的真实。我还是头一次听到宋正明的小说，说实在的话，他的小说写得好，是一个真正的作家。他有虚构的能力，这是想象能力的表现，说他的小说不真实，是不懂什么是真正的文学。我一边听，一边不住地在思想，我感到悲悯，感到欢喜。一直听到小说结局的最后一个字，我意念不断地回旋，痛苦消失殆尽。我想说，宋正明不该在这里，如果在这里是体验生活的话，他该早早地回到书桌前去，他该不断地写小说，因为他是一个天才，起码在文学想象这方面，他是个天才。"

宋正明没想到林向英会说出这一番话来，与上一次发言的调子完全不同。那时他感觉是一个男人在说话，这一次是一个女人在说话。她的声调与动作没变，上一次像是一个男人居高临下的批判，这一次像是一个女人极度崇拜的颂扬，还用了天才这个词。他不知别人会是什么想法，会不会怀疑那一番话里面有着感情的成分，眼下长桌一围的人都有点不知所措。他们到底知道不知道他们的关系？不管人家怎么认为，宋正明心里沾了一点额头上暖暖的感觉。凡到此时，他的头晕晕的。

宋正明有时发现他的想法，往往会由别人说出来，现在说着的正是林向英，这在直溪的小乡镇完全不合时宜。他们听不懂她说的意思，他们有他们对文学作品的看法。作品的欣赏，像是有一扇门，这一扇门有的人走得进去，有的人就在门口转头。好的作品，往往有一扇让许多的人走进去的门，门里又有着门，有方便很多人进去的门，有的门只方便少数的人走进去。每个读者只看到方便他们的门。不方便的门，勉强探头进去，也能看到里面的东西，但不能看得懂。而有的人看到的景是美的，让人流连忘返；有的人看到的景是丑的，让人闭目塞耳。各人进的方便门中，看到各种色彩不同的景境。今天进去看到的与明天进去看到的，也许就不同了。其实本来的实景并无不同，只是不同的人有各自的方便。也许今天不是方便门，明天则是方便之门了。

宋正明宿舍楼下的墙角生着的一株草花，本来是伸长着细细的茎，团团宽宽的叶，那两日开出了红红的花，花是喇叭形的，圆圆薄薄的花片。草花越爬越高，细细的茎牵着圆圆夹色的红花，倚在墙角伸上去。再过几日，下面的叶黄了，有点枯了，却也黄得有点艳；茎是萎了，而花却在伸上去的顶部开着，开得艳。细看中间也有继续开着的与已经萎着的。人生有时一部分萎了，一部分又艳开着。

他莫名地把这次的活动内容与根本连不上的草花开放，联了起来。自然觉着其间有了关联。思维是莫名其妙的，这些居然与林向英的论说相联起来。反正他觉得多少是连着的，在思维中，也许人生所有的一切都能联起来。也许根本没有关联，也许皆有关联。也许只在感觉中关联，而这种感觉的关联是微微的暖暖的。感觉关联的许多的人许多的事，比思维关联得更加莫名其妙。

林向英把作品说到那般高度，下面的人就不好再说什么了。直溪的人不会完全反对别人，他们只会顺着说，一旦开头有人引了方向，后面的人跟着思路说下去。而一旦有人力排众议，接下去就没说的了。两次参加读书活动的人微笑地有所发现：林向英医生有着与人拗着来的性格，人家都叫好，她说不好；人家都有意见，她偏说是天才作品。

最后黄站长做总结，说往往作品引出不同评论的，是作品有着多重的含义，这便是好作品的表现。于是读书活动结束了。

这次林向英没有先走，在门口等着宋正明，与他并排走向街。她开口对他说："没想到你还写小说，现在还在写吗？"

"到直溪……还没写……"

"多酝酿，多构思嘛……日后你的小说中，会有我的影子吗？"

宋正明一下子感觉有点晕晕乎乎的。他也在思想中问自己，到底写过什么，到底是怎么写成的？似乎不是这辈子的事，或者又像是别人的事，不过冠上了自己的名字。

他说："你怎么会这么说？"

林向英似乎没听见宋正明说什么。她说："你可以写长篇，写大部头的东西。你是有能力的，你是有充分想象能力的。我没想到你有这样的本事。虽然只是一个短篇，却能看出你的功底，你积累了很多文学著作的阅读，以及艺术表现的思考。"

林向英不住地夸着他的小说，与那次批说他散文的不足，像两个世界两种现实的变化。她不顾旁边有没有人，紧紧靠近着他。宋正明似乎感觉那额头上越发暖暖的。

林向英并不完全着迷，走到街上，她站停了，左边是往宋正明宿舍的方向，右边是往卫生院的方向。本来宋正明以为她会跟着自己到宿舍去的，只是在街面上站了一会儿，似乎被山上流下来的过街风一吹，她一下子清醒过来，与宋正明分开往两个方向走了，仿佛刚才的说话与举动不是她做出的。

三十一

宋正明准备再去山里，去一次谷口村，落实姚萍丽的纳入，他的人口普查表上不能落下一个人。她常常会出现在他的梦境中，裹着脸露出眼睛，有时眼中会显出透亮的感觉，光柱一般透来，一闪而过，似有似无，似实似虚。背景是整个直溪，为什么认定那是直溪呢？

在这以前，宋正明去了两次派出所，原始记载上没有找到姚萍丽当初的传染病院，那么当时传染病院的病人户口，是不是落实在了直溪？多少年来姚萍丽生活在直溪，总应该有一个数字落脚点。

一天天一月月，一个个村一个个人，许多的人只是一个数字，最生动悬在面前的便是姚萍丽的形象，其他的都虚了，以至他做的工作都是虚的了，都可以湮没。背景的直溪也是虚的。他有时候觉得自己工作太认真，也没有什么意义。但他锲而不舍地要把那形象落在实处，真真切切地落到这片直溪的土地上，他的一段人生也随之落到了实处，不会在以后的记忆中虚浮着。

这一天，宋正明又到了派出所，进门看到小茹习惯地坐在那里低头看材料。他走近的时候，她抬起头来，突然热络地说："宋干部你来了。"

她的脸小小的，还带有一点稚气，宋正明想起了姚春来，好像直溪女孩的标准形象，就是模样精致。原来宋正明没有注意，因为她在柜台后低着头，正好被柜子遮住了光，她这一抬头宋正明见着她的神气，想一想在什么地方见过的，便想到了姚春来，其实她们并不相像的。

小茹说："你不用找了，已经帮你问到了。"

知道传染病院这件事的，是派出所的一位杨姓的老公安，人称杨地图的。从杨地图那儿问到了传染病院最早落脚的地点，是在姚春来那个坛水村，坛水村所在地有一片湾，交界着旁边的水南镇。湾中间有一块小岛般的所在，那时要靠划船才能进到岛上去。小岛算起来有三分之二在直溪，三分之一在水南，所以传染病院归属是列入另册的。杨姓老公安说本来派出所有这么一个记录的，但不知收在哪里了。他是看到过的，归属于直溪。而在水南镇只是提上一笔。确有记录在案，属于直溪。但这一页到底在哪里，宋正明翻找了几次本子，都没有看到过。这多少年中经过多少社会变故，一页记载去了哪里，实在说不了了。

传染病院在小湾岛上，周围的村人看那里面的人都裹脸包头的，所以引起了骚动，一度有村民闹起事来，其实主要是水南镇的村民围岛，直溪镇坛水村要冷静得多，因为水南镇在医院下游，直溪镇坛水村毕竟在水的上游，虽有意见但并没有闹。后来传染病院迁移了，一夜就消失了。没人知晓医院是到了山里去了。

当时传染病院是不是应该有一个归属地呢？

当时传染病院是不是属于坛水村呢？

听杨姓老公安说，那个湾岛本就是一块飞地，三分之二在坛水村是直溪的，后来传染病院进了山，也是直溪的。但最终没有落实到所在村子。而多少年来那块所谓的湾岛，周围的水渐渐干了，后来在填水造田中，直接连着了坛水村，那块本来的飞地不存在了，无处落迹。而在现在的户口簿里，山里的谷口村根本没有痕迹。也许当时搬得快，没来得及进行落实户口工作这一步。也许怕传染病院到了山里，再生出影响来，还得搬，便定为临时的安置站，也许后来社会有所变故，没人关心户口问题，如今也就无从查找记录了。谷口村以为安置站归属坛水村，而坛水村认为传染病院已搬走。不管怎么说，对于宋正明来说，现在他需要落实姚萍丽的纳入，坛水村有过记录，但传染病院早已搬离，记录也找不见，连当时的飞地也不存在了。而谷口村认定，安置站本来就在山下坛水村，虽没有划入村过，但多少年中，人却一直生活在这里。

依托过去，过去不在；依托现在，现在无录。

小茹说，这件事还亏着了镇卫生院的医生，本着对原来传染病人的关心，来派出所查过若干次，后见到卫生院看病的杨姓退休老公安，就传染病院问起杨姓公安。那个杨姓老公安就去过卫生院一次，医生发现他病重，立刻开转院单让他去了县医院，走前问明了情况。要不杨姓老公安去了县医院，因病已到晚期，不久就去世了，便再也无法问到了，再也无从知道了。

宋正明喘了一口气，早知道这么一个结果，他不用查来查去了。走出门去，他又叹了一口气。他的工作有时悬在一个偶然上，偶然便在必然中。他突然就想到，那个在卫生院问到杨姓老公安的，会不会就是林向英。他与林向英第一次见面就在这派出所里，她大概是在查传染病院。如此看来，他还是靠林向英才落实到结果。只是他似乎与林向英谈到姚萍丽这件事的,她知道了杨姓老公安这个结果,怎么没告诉自己一下?

也许在她的心里,根本没有什么人口普查这回事,对医生来说,人只是作为病人才有意义的。

三十二

这是个近夏的夜晚，进了宿舍，有一点热气微微而动。天渐渐热了，夜晚的时候，下起雨来，借着倒水，出房门在檐内的过道上站了一站，外面气息清凉。再回房间，发现屋里的气息闷闷的，也就推开窗子，一股凉气带着雨星飘进来，宋正明深吸一口气，一点潮湿的木草之气进入肺里。五行之中，春为木，而肺为金，金克木，此时却是木气润金。他觉得古代的许多知识玄奥，作有时便有，作无时便无。

前两日正看五行生克的这类书，直溪所在正应合着这种书，也弄不清为什么合。此刻也弄不清为什么润。雨停了，檐声已稀，便听有丝丝呜咽之音，细听是二胡声。没有丝与弦拉着的感觉，仿佛天随雨降落下来的自然之声，二胡分明拉的是一支曲子，这曲子又仿佛从没听过的，如泣如诉。静下来，慢慢听得真了，确是有人拉着，心念一起，仿佛又听不真了。一时真一时假的，一时有一时无的。宋正明便倚着窗台听着，木窗台有点腐朽了，撑着的一只手掌下面沾着了一点极细浮木屑。他偶而会感觉直溪有着旧时代的感受，有时又觉得直溪有着进化得很慢的感受。

一时一景，一刻一情，二胡似乎吹奏着人生的悠远悲哀。

第二天，宋正明突然生出兴致来，白天躺床上，整理了一下与他的工作无关的思路，有直溪的人物生出的闲情，有直溪的山水化出的逸致。理了一下，仿佛有许多的感受在涌动，团起来，又展开来，许多旧时的生活卷到情景中来，像被一层雾般的声息裹动着。他抬头望窗外，发现细雨淅淅沥沥的，天却清明着。到晚，他打开窗子，雨停了，又传来二胡的悠悠声。

宋正明不知以前晚上，特别是雨后的夜晚，是不是也有过这二胡声。没发现过，但也许是有的，他在夜晚的反省中，琴声引动了他的一点思绪，而不自知。他想循音去往拉二胡处，但关上窗出了门，一时又听不到声响了，听不到又如何寻得？他能肯定的是，那二胡声不是从录音机或收音机里传出的。

第三天的黄昏，宋正明冒着点点的细雨在街上走，有时仰起头来，让脸迎着雨丝。一直走到夜晚，他往靠山一边近村的街外走，让自己的听觉迎着四野的声息。雨慢慢地停了，宋正明依然在田野的山坡上站着，盾山的几座山峰像巨型假山石影般立着。他还从来没有这样细细地看夜晚的盾山，虽然他一直身在直溪，而直溪便是依偎着盾山的一个镇。

不知在哪一刻，二胡声息又起，因为在旷野，二胡之音仿佛在整个麦田上空飘拂，转传而来，回旋着，如响在了耳边，偏不知是从哪个方向而来。他只能像听了召唤似的，随声而行。那声息只在耳边，不知从哪里起，不知从哪里回，看不到也分不清拉奏之人是在哪片阴影处。

最后宋正明发现，他快靠近卫生院了，他停下了脚步，他想到那声音不可能是从院子里传出来的。林向英从来没有提到过她会拉二胡，她也绝不可能拉出如此悲凉的乐声。能确定这不是某一个固定的曲谱，只是拉琴者随兴而出。

宋正明在那里站停了好一会儿，他能看清四周的情景了。他一贯是个路盲，一上路，转来转去，就不知走向东南西北了。现在他已经走到了镇街西北阡陌上，明明是在卫生院西边的田野回转的，先靠近的应该是卫生院大门，眼下他却靠近的是卫生院的后门。他面向着西，只要偏了一点身，就能看到左边汽车站的建筑，向右边偏身，能见卫生院的建筑，两边房子中间，向着盾山的一片远景，延绵过来的是一个小土坡，在坡下有一条长石，这样的长石，宋正明似乎在哪儿见过，他一时忘了。而石上坐着一个人，他手里握着一把二胡，二胡竖在他的大腿上，他的手拉开着弓弦，却剪影般一动不动。是不是他一时停下了，还是那声息就是从他搁着不动的弦上发出来的。

　　看到了，也就看清了，拿着二胡的人就在眼前不远处。宋正明疑惑先前怎么一直没见这个人，没听到他拉的二胡声。按方向算起来，他应该从山坡那边走过来的，只略微围着坡转了转，就转至离他有段路了。此人是侧着身的。宋正明尽量直直地走过去，此一刻他还在疑惑，生怕一时对方失了影踪。

　　走近了，见他穿着一身春秋装，这身打扮，肯定不是一个乡村的人，起码是镇上人家。再走几步，宋正明看清他是个接近中年的人。他的脸正对着宋正明，仿佛在等着宋正明走过来。

　　他的脸上被露出的月光涂了一层白，显得跟古代公子般的，完全不像是乡村的人。宋正明原来不怎么在意镇上人的肤色，而看到从乡村中来的小荷，他发现直溪人有着白的底色，而乡村人的皮肤经许多劳作的风吹日晒，变为古铜色。镇上生活的人有一些家在乡村，还需要回村下地干活，特别是农忙季节。少部分

159

人，工作在县城和外城或整个家在镇上，一点没有在田里劳动的痕迹，肤色显白。眼前的他又因月光的浸染，显得明净。

"宋干部啊，散步呢。"

宋正明诧异他认出自己来，自己却对他没有一点印象。宋正明来直溪有半年了，在镇上生活的人基本都见过。只见他一手扶着二胡，一手握着靠在弦上的琴弓。他的声音有点低沉浑厚，仿佛通着一种乐声，一点呜咽之音，直传到遥远。

遥远盾山山峰的方向，牵着丝丝的清音，像应着的回声。

宋正明走过去，在他的身边坐下，身下有些许清冷之气。想是他已在这里坐了一大会儿，还沾了点细雨。这一刻宋正明想着和他聊聊，发现他有一种城里来人的熟悉感，最早与林向英一见如故，也源于此。宋正明很想听他谈一谈而今城里人的生活。宋正明一度有落户在直溪的想法，在镇边买一处房子，房子周围有一个院子，最好靠近溪边，可以接溪水入户，院里养一些花草，放一张藤椅和一张竹榻，天热之时，可在院中歇凉并自省沉思。他此时的工资完全买得起这样的房子与院子。这计划到将来就无法实现了。其实买房子的想法，只在浮念中，那时候根本不会有行动的。

有些思绪中的事，没有去做，以后再无可补救。也许那想法也只是记忆之思。

"我姓黄，黄强。"这个地方的人发音是："黄""王"不分。他的嗓子尾音含混，"强""翔"难辨。该是叫黄强吧。宋正明正继续听他的自我介绍，他却偏过脸去，又像刚才一样面对着盾山山峰。

"你还没去过盾山云峰吧。"

盾山云峰是盾山诸山峰之首，宋正明没去过。来直溪后，宋正明听镇政府看门老头说起过盾山云峰，听看门老头的介绍，那云峰看上去并不高，但看山跑死马，看峰爬死人。说起来，直溪镇上的人很少有爬过云峰的。

宋正明能想到，那个云峰再高，按看上去与整山的比例，也高不到哪儿去，大概是峰高形陡，无路可行，无石可攀，也无药可采，山里人生活得实在，无所得又何故去爬山履险，也许有过攀峰而摔亡的事发生，久而久之，也就成了人们口中的禁区。宋正明来直溪，到他的年龄和社会经历，已没有好奇之心，也并无兴趣观风景。

黄强一点没有陌生感地与宋正明说着话，像是与宋正明一见如故，又像是与宋正明交往已有很长时间，在长长的时间中有了许多可以拓宽的话题，在长长的时间中随便说什么都能理解共通。那一个共通点，是黄强说到的：你从城市来直溪，我从直溪去城市。

黄强说的共通点，是直溪呢，还是城市？如果说是直溪，他的话中肯定不是这个意思。要说是城市，多少有所符合，宋正明想到了林向英，他们之间的理解，也不需要解释的。其实应该说，有着城市背景再来看直溪，看直溪的生活，看直溪的天地，看直溪的人情世故，自然有着共通。

黄强说，直溪其实是个温柔乡，是个容易被迷失的地方，在直溪生活，时间会一点一点地让人安静下去，让人按部就班，让人安于命运，让人不再有激烈的情绪，耽于安乐。直溪人需要一个冲击，直溪人需要扩大眼界，直溪人需要到盾山云峰去，再从峰顶下来，如此跳出去了，让心乱一乱，有了世界性的感受，如此才有了大的视野。

黄强的声音带着点呜咽的余音，看来余音不是二胡声，而是从他内心中流出来的叹息。

宋正明能理解他的话语，但并非与他有共通的感受。宋正明正是要在直溪静一静自己曾经纷乱的心，许多强烈的心绪带着无可躲避的悲哀。宋正明原来在直溪听看门老头提到过盾山云峰，感觉那是一个遥远的所在。但宋正明去过了山里，知道那云峰其实也在直溪镇的范围内，只是峰处没有人家，是一片虚地，峰的那一边是隔县所在，可以说是两县共管之处，因为人迹罕至，没有明显的分割，两管两不管，也许与当初坛水村边的湾岛一样，可称作飞地吧。

"我去过一次，我一直想着要去一次。听说那峰顶上是攀不上的，去不了的，我还是去了。往往是人无意翻过，心里有事不能去。而偏偏只心中有事人才去。曾听一个神神道道的人去过，那时就说只有神神道道的人，才会到那里去，就算不是神神道道的人，去了回来也变得神神道道的。去过的人回来好像什么也不记得了，又好像是没有什么可记的。我曾找到那个人，那个人确实有点神神道道的，说去过以后日子就过得快了。当时我就想日子过得快些，快些老，就没有那么多烦恼的事情。只记得进入处，有一片仙境，那里云腾雾遮的，实在可以说是仙境。翻过云峰，连接着的是忘却，是失落。人一旦失落了什么根本的东西，一切也就无所谓了。很多的人在那里失落了，消失了。有的到了原来的地方，把这里的一切失落了，丢掉了。或者是新的所在，不再回来了，重新开始生活。从直溪到那里去，走出去了，不再回来。而我还是回来了，我大概是唯一一个走回来的，是不是因为在这里，我还有人与事牵连着。是不是我根本没有能够走过去，也许要有隔绝一切的勇气才走得过去，而我并没有那样的勇气。勇气是什么？是无所牵扯，无所挂碍。只有直溪人知道，云峰有走进去无回路的说法，其他地方的人，好像听不到这样的传说，大概就是听到了，也不会有人相信。人都是求实的，好好的一个人，要去爬什么山峰做什么。而这山峰本来海拔并不高，看上去也不险，一般人嫌它无奇，探险队嫌它无险。对我来说，那是一个梦一个幻境，我是去过了。因为有不确定的感受，我第二次再去，可那仙境的色彩都没有了。也许只有看到云腾雾遮时，才会有仙境的感受。不过我再也无法一直在直溪待下去……"

黄强有点绕口令似地说了半天，像是对盾山一个叫云峰的介绍。在宋正明听来却是说着一个神秘所在的色彩，正是这种色彩涂白了他的脸，正是这种神秘让他的二胡发出呜咽的声息。当地人也许会称他神神道道的。

宋正明沉入了一种心境，他说不出这种心境是如何的情景，那是无实体的感受，仿佛早就在那里，并不在外，要说在内，又不是记忆中的存在。他问不了什么，就这么坐着，不知自己坐了多久，不知黄强什么时候走的，甚至不知自己什么时候走回宿舍的。

三十三

宋正明感觉天气与身体有点关系，天放晴了，开始热了，他的精神显得好多了。这一天他在街上的百货店门口看到林向英，她的脚步有点快。他好像还没有仔细看过她的整体形象，每次只是某个局部的观感，这时看来，她的形体别致，与直溪本地的女人有所不同。她踩的步子有着弹性似的，这不存在好看不好看的问题，在直溪人看来，是城市女人的步子。宋正明的城市记忆中，少见她这般步态，应该属于她独有的。宋正明本来对人的形象并不入心，看某一个人行走或者安坐，看某一个人笑或者悲，回想起来，也只是一团模糊感觉。记不清那笑是眼角朝上，还是眉毛朝下弯；记不清那悲是额头皱纹深，还是腮帮往下垂。那种文学描写中的形象，到底是不是别的作家仔细地观察。对他来说，许多情景只是看到眼里，并不入心。是多数人这样观察的，还是他宋正明独自的观感？他有时觉得这种感受也很奇怪，都说作家需要观察力，他天生就不是作家的料。许多思绪在他的头脑中流动着，放在文学写作中，最适合的是意识流，这是国外创作的一种表现手法。但这种意识流是常态呢，还是他宋正明写作以后才形成的习惯？是一种写作的后遗症。老是让意识流动影响自己的生活，也许便是一种精神疾病。

"你在想什么？"

宋正明发现林向英站在了他的面前。听到她的声音，他的视觉才从流动的意识中拔出来。他随嘴说了出来："我大概是病了。"

"又病了？晚上我去看一看。"

林向英大概正有事，往后走过去。宋正明这才想到自己的话是脱口而出，到底是急中生智，还是慌乱之应？不过结果是对的，人常常的慌乱之应是正确的。要不，她到了他的面前，他还沉于自己的思想，对她是不敬的。

他顺着脚步往前走了一段。意识中的琐碎想法其实无聊，但人生大部分都在这种状态中。

此时他又想到了林向英，她刚才的模样与神态，亲近了不少，有着医生味，也有女人味。人与社会的交往，人与世界的联系，人与大自然的同存，无非是六感，少了一种感觉，其他的感觉会强化，那么多了一种感觉，其他感觉会不会钝化？如果变异了呢？便是特异功能了，显现的世界大概是另外的形态了。要是创作变一种感觉来表现世界的话，也许作品便显得奇特了吧，不会再写那种平常乃至平庸的东西。

最近的那次在文化站的阅读活动，因为读了他的小说，因为林向英给他的高度评价，让他又生出了一些接着创作的意识。

晚上林向英来了，她坐到小桌前面朝宋正明看了一会儿，似乎忘记了她是来给宋正明看病，说："我们下一盘棋吧。"

宋正明说："好，我们下棋。好久没下棋了。"

他也不提看病的事。也许他认为林向英刚才看了他一会儿，认定他没有得病。本来他只是停住了思想，并不觉得自己有病。也许病不病只是他们的一种说法。人有时候交往，需要一种借口。

宋正明细细看着林向英，林向英下每步棋都那么认真，拈子在手指上，双眉微皱，手指细长灵巧。她的眼鼻口没什么特点，但组合起来的五官很端正。让他有想伸手抚一抚的感觉，初到直溪时，他几乎丧失了男女的欲望，但他内心还潜伏着欲望，慢慢地欲望在成长。

"你认真一点好不好。"林向英抬起头来说。她一直低头看盘的，是怎么注意到宋正明在看她，并思想游离。

"我想赢你，只能随意一点。"

宋正明说的是实在话，但他说出来的时候，就发现自己说得不对，表现出轻视对手的意味。他的话暗示只需随意便能胜棋。而以往的输棋呢，是不是他故意的呢？

林向英没气恼，也许她根本没有在意他的话，也许她已经理解了他，也许她把他的话当作一种习惯，也许她对他的所有的话都宽解。人与人交往其实都可以宽解，这样就没有矛盾。这是直溪的影响，在直溪让人思考，也让人随意，让人无有矛盾心理。

她又咕哝了一声："我看你是有病。"

她一边说，一边看着盘，想着下了一步棋。也许她说有病，也是一种习惯，是医生的习惯。并不认为他就是有病了。

这一盘下完，还是宋正明胜了。他收着棋说："我没有病吧。"

"从外面来直溪的男人都有病。"

"水土不服吗？"

"水土不服？从直溪出去后回来的男人也有病。你知道吧？

那个总会在雨后拉二胡的黄姓男人，到卫生院找我开病假。我看他是有病了，只是不像在外面有的病，倒像是出去回来后得的病。他连一个病历卡都没有……"

"是他……"

"是季媚的男人。"

林向英比以往多了一点话，并提到了季媚。她是不是那天晚上在卫生院门外，看到他们在一起谈话了吧。她从来不与他谈病人，应该说她从不与他说女病人。

坐在石上对着盾山山峰拉着二胡的黄姓男人，站起身来，踮着脚的季媚，伸出手来插在他的臂弯里。他们步履蹒跚走向梦幻般的盾山山峰，那里峰峦林立，色彩黑白，月色朦胧。

三十四

宋正明想再去一次山中谷口村，姚萍丽的户口在飞地，不知飞向哪里。在他的普查表上，她总要有一个纳入地。现在她生活在谷口村，宋正明要与村长落实，把她纳入村里，并且要由她签字。普查表上每一个人都需要签名落实。去之前，林向英对他说，她也要去一次，看一看姚萍丽。

这也正常。林向英实在是个负责的医生，一个多少年前得过传染病的病人，现在怎么样了？她的身体还有病吗？作为一个医生，她一直在查这个传染病院所在，现在知道了安置站还剩一个病人在，那么其他的病人呢？这个病人到底是怎么样的病？活到现在，又发生了什么变化？这比普查所有的人口还要有价值。宋正明要是听到这种说法，肯定有意见。他认为，这是贬低人口普查的意义。姚萍丽是个体的，而人口普查是宏观中的一部分。然而，一个病人在多少年的生活变化中，不也是宏观病源史的一部分吗？

宋正明和林向英启程去谷口村，两个人同行山里，宋正明还是第一次。直溪的生活，会生出些什么变化来，他不敢憧憬。不知从什么时候开始的，他基本不憧憬任何事物，因为人生的变化太快，有时也太蹊跷，也许他吃过憧憬的苦头，也许他已经失去了憧憬的勇气，也许怕到时变化得让人感觉失望。越是好的东西他越不期望，这样，好事落下，便有着喜欢的新鲜感受。而把可能的坏事，想上个千遍万遍，临到坏事来了，也不会太痛苦了，都已在感受中经历过。

乘车到山里，在车上，虽然俩人挨着坐，林向英几乎没有对宋正明说什么话，她靠窗坐着，几乎一直在看窗外的景致，那一路山景想她很少看到。她一直在卫生院里，对着的多是白墙白衣，嗅着的是药味。而山道的景色，一路是初夏的丛树花景。车窗打开着，迎面吹来夹着阵阵花草的气息。

他们下了车。下车后须走一段长长的山路，到谷口村听说只有十里路，其实是很长的里程，宋正明曾经感受过。他们并肩走在山路上，一开始还看到有同车下来的人，走着走着，人在各个道口散开了。林向英还是望着山景，神色却是漾开了，一路说着这叫什么树，那叫什么花。宋正明是写东西的，对树啊花啊，能说出个名称和花季。但林向英对各种树木和花草，不只知道学名，还能说出俗名。她是医生，还是中医学院毕业的，草药也算是她的一门学科。宋正明关注什么树开什么色彩什么形态的花，而林向英关注什么草是什么味，属性寒还是性温，能治什么病，对什么症状有功用。一个是虚的，一个是实的。

平时并不大胆，行事循规蹈矩，却期待着发现某种未知事物，以获得新的认知。他只有这方面是独特的，大胆的。人一旦有了某种特殊的接触，洞悉不同的来处，生活可以更放松了。他似乎先前与林向英聊天时聊到过。林向英说她可没觉得他是个胆大的人。她盯着他看着：你胆大？

下午，多云天气。他们走在山的阴面，天的尽头浮现一片白，山势黑沉沉的。浮在山间的云如一缕缕黑白的剪影。走过一

169

个小山峰，两人在山道上流连，完全不计时间的走动，偶尔靠着山壁坐下，山壁伸着一个半弧，向上伸展，上到峰尖。一头接着弧底，罩住了整个的山。黑色的山影沉下来，风贴着壁打着旋，发着微微的呼呼嗯嗯声。泉水从山壁之缝里渗出，沿着山壁之脚弯弯地映着白亮，淌着吱吱咕咕声。

坐在弧中的林向英把手指撮在一起向前伸去，仿佛提住了那一片白云的黑边，手在云色中变成了黑色的剪影，一片一片的云絮扯落下来……那边有几户农家，泥石拌着青竹芭的气息，人畜合着山泉流水的气息，融在一起进入嗅觉中来，嘴里感觉吸着山中带酸甜的凉凉的味道。真真切切的视、听、嗅、味、触觉，都异常清晰地活动开来，眼前的一切显现着五彩色，一下子进入心间。许多过去的残念，一下子失落了，只有眼前的一切，实实在在地在感觉中。

路窄处，他们一前一后跟得紧，路宽处，他们俩并肩走着，偶尔对望一眼，林向英偏过脸忽视一边，像是不想让宋正明提示什么意味。宋正明胆子似乎大了些，盯着她看，故意想让她生出点感觉来。他发现林向英有时会上牙咬一咬下嘴唇，那神态是他过去没见过的。这时的林向英显得特别好看。宋正明原来怎么会把她当作男人的？她分明是个女人，还是个越看越觉得好看的女人。

后来，林向英站停了，宋正明发现她朝旁边的一片林子看着，那片林子树木茂密，无花，是常见的树，叶密密地覆盖下来。他不知她看什么，也就跟着看。似乎那里确实有可看的。

她咕哝了一句："我洗个手。"

宋正明并没有注意到林子那边有水溏，她可能视力特别，也许进里面能看到。她往林子里走去，他也就跟着。林子里几乎没有路了，这是一片没有人迹的原始林。他们一前一后地走着，林向英回头朝他看看，他朝她笑笑，莫名地笑笑，仿佛在林子里走着颇有情趣。宋正明并不知林子前面有没有水，溪水的流动声隐隐的，感觉不在近处。

林向英似是找话说："你还……有病吗？"

后面的声音咬在嘴里，并不清晰。

宋正明说："我病好了。"

林向英说："知道我是女人后啊，你老是有病。"

她说过这样的话，宋正明想了想说："是啊，大概因为你是医生，我就有病了。"他也好像说过这样的话。

后来林向英在林子里头站住了。这时候宋正明听到林子那边有明晰的溪水流动声息了。

林向英却说："我要洗个手啊。"

宋正明搓搓手说："我也洗个手，黏黏的。"

宋正明的手并不黏，他也难得在她面前说假话。他能理解她作为医生，多少有点洁癖，毕竟坐过了公共的长途车。

林向英说："洗手你也要跟着……"

声音有点恼怒，脸上却带着无可奈何的笑意。

"好吧。"她说。林向英拣了一小片草不太密的地方，伸手去解裤带，边说："你不是要验看一下我是不是雌雄体吗？来吧。"

宋正明突然意识到她洗手的意思了，一瞬间还有点蒙。他也不知道自己怎么意识到的，直溪这里不管镇上还是乡村，都没有称洗手的。城市从什么时候开始，时兴把方便改用洗手这个词，把厕所改称洗手间的？在时间段上，他难以确定，反正他弄不清林向英什么时候习惯了用这个词，也许她是故意的，也许是她在直溪还保留着城市的习惯。他也是城里来的人，宋正明意识到自己从来没有用这个词的意识，只是很快进入了这个意识，进入的同时，连着一串新时代用词。这些文明的意识是开始在直溪，是开始在林向英面前。

宋正明来到直溪，仿佛时间停留了，甚或是退到了过去。只有林向英照旧接触着外来时空，给他以影响。

林向英解着裤子蹲下去，宋正明也就转身两步，为显示同步，他也有需要，也解开拉链，对着一棵树"洗了个手"。

听后面，有淅沥声，后来他听她在后面说："你过来吧。"

宋正明转身过去。发现林向英在那边一片树丛中站着，似笑非笑地看着他过去。等他走近了，伸手一把拉着他，抱住了他的头。宋正明感觉自己的一些记忆与旧生活场景醒了过来。还有那蜷缩的需求，还有那生理本能，还有那色、受、想、行、识都醒了过来。众感受化作一团混沌盘旋围绕，头晕晕的，增一层感受，多一层晕乎。

直到结束他才发现他们的身下垫着一块大片的薄毛巾。她毕竟是医生。她是什么时候准备的？在他转身的那一刻？在他走向她的那一瞬间？

宋正明穿衣服时，林向英向林边走去，待宋正明跟出去，发现那儿有一条溪流，走向溪边，踩着高高低低的石头，走几步，站停在一块稍高的石上，静心地看了看四周，一边是青青的林子，一边是清清的溪流，眼前是没有开发过的大大小小的鹅卵石，溪右边一块矗起的高石立在溪上，双水流裹着石沿流下去，流水之处冲得圆润。

听到林向英的声音，看她正在溪水的水湾处，在一块整石上蹲着，手在水里漂洗。他向她走过去，四处无人，皆自然之声，隐隐有虫的鸣声，鸟翅的扇动声，溪流淙淙，有着桃花源的感觉。刚才的人体活动后，通体松弛舒坦，一时四周显得清亮。

宋正明靠近林向英站着，林向英伸过手来拉着他的裤腰皮带，说了一声："脱……蹲下……"

宋正明此时十分配合，似乎一切顺遂，由着她的解和脱，蹲到水边来，露着腚，就感觉她伸手过来，刚才热乎乎的，现在凉爽爽的，连着一片潮湿，顿时整个颤动了一下。刚才一刻是膨胀的，现在一时是收缩的。被濡湿的阵阵清凉，凉意伴着柔意。她慢慢用毛巾擦干了，随后拍一下他的臀部，示意完成了。这一拍，另有一层亲近的含意，也有一层报复的意味。那意味在宋正明感觉中，恍惚有着隔世的感受。那一世的亲近是因为她是男人。

这一刻的清凉与刚才一刻的柔暖，都像在水中荡漾。宋正明觉得人生不过如此，想留着慢点漂去，却是留不住的。时间的流动感与溪水的流动感，应该是悠悠的，过后却感觉是匆匆。人生只有在记忆中回味，回味中失去了真实。舒适快乐留不住，非得在进行中才能感受，过去了便无可记忆，只有痛苦在记忆中依旧那般真实。

眼前溪水顺流而下，在小小断崖处如小小的瀑布，在平缓处积成一湾清水塘，水光映着树草之色，映着山色，映着天色，格外明净，看映着水光的山，山色越发葱茏；看水，看落下的水，溅在石上，水珠晶亮晶亮。谁说水清无鱼？正看到水里有鱼，是一种扁扁的石鳞鱼。鱼从何来，不可能从山下逆流而上的吧，那么是在山里生长出来的吗？水中有一个自在的世界，有上面水中天的倒影，有中间水中树与叶的倒影，有流水中的水影与水纹，还有水中的鱼与鱼划动的轻波。

"真好。"

她笑了，说："你又说到这个词了。"

"我对你说过吗？"他怀疑地看她，"是什么时候呢？"

"你的作品啊，你写到与女人在一起的时候，总会用这个简单的词。"

她的口气不是嘲讽的，这时候不管她说什么话，带着的都是温柔的情调，她的声调确实不同于往常，刚才的一刻变化了他们的情感，变化了他们的生活，变化了他们的交往，变化了他们的关系，起码在他的感觉中是这样的。

听林向英安排，他们直接去姚萍丽的住所。宋正明提起那次村小组长郭强四说的，姚萍丽只有在黄昏时才会出现。林向英并不理会，她认定访问过了姚萍丽便赶去到谷口村委会，那里电话联系过，并安排了住宿。宋正明摆明一切行程听林向英的，他只是笑嘻嘻地看着她。而她的口气变得专横。

"你别那种笑样。好像占到了什么。我的第一次早给了人家。"

"你要是第一次的话，我就觉得害怕了。"

"害怕什么？怕我缠住你？要结婚？"

宋正明立刻收了口。他刚才的话是随嘴说的，他也弄不清自己怕的是什么，只觉得这个时候，他的说话是无意义的。如对女人的占有来说，自古以来指的是处女，女人不是处女，自然不是完全地占有了。以后的时代，女人结婚前，已经历过不少，女人觉得在婚前多尝试性爱也是好的，那种缠绕痴迷的爱，也不会再存在。婚时女子才失去了处子的感觉难得了，自然男人占有的感觉稀薄得很了。宋正明这一刻不可能生出这样的想法，因为移动了时间。他应该只有过去，以往的多少年的人生，他的年龄决定他有过与女人与婚姻的岁月，然而，那些生活已经纳入在他封禁的圈子里，他怕触及。

也许直溪这一段时间，宋正明是走进了一个时间的隙缝。那么林向英呢？还有他身边周围的那些人物呢？直溪生活中的男女都是虚幻的？姚萍丽是给人有虚幻感，其他的人呢？他们生活中有一个个真实的细节，宋正明也经历着一个个细节，有着一个个细节的现实感受。当然也有例外，他与林向英的见面，每一次在一起时的细节，特别是生出了那一刻林间溪水边的感受，有着明暗温凉的感受，都像是浮着的，虚幻的。

三十五

姚萍丽如虚幻般地，站在她的屋门前，似乎在等着他们。确切地说，是在等林向英，林向英像是与她约好了似的。

姚萍丽一见面，就说："小狐狸过河，湿了尾巴。"

她像是对他们说的，宋正明却觉得她的眼睛对着自己，掩在黑布巾的里面，带着一点嘲弄的神情。这是上一次没感觉到的。那一次她只是冷冷的，显现着毫无神气的一个过去的病人。这一次许是因为林向英，是病人对着医生。她的话不是对陌生人说的。

这一次是姚萍丽主动说话，宋正明一下子精神提了上来，仔细感受她的话意，走前两步想搭话，姚萍丽一个冷冷的眼神阻拦了他。他意识到与姚萍丽无法正常对话，她对他有着距离，虽不像对别人那样隔着，但不让他靠近。她的主动说话是对林向英的。宋正明去看林向英，林向英却一副干巴巴的样子，瞪着姚萍丽。姚萍丽则是一副病人嘲讽了医生的模样。

林向英朝姚萍丽走过去，宋正明想拉她，但手伸了伸没动。姚萍丽本来一副拒人千里之外的神情，眼前显出无可奈何。也许是病人习惯对医生的顺从。以往没有人接近她，也许并非她不接近人的本意。如果别人只顾走近她的话，她并非不能接受。

宋正明想跟着走，林向英左手掌往后甩了一下，他站住了。他已经很能配合林向英的动作了，像自那一刻后，已经有多少岁月的生活经历了。

过了好大一刻，林向英出门来，对宋正明说了一声："走吧。"自顾自往前走，宋正明跟着走去。他没回头看姚萍丽是不是跟着出来。人与人的关系，存在量仿佛有着定数，有些人见过了，交流过了，也就没有了再联系的可能。有些人就是再有见面，仿佛与再无联系的路人一样。能见面，能说话，有必要的，无必要的，有心里存着一点感觉的，有感觉顺应着人生意味的，有给人惊醒感悟的，一生见着无数人，一生其实只接触屈指可数的人，似乎也有着定数。

林向英没告诉宋正明，她与姚萍丽进房间后做了什么，是医生给病人做检查了吧，结果如何，林向英没说。宋正明想象了一下她们在暗暗的房里的场景，但没问。

走了一段路，宋正明笑了一下。林向英转身来看他。他说："你是从来不与我谈女人的事。"

"谈什么？"

林向英不对宋正明谈任何与女人的事。那个夜晚，林向英把季媚从卫生院后门带进去后，她没再提起。这次林向英进了姚萍丽的门后也是如此，这大概是她当医生的习惯，有顾及病人隐私的习惯吧。隐私一词似乎是后来才提倡的。林向英对宋正明避免谈女人的事，是因为他们有着的关系吧。

"你想说吗？"

"女人的事嘛，男人知道做什么？有意思么？"

"是没多大意思。"

"男人想知道女人的事，来当作聊天谈资；女人也想知道男人的事，来当作八卦谈资。这是病，医生不该厌弃病人的病，但我特别讨厌这样的病。我是为病人做检查而来，姚萍丽的事，是病人的隐私，你想知道么？我能告诉你知道么？"

宋正明也觉得自己问得奇怪，上次季媚的事，他想问，但没问。这次姚萍丽的事，他问出来了。为什么问出来？是因为与林向英有了那一刻的关系？是姚萍丽与季媚有不同处。不同是什么呢？宋正明想到姚萍丽的神秘性，其实他心里感觉这并非理由。

走着走着，林向英突然扭过头来带笑说："我差点忘了，你是作家，写作品自然需要了解人，并非男人式的无聊。你问吧。"

她这么一说，宋正明一时不知问什么。

"什么都行？"

"说吧。"

"我看你与姚萍丽一对眼神，像是有着一种默契。"

"本来觉得她是能通灵……你说默契，是有默契。像是以前接触过的。"

"什么时候接触的？这多少年她一直在直溪，从不走进社会的。"

林向英想了想，当医生的接触的病人多，但姚萍丽这样的，如接触了，肯定不会没印象。

"上一辈子吧。"

"你真相信有上一辈子？"

"我相信所有现实的存在，上辈子看不到，我不去想，嫌烦。"

宋正明显得高兴。她不知道他为什么。

林向英只顾向前走，宋正明来过一次，发现不是往村委会的路。难道是林向英在姚萍丽房间里，姚萍丽告诉过她有那么一条近路？又走了一会儿，山路越走越窄，宋正明才叫了林向英。

赶着几步，拍一下林向英的肩。

林向英转过身来，手掌边正敲在了宋正明的私处，她随后轻笑了一下。

"小狐狸湿了的尾巴，应该在后面的。你的在前面。"

宋正明难得听到林向英的调笑，很想一下子搂过她来，只是还是没有对林向英亲昵的胆子。便说："这不是往谷口村的路吧。"

林向英说："你怎么不早说？"

宋正明说："其实离得最近的是小村，不过现在离小村也远了，还是到谷口村去吧。大村上招待的地方宽敞些。"

林向英说："本来嘛，我又没普查的事，去小村做什么。"

"算了，休息一会儿吧，看看能不能有本地的乡人，问一下路。"

太阳落到了山那边，天上还有着落霞映亮的光色，他们在山道边休息，背靠着背。山里到处是风景，竹林倚在了一边，另一边流动着浅浅的山溪水，染着了山色的青翠。宋正明扭脸朝林向英看看。人有的时候，男女或为同事，或为朋友，日日靠近在身边，距离却是很远的，男人只要一接触女人的肉体，便负着了一层罪名，似乎女人是万万不可触碰的。其实男女间本来皆有着亲近的愿望，临了还是一生站在了此岸与彼岸。然而，男女一旦有了那一层关系，经过了那一刻，什么都变化了，可以接近她，可以触摸她，可以对她袒露所有私密的一切，与她成了最亲近的人。个人与世上的一切的事物，都是隔着的，那一切都是外在，每个人的生命与生活都是孤独的，男人与女人，本来总有着间隔，隔着可说是一座山，是不可侵犯的，是不可逾越的，然而，经过那一刻，一切都可敞开，一切都可触及，一切都可不用猜度。只有男人与女人有了共同的感觉，经过了那一刻，亲密有了双层的意义，一层是亲密无间，一层是你我融合。人生的外变化成了内，半个人与半个人的结合，才有合成一个人的感觉。这就是缘，百年修得共枕眠。能成为最亲近的，成为最密切的。百年之修，该累积了多少辈？

"你在想什么……"

宋正明说不得那些想象，把先前所想的意思对林向英说了，吐露着对男女亲密关系的至高理解。

缘起缘灭。累世积成的美好，又如何化解于那一刻。

林向英却说："尾巴湿了一下，这么兴奋吗？"

宋正明说："真不是占有的感觉。"

林向英继续揶揄般地说："你没见过裸体的女人吗？我可是医生，光身子的男人我见得多。"

宋正明说："这一样么？"

林向英说："湿尾巴与握手、接吻有多少区别吗？也只是一种肉体接触，好像有作家这么说过。"

宋正明说："这真的一样么？"

林向英说："有什么不一样的？男人与女人兴奋一下，荷尔蒙释放一下。都是被古代遗传的占有感觉弄得神秘了。人本来皆裸体而来，未来好的社会，应该是男女只要互相有感觉，无有强制，无有交易，都可以互湿一下尾巴。让两个人快活的事，做什么要遮遮掩掩？为什么要干涉？关别人什么事？为什么要保护一个男人对女人的专有权？这种专有权，使男人要维护脸面的强势虚荣；这种专有权，使女人永远生出被吃亏被占便宜的弱势地位。所谓的家庭婚姻这些累赘的东西，造出了多少矛盾来。"

宋正明转身看着林向英，他并没有惊讶，她的说法多少合着他的某些想法，他们之间确实有着内心深处的默契。但不管是说法还是想法，实在不适宜现今的社会，特别是由她一个女人说出来。另外她此时所说，也实在不适宜他们先前有过的那一刻，贬损着他肉体的愉悦和精神的快感。

宋正明说："你说的也许是对的。但男女之间随感觉而性……被人称颂的爱也就失去了力量。那么，人生除了痛苦，还有什么意趣？"

林向英说："爱就是爱。强调爱是自私的，依然是人给自己添的虚幻的东西。不过是避开现实的麻醉药。"

宋正明想说：你这也扯到医生的麻醉说法上。但此话他没有说出来。她什么都说，而他有话没说出来。他想她大概正在后悔刚才的做法，才有意话如刀般割裂着，把纠缠着的感觉剁得细碎。

宋正明说："我一点没感觉麻醉，而是现实的幸福感。"

林向英说："虚假的幸福感。许多的病人才需要这种虚假的感觉。"

林向英像恢复了当初被当作男人时说的话语。毫无温柔，毫无顾忌。

宋正明不想意识被她撕扯："好吧，你说得也对，人只有互相敞开，不再试图窥探裸体与占有情欲而交媾的快感，爱才真正地表现出来。"

"所谓爱，也是人活着给自己的思想添的一层意义，让人在世界多了一点痛苦中的麻醉，多了一层活着的理由。一切都是思想形成的痛苦，或者醒悟，或者继续痛苦。醒悟与爱一样，与一切的正面的意义一样，也是一种麻醉。一切都是苦，一切都是空，相反相成。动物没有思想的痛苦，生存痛苦是简单的，而人有了思想，痛苦就变得复杂。于是添出所谓的情啊爱啊的意义，结果往往更加痛苦。所以没听说过动物有自杀的，只有人因为那一层意义的失望，才会有自杀死亡的结果。"

她的话像医生的解剖刀似的。而宋正明觉得林向英最后想说的并没有说出来，只是自己思想中所有的，所以并无陌生感，反而有着一层熟悉的意味。

后来他想到，面前的她，怎么可能作为女人出现的？出现的她，是给自己一种意味，一种麻醉，一种沉沦，一种解脱。孤独的痛苦连着空寂，才浮现出她。而有了她，有了与她的一刻，原以为融和了一切，但依然隔着一层。她用这些话来隔绝他。她虽在面前，他与她就算是有过那相融的一刻，他也无法把她完完全全地融进内里，却更一层感觉着割裂。有过乃是，更添体悟，已得如是，还不解悟？

三十六

宋正明回到镇上，有几日恍恍惚惚的，他并没有渴望林向英到来，又心神不定地什么事都做不了。他感觉自己不像是三十多岁有过很多经历的男人，好像是一个二十岁左右的年轻小伙子，这让他不安，让他迷惑，夜晚盘坐床上自省中，他意识到是因为孤独。在直溪时间久了，一旦情感的闸门打开了，激流冲得他晕晕乎乎的。

他依旧正常生活，上街遇到脸熟的人，点头招呼，一日三餐或去食堂，或去小餐店，或自己烧饭做菜，只没有计划下村去。有时听觉敏感，似乎听到楼梯上有脚步声，伸头到窗边朝外看。

林向英来了，隔的时间长了一点，其实是他的感觉问题，以前十天半月是常事。宋正明迎她进屋，关了门，便抱向她。她身子一扭，坐到床边的桌前，从棋篓里捏了一颗棋子，准备下棋。宋正明依然站着，盯着她看，疑惑与她在山里林间的那一刻，是不是梦幻。她扭过脸来看他，他不依不饶地伸过手臂把她揽过，她仰着脸由他亲吻，肢体轻柔。但他进一步动作时，她再扭身子，坚决地撸开了他的手。让他有因得寸进尺被拒绝的难堪。

他们坐下来下棋，他明显心思不在棋盘上，想着要对她说什么，却觉得说什么都不对，说近了会让她感觉是挑逗，说远了自己感觉是疏离。棋没下到收官，明显他的一条长龙已死，输棋已定。她把手中的棋子丢进盒里，起身走了。

下一次林向英来，这之间没隔几天，他告诉她，他想她，同时他抱着她，她依然轻轻柔柔地让他亲吻，而只要她一到面前，他的肉欲便升起来，有着一种动物般的反应。她照旧在他下一步动作时，身子表现着拒绝，让他感觉着自己的羞耻。

"不要……"

她的身子离开着他，同时眼光中有着一种嘲讽，表现着对他的低层肉欲感的厌弃。

他说："怎么就不行了？"

她说："那是在山上……"

她没有说下去，她的话意是：在山上野外的情景之下，迷惑之中，一时兴起而已。既然下了山，既然回到了原来的生活中，便不再有意乱，不再有冲动，不再有荷尔蒙的激荡。似乎她在对他说，忘了那一切吧。又似乎在山上夜晚的星空下，背对背看山景间，她早醒悟过来。他想到了她说的话，那话还引出许多的话来。而他所说的爱，便如一对成熟男女间说的求欢呓语，而今在他的宿舍，一切只是反复，变成了一种程式。

你不能再谈点什么，就当以往我还是男人的时候一样，单想着了这点动作？

林向英应该没说出这样的话来，既然她来，就算有后悔，但也没有决绝。但他在内心中听到这些话。又感受着一层空空，如身体里失落了很贵重的东西。

她开始厌弃，他越发感到羞耻。

后来，宋正明有点怕林向英来宿舍。因为只要面对着她，他总想要做出亲昵的举动，其实他已经不再求取肉体的关系，只求维持亲近，不愿退后隔绝。他实在怕意识到那一刻只是虚幻，怕她因为后悔而最后陷于客套。他甚至希望他们能回到上山之前，毕竟那时两个人心灵相通，有所默契，有所希冀，有所关心，有所理解。

林向英有些天没有来，宋正明已不再想着她，他决定下乡去，还有一些村子的普查工作需要进行。临行前他去了一次卫生院。他想告诉她一下，并非有看她的念头，只是怕他刚下去，她晚上就到宿舍找他，见不着他，会以为他是不告而别，不想再与她见面了。男人与女人有了某种关系，并不像他意念中相融相合的情景，相反，会生出许多难以想象的麻烦，会生出许多无可奈何的事态，会生出许多莫名其妙的计较。这许多的许多，一下子进入他的内心，并不陌生。他应该感受过，只是他把那些封禁在了旧日的圈里，一旦触及，自然熟悉。

宋正明在卫生院没见着林向英，那个女护士说林医生到县城去了。

三十七

　　宋正明这一行有十天，天热了，他需要换去长袖衣衫，这一天他回镇上来，快走到镇街东头，看到左边坡上有一男一女在打篮球，坡上是镇学校的操场，坡上正好有一块平整的地方，砌了校舍成为课堂和办公室。校舍周围种着杨树与柳树，也不砌围墙。学校已放暑假，暑热天里，操场空空荡荡，从不见人活动。宋正明走到近处，听着弹在地上的球声夹着女人的笑声，不免脚步走慢看过去，虽然土路到上坡有段距离，操场到坡沿又有段距离，他还是发现那个女人是林向英。开始有些疑惑，停步看了一会儿，才认准是她。在宋正明眼里，林向英实在不像林向英，她根本不像把她当男人时的林向英，那时她穿着宽大黑灰的衣裤；也不像认为她是女人的林向英，那时她是医生模样，端庄娴静，从不穿彩色衣服。而眼前，她穿一套紧身的连衣裙，裙色粉红且还隐着大花，一眼看去像个年轻的姑娘，能看到她露出的大半截腿。作为女人，她个子不矮，要不也不可能被看成男人，她身边的男人个子与她差不多，瘦削身材，弹跳很好，拍球与投球的动作标准。而林向英在他旁边根本碰不到球，男人投球时她拦不了球，像是陪着跳起，那跳的姿态实在奇怪，不是双腿合并，而是双腿张开如蹦，跳起来的时候，裙子张开，偏偏还咯咯笑着。宋正明看了一会儿，提脚走动。那边她随他转身，面朝向了宋正明，便停下身子，朝他这边招招手。宋正明跟着招招手，扭头向镇上走。

夜晚，宋正明坐在床上看摊在桌上的普查表。门被敲响，敲得有节奏。他过去开门，发现门外站着林向英，她换了衣裤，上衣是略深的红衬衫，衬衫束在了紧身的裤腰里。平时宋正明一开门，她便推着门走进室内，眼下她带笑停在门口。随即拉过跟在她身后的人，开口介绍说："我的儿子，肖可俊。"

宋正明这才发现与林向英一起打球的便是她的儿子。想是林向英上次去县城就是接这个暑假来看她的儿子。宋正明一时有点发怔，林向英最多三十出头吧，怎么会有这么大的儿子。细谈起来，她的儿子肖可俊还不到十三岁。他可真是俊，还是十二三岁的孩子，个子这么修长，脸也长得好看，想来他父亲是个高个俊美的男人。宋正明依稀记得那次在山里，林向英提起过她第一次的男人已有家室，没想到她与他还有个儿子，偏偏这个儿子还来到了他的面前。

宋正明把母子俩让进屋来，还不满十三岁的肖可俊像个成人似的打量着房间，露着些许少年鄙夷的眼光，林向英注意到他的神情，但在儿子面前，她没显一点母亲的权威，似乎带着讨好般的微笑。

"下棋，下棋吧。"

宋正明端来了三杯茶，再把棋具搬到桌上，坐到床边，等着林向英坐下来，一旦下棋，他可以不用费心招呼肖可俊，不用去看在儿子面前的林向英。他还可以静下心来，想想这件事，也让林向英休息一下，他感觉林向英在这个修长的孩子面前有点辛苦。

对面坐下来的是肖可俊。他坐下来，坐得端端正正，依然只是望着宋正明。

林向英靠在肖可俊身边，说："可俊会下棋，我告诉他，宋叔叔棋下得好，这两天就等着你回来，和你下棋呢。"

宋正明想，难怪下午在操场的林向英见到自己，那么高兴地扬手招呼，并很快就带儿子来宿舍。

宋正明便朝肖可俊张开右手掌向前伸了伸，示意他落子吧。那个时代，执黑先行，结束数子时贴二又四分之三子，执黑者多少赚点便宜的。肖可俊又朝他看看，随后伸手在棋篓里抓了一把子，并将握着的拳，悬在盘上。

宋正明笑了，并朝林向英看一看。意思是她儿子还挺懂下棋规矩的，摆着猜先的架势。

宋正明随口说了声："单。"

肖可俊抿抿嘴，将握着的手张开，落在盘上四颗子。双。宋正明猜错了，自当由肖可俊执黑先行。

肖可俊很快地在盘上落子占角，黑白各占了两个角，肖可俊的黑棋就向宋正明占角的白棋，挂攻而来。布局的定式很多，宋正明随手走着简单的定式，肖可俊却走着可能变化复杂的缠斗定式。

这倒有点像他母亲的风格，许是林向英教他时就是这样下的。宋正明理解，孩子和女人下棋相近，喜欢缠斗。一旦搏杀起来，要费神思考，他不想与孩子下棋，还显得那么认真，尽量简单定型，跳开去走空。但肖可俊不让他解脱，跟着缠过来。

棋不可能到处避让，宋正明还是认为肖可俊孩子心性，总喜欢杀，缺少大局观。他尽量显得轻松地挣脱，慢慢发现自己的白棋散了些，盘面上亏损了，不得不稳住步子，与肖可俊的黑棋进行战斗。他依然努力不多思索，落子很快，偏偏肖可俊更是落子如飞，宋正明多少比他要慢些。再接下去，宋正明洒脱不起来，他在搏杀中落了下风，被肖可俊的黑棋包围成一块一块，眼见着他一块棋要死了。

宋正明现在知道这盘棋凶多吉少了，不由额头有汗了，想着弃了子在旁边的空间下功夫，占回一点便宜，这样就是输，也不会输得太难看。然而，对面这个面相清秀的孩子却一步不让地，又转过来进行旁边一块的搏杀。

这样连着搏杀几块，满盘上宋正明的白棋活棋不多，肖可俊却还在一目不让占着空。宋正明暗暗叹息了一声，如此走下去，只有等对方出错捡勺子了，还需捡个大勺子才有机会，这般近乎要赖了。于是，便投子认负了。

肖可俊依然看着盘上，似乎是吃棋还没吃够。

他在她儿子的杀着前，弄得有点慌乱，而她明显是帮着儿子的，他们开始下棋时，林向英便一直盯在盘上，神情明显是站在儿子一边的。后来看到宋正明的白棋大龙被屠，换成怜惜地看着他，多少有着一点得意。她毕竟是她儿子的母亲。

"可俊今年年底要参加专业初段比赛……"

林向英这么说，是夸耀儿子，也是在抚慰宋正明。

"冲段"少年！难怪厉害，一旦获得专业围棋段位，就能参加国内外各种围棋比赛，成为国手。宋正明此刻便释然了，自己开始也太轻敌了。

同时，宋正明想到这个才十二岁的孩子，长得身材修长，面容俊俏，篮球打得好，证明体质好；围棋下得更好，在吃棋中得到快乐，杀了还想杀，自己原来在城市业余棋手中，还算是一个好手，却被他杀得无招架之力，看来他智商很高。如此少年，基因出众，除了林向英的聪慧，他父亲肯定更加优秀。想到这，宋正明不免有点自惭形秽。

　　林向英说着，脸红红的，和宋正明多聊了几句，随即注意到肖可俊的眼光，便告辞了，带着儿子离去。

　　宋正明独自躺在床上，想了好大一会儿，脑中都是林向英的形象，她作为男人的样子，她当医生的样子，她在林子里溪水边的样子，她穿着连衣裙的样子……他一夜翻来覆去。

三十八

第二天，宋正明被敲门声弄醒了，起身时，他看到窗玻璃外伸着的肖可俊的脸。

"是你啊。天还早呢，昨晚被你杀得惨，我一夜没睡好。又被你搅了觉。"

宋正明像对成年朋友一般说着话，他说的不是假话，也显真诚。

"不早了，她都上班了。我到这个小乡镇来，她也不陪我。不过，她陪我也没意思，我还不如找你下棋。"

肖可俊说，没有林向英在身边，他一改昨晚不怎么言语的模样，进行着成人式的对话。

宋正明一边洗脸刷牙，一边说："我还得出去吃早饭，你吃了吧？"

"吃了一点，她弄的营养早餐，适合给病人吃。不怎么好吃。"

"那好，陪我去再吃一点。"

宋正明带肖可俊到常去的小餐店，要了两碗馄饨面，还在肖可俊的碗上面铺了几块酱牛肉。肖可俊吃得很香。说在家里配的餐，每天的味道老样子，在直溪小乡镇里，她依然是讲究营养，难有新味道。

"在我这里，因为难得吃一次，尽量满足你口欲。要是长期这么吃，你可不会长得这么好。"

吃完了，他们回宿舍下棋。这一次，宋正明下得认真，经常是肖可俊下了一子，便停下来等着宋正明落子，到终盘，宋正明还是输了，只是输得不像昨晚那么惨。

这么下了两盘，宋正明说快过饭点了，便再带肖可俊去小餐店，店里已没有其他客人，宋正明领着肖可俊到店后的厨房，由他点想吃的菜，又在旁做着参谋，尽心提议。

肖可俊还要了两瓶甜酒，宋正明都由着他。开瓶的时候，宋正明才想起肖可俊家里从来没让他喝过甜酒，他还是个孩子。宋正明现在想改悔，却已来不及了。

小店女主人独自在厨房做着菜，宋正明进去端做好的菜，女店主低声对他说："不会是你儿子吧。"

"不是。"

"我说也不是。看你讨好的样子，保定是你喜欢的女人的孩子。"

宋正明有点脸热，不过他已习惯直溪人的直言直语。

果然，肖可俊不胜酒力。记得那次林向英喝了一点甜酒就脸红，想来那个男人也不碰酒。肖可俊没喝到半瓶，满脸通红，伏到桌上咻咻地笑着，不住地说着话。

宋正明想，幸好已在上班时间，林向英不可能此时来找儿子，要不肖可俊没事，自己可就完了。

宋正明把肖可俊扶到宿舍里，十二岁的孩子几乎脚不着力，身子那么重，一路行得艰难。

两人横在床上，宋正明陪他睡了一觉。几天在外奔波，昨夜又没睡好，宋正明也有些困。醒来了，发现肖可俊腮边挂着淌着口水，还正睡着，不知他什么时候醒来，林向英一下班肯定会过来，看到儿子的样子，就不好办了。

幸好过了三刻，肖可俊睁开了眼，接过宋正明递过的冷毛巾，擦了把脸，又自去水龙头前洗了一洗，还整理了一下头发，看来平时注意整洁是他的生活习惯，家教不错。

再坐到床沿桌边，他不再拈棋子，好一会儿说："直溪还有什么好玩的？"

宋正明知道他与自己下棋，水平有点距离，且没有开头两局吃棋多，已不感到好玩。于是，便向他介绍起直溪的山水，宋正明现在对直溪已有了解，毕竟他快走遍了直溪村镇。

聊天时，宋正明也了解了肖可俊的一些情况，他父亲是个教授，母亲也是个机关文员，他的外祖父是个省里不小的官，现已退休。这次暑假，家里安排有专业棋手教他围棋，他是自己跑出来的。买了车票后给林向英打了电话，也没告诉她时间，林向英到县车站去接他，他已经搭车到了卫生院。

"她在镇上找了半天，才想起来从车站往卫生院打电话。她也够傻的。"

"你母亲可不傻，她哪会想到你一个十二岁的孩子，会这么有主张，一个人跑到卫生院来了。"

"她应该想到，我不想她知道我的行程，通知我家里……其实我下棋，是觉得下棋吃子围空好玩，让我去当专业棋手，天天下，单单争个一子半目的，就没意思了。"

接着他又问着直溪的好玩处，宋正明挖空心思说着直溪好看的风景，肖可俊听得都不认真，宋正明想林向英一定希望儿子多一些时间在身边，他已经知道母子俩难得一见，怕肖可俊觉得这里不好玩了，便要走了。于是和他说起了盾山云峰，渲染了一点山峰的神秘。最后说："你若想去，哪天我带你去。"

肖可俊眨巴眨巴眼睛，没有说什么。后来，说到她快下班了，他还是先回卫生院，省得她找过来。

宋正明帮肖可俊整理了一下衣服，又绞了一把湿毛巾来，尽量清理掉一点他酒后的痕迹。肖可俊由着他，带着一点不耐烦的鄙夷神情。

宋正明晚上想着，明天肖可俊来，如果不下棋的话，准备带他去哪儿玩。但他一直没有来，到了黄昏，听到敲门声，却是林向英独自来了。她进门就说："可俊没有上你这儿来啊？"

"昨天来了，今天没来。"

"看他昨天回卫生院，神情愉快，想你把他招呼得好。今晨，他早早地就出了门，我以为他赶着来赢你的棋，就由着他了，谁知下班后回房间时，发现他的包没在……"

林向英的神色哀伤，她的眉眼低垂，从上往下看，她的嘴角不是下挂，却因抿紧的嘴唇，有点上弯，那样子，是难得一见的女性形象。

"他是走了吗？要走，也该……乘车到县城，转车到省城，一天时间会到，会给你来电话，走……"

宋正明站起身来，她抬头看他。

"我陪你去卫生院等他电话……"

林向英坐着没动，摇了摇头。

"我给护士小卞留了话，有电话来，会通知我……"她又摇了摇头。

宋正明重新坐下，他明白，按林向英对儿子的用心，她肯定是分分秒秒等在电话机旁的。可能她凭着过去对儿子习性的了解，清楚他不会打电话的。不过，万一呢……宋正明同时想到了，她此刻需要的是倾诉，以往大概从来没人可以倾诉。他在她身边坐下，用手轻抚她的头，让她靠到自己的肩上。

林向英很柔顺地伏抱着他的肩，断断续续地告诉他：在她二十岁的时候，迷上了学院中四十多岁的老师，他高个子，很儒雅的，他不仅会讲中医医理，会从五行生克方面谈命理，另外他还会画画，他画的画多有古风，画得很美，他给她画过画，画中的她，形神俱佳。林向英知道他是有家庭有女人的，但她忍不住被他迷惑。这个比她大二十多岁的男人，从来没有瞒她，他说他喜欢她，但他不可能为她离婚的，因为他妻子早年在他穷困时倾心于他，顶着家庭的压力，与他成了亲，他一直感念着妻子的善良。虽然知道了他的情境，林向英还是没有在意，与他有了关系，并认为他们的爱，并不会影响任何人。直到有一天她发现自己怀了孩子，她本想独自悄悄打了胎，她本就是愿意为这个男人做任何事的。但男人作为医学院的老师，几乎立即知道了她身体的状况，他显得特别高兴，那一刻他的高兴让她感动，但他怎么也不让她打胎，他坦白地对她说，他的妻子不会生养，所以结婚十多年了，家中还没有孩子。结婚几年后，妻子便对他说，他可以找一个喜欢的姑娘生一个，她会对他的儿子比亲生的还要亲。对结婚十多年相敬如宾的妻子，他无法开口提离婚，且那个时代离婚是丑闻，他被发现与学生外遇而离婚，他就完了。但他确实想有一个孩子。

林向英那个时候年轻，她能意识到她事实上成了一个传宗接代的工具，可她愤怒不起来，她不想打掉孩子，她愿意为他生一个孩子。于是在他的安排下，她休学一年，在一个僻静的地方生下了孩子，生下来没多久就被抱走了。当喂了几天奶的孩子要离开时，她突然感到了撕心裂肺的疼，她意识到愿意为他生孩子的想法太简单了，十月怀胎，血脉相连，小模样印在内心，但她无可改悔，狠不下心来与他争闹，割舍不了和他的感情。

休学了一年后的林向英，回到学院，刚生了孩子的姑娘继续学业，怀着对丢下的幼小婴儿的思念，不管是身体上、精神上，如何辛苦地生活着。那该是一段如何的人生经历。

几年以后，她大学毕业，在省里的一家医院，经过实习结束，并留在省三甲医院任医。一天，院里的护士领着一个孩子来找她，说是找亲人来了。她一眼就认出了儿子，她把儿子带到院外，在一个假山石后，一把抱住儿子哭了起来。儿子一动不动地任她抱着，等她哭完以后，望着她说："你为什么不要我？"儿子还不到十岁，还没蹿个子。不知他是如何晓得他的生母不是家里的母亲，也不知他如何查到她在这家医院工作。她带儿子在城里转了好久，给儿子买了吃的和用的，儿子还是初见面时的眼光，像是依旧问着她那句话。她实在不知如何回答他，最后忍不住，带着儿子到他家去。他已是教授，家里地方大，还有一个小院子，合着林向英的想象。家里的女人正站在院门口等着儿子，她见林向英时有点害怕，像个日本女人一样朝她躬身，领着他们进门，并拉着儿子进小房间，样子看上去慈和善良，对儿子很好。他在客厅招待林向英，他对她说："你看到了，我妻子并不漂亮，年龄也大了，从哪方面来讲，都不如你，且你还是可俊的生母，但我不能与妻子离婚……"

到后来，结果是她出离，为了不影响儿子的生活，换成他与她新的约定。她离开了城市的医院，以支援乡村卫生工作的名义，来到直溪卫生院。

宋正明一直没说话，只是轻轻安抚她，听到最后，他默默地看着她。

林向英头往后一仰，说："你不要以恶意看人！……是我自己要来直溪的！一切是我愿意的。我愿意为他生个孩子，我愿意为他离开孩子，都是我愿意的。你不会以为我是被骗的傻子吧。他没骗我，我心甘情愿。我、他和她，都愿意，都没问题，关人家什么事！"

"儿子呢？"

"我们愿意的时候，他还不懂，他还没有出生呢。就是现在，他还小，他还不懂。我只有好好待他，尽一个做母亲的心。我对不起的只有他。"

"你啊……"

宋正明突然不知对她说什么，要说被骗，她都懂得。一切摆在明面，没有暗的。她可以做她的事，求她所求，但她为了他，为了儿子，她做尽了傻到不能再傻的事。但一切是她所愿，还有什么可说的呢。

宋正明想到她依然爱那个男人，现在她绝口不提爱，但没了那个字，如何来理解她的人生？本来她只是她，后来她有一个不属于她的男人，同时又有了一个孩子。他以前心里念到她，认为她是自由的，现在忍不住想到她的时候，会生出一点妒忌心。怀着一种悲哀与悲悯。

不知不觉已到晚上，此时她似乎已经忘了时间，而他却强制压着不安，怕去触及那不安的内在。宋正明意识到自己是这样的懦弱男人：对那些怕的事，便用思想的圈来封禁，不让意念去触及。

门被敲响了，玻璃窗外映出肖可俊的脸。

屋里两个坐床沿的人迅速分开站立起来，顿了顿，宋正明快步上前开了门。其实门没闩，肖可俊也清楚，但孩子这方面有着良好的教养。

林向英依然站着，她心里欢喜，抿抿嘴，险些哭出来。

宋正明一把抱着肖可俊。他比林向英显得还大喜过望，先前的不安一扫而空。

肖可俊说去盾山云峰玩了，下山时末班车开走了，他一路走回，途中搭乘了一辆到镇上来买种子的手扶拖拉机。

"你怎么不说……"林向英本来要说一句埋怨的话，刚说出口，便收住了，又带点自艾的神情看着儿子。

肖可俊回来了，好像林向英没听过盾山云峰是个险处的传说，宋正明一直独自悬着的心终于可以放下了。

过了一晚，宋正明起床洗了脸，去小餐店。刚坐下来，肖可俊便来了，他说，他对店里的牛肉面加菜馄饨感觉不错。

两人一边吃一边说，宋正明听肖可俊讲上盾山云峰的事，肖可俊不以为然地说，那个山峰说不上有什么好看，他由父亲带着，去过黄山、泰山等好多山，盾山不过是个小山峰，奇怪的是登上去，绕啊绕的，不知峰顶在哪里，有一两处风景有点奇特，绕得他有点晕，好像还睡了一觉，做了一个色彩丰富的梦。他从前从来不会在大白天想睡觉，做梦的话，一醒就全忘了。

"梦里看到什么？"宋正明很有兴趣地问。

"好像有一台大电脑，电脑屏幕上跳闪着的是游戏画面，画面的色彩比梦的色彩还要精彩。我家有个电脑，二八六的，只能打打字，没什么色彩。我偷偷玩过同学家的游戏机，日本任天堂的，那些游戏极简单。很快通关。哪有梦里的游戏清晰逼真，我记得没通关就醒了，一看手表，居然过了几个小时。要不，爬一个不高的山峰哪需要我一天时间。"

宋正明心里想，幸好你醒了，要是你迷在里面不出来，你妈该怎么办！我更该怎么办！

他们吃过早饭，宋正明带肖可俊往西街走，走到汽车站的路，肖可俊已经熟悉了，昨天他还走了一次。宋正明引他在码头绕了一圈，下面有个小石滩，滩前面是溪河，水清清的，流得缓慢，有人在河边撒网捕鱼，一网下去，捕鱼者自去吸一根烟，就像钓鱼一般，待一支烟抽完，再把网收抬起来。也就像钓鱼一般，网里只有零星几条鱼。

白水条，麻鲫，溪河中鱼类不多，网起了几次，空气中带着一丝鱼腥气。略大一点儿的鱼，捕者收在鱼篓里，小一点儿的，他直接丢回到溪河中。

宋正明和肖可俊在不远处高一点儿的堤上站着，宋正明饶有兴致地看着，肖可俊突然凑到他面前来，问："她是不是你的女朋友？"

宋正明蒙了一下，想明白了肖可俊的意思，知道他可蒙不了眼前这个小精明，便说："我们正常交往。"

肖可俊像是理解交往的意思，也明白正常的意思："你告诉我，要结婚吗？"

"结婚啊，可由不着我一个人的想法。"

宋正明说得义正词严，其实依然在绕。

肖可俊眼中显出的，是习惯的鄙夷眼光："女人就是麻烦，她算是不错的了，因为她很傻的，但本质还是一样。"

宋正明呆呆地看着他，想不清这个孩子到底多大了，会懂那么多，且那么老气横秋地说那样的话。

"我知道你与她的关系。不过，她心里永远有我爸爸的，这样的女人，你还要与她结婚？"

一下子，宋正明真想抽他一巴掌，是冲着他说到他母亲的语气。然而，他无可否认，肖可俊是在几天中与自己亲近了，表现出哥儿们的口吻。如果再从他的角度去考虑，是一个孩子不想母亲被另一个男人夺去了专爱。这几层意思都简单，但融在了一起，宋正明便感觉到那深处的一片阴影，让人心颤。

宋正明不愿再想，这样想着一个如此年龄的孩子，是自己的心思太复杂了。

三十九

　　林向英来的时候，告诉宋正明，儿子肖可俊走了。本来在宋正明回镇前，他就准备要走了，一个假期，他想玩多一些地方。到她这里来，只为看一下生母。宋正明回来了，他在这个小小的直溪多玩了好几天，玩得蛮开心的。他该走了，说走就走了。

　　对肖可俊，宋正明是绝对留在记忆里了。不只因为他是林向英的儿子，连着林向英那一段刻骨铭心的生活，而是这个城市里的孩子，居然有了那样精灵般的气质，那样潇洒的行动力，那样鄙夷透视一切的眼光，还有那样叛逆独立的思想。是不是他离开了城市不到一年，城市变了，城市总会迅速接受时代新的巨变，时势的变化，传导到乡镇来，会有一段长长的时间，特别要引改这百年不变的直溪镇的风俗。

　　宋正明不去看林向英，男女传达情思最重要的便是眼波。林向英也总是低着头，往往在一起两个小时，她一次也不看他。只是她的神情柔和，说话的声调也柔和随顺，显现着他所说的所做的，她都不会拒绝。

　　但是宋正明自惭形秽。她前面的那个男人形象高耸，不谈他的地位，财富，他能与她生出那样俊俏、聪敏、能干、独立的孩子，显现着他丰富的内涵以及社会阅历，并且他能让她生出死心塌地的情感来，不管靠的是他的魅力，还是他的迷惑本领，都使宋正明内心佩服。对他来说，宋正明唯一可以想到的长处，是年龄，她三十二三岁吧，他也是三十多岁，他们的年龄相差不大。可是男女之间年龄又算什么？他觉得自己一无是处，他不可能让林向英具有为之舍身的力量，那个他喻之为爱的东西。现在看来，她在山间的林里水边，与他交融的只是性。一旦情景变了，来到宿舍里，她就反感，或者没有了感觉。就算她一时愿意，也只是孤独中的求靠，根本无法与她和她前面那个男人的情感相比。而宋正明渴求的，并非肉体，他不断想搂抱她亲近她也是印证独有的情感，但获得的只是相反。他表现再多，她并不在乎。

他感觉受到打击而伸手，打击的力量在手臂上，如继续前行，力量便到头上。来直溪前他所受过的并被他封禁在思维圈里的是一次，现在可能是再一次，相较经过的那一次，这一次还没有太受伤的感受。毕竟被封禁圈中的事件与情绪太强烈了，难以审视。所以，这一次还算不上真正的打击，那么他又何必再承受一次呢。

他们的关系是近了，也远了。因为儿子来过，他知道了她的一切，从肉体到精神，所以她依赖他。又因为他是知道她一切的，她那些过去的事形成心理的隔阂，自然地表现出来，他感觉远了。

她一度衣服穿得松松垮垮的，帽子是个直筒布帽，原先感觉是厨师帽，后来感觉是医生帽，其实是自制的掩盖头发的帽。她是不想人家认出她是女人，她是逃避到直溪来的。

她虽和他有过一次，但她并不是他的。她依然爱着那个姓肖的男人。他无可奈何。所以她不想让他有再一次，他只是一个备用品。她没有对他说假，她说得直：她是在山里风景的诱惑下，一时动心起念，与他有了那一次。那个肖姓男人似乎是直白地对着她，而她是直白地对着自己。一物降一物，仿佛都没有说假话，一个在城里对她说真话，一个在直溪对自己说真话。他没有完全陷入进去，他已不是小男人式要死要活的年龄了，被他封禁在圈子里的人生，够丰富复杂的了。他不想去想，一旦触及，心脏便如触电般的，眼下的直溪生活也是假以躲避的。

有时候他觉得直溪的生活是不真实的，特别是她的形象和她给他的感觉。

那两天，两人就这么交往着，对话也不走心，随便说着，像经过了若干年家庭生活的男女。

他说到她穿戴成男人，是想吸引女人的眼光。

她说，只有他这个傻瓜，才会认为她是他。

他说，也不知谁傻。

"到哪一天，我突然又成为男人了，你怕不怕？"

"改性？男人改女人好改，女人改男人难。要少容易，要多就难。"

他看着她，想象她打扮成男人的样子，恍恍惚惚的，她便如第一次在派出所门口与自己说话的模样。

若即若离，若近若远。

四十

这天宋正明去文化站参加一个活动，但去了以后，发现站里空空，手捧一摞书的黄站长笑说："记错了吧？活动的时间是在明天。"

宋正明感觉连时间也变化着，明明自己记得清楚，不应该错的。

黄站长过一段时间就会淘一些书来，装点文化站的书柜。

黄站长把手中的书分门别类，一本本插到书柜中，一边说："我站里的书说不上多，但五花八门，什么都有，就像道观里的签筒，筒里的签就那么些，但涵盖了芸芸众生的种种预测。"

找到哲学宗教类的栏目，黄站长准备把手上的最后一本书《易经八卦》插入。

宋正明心中有念，伸手接过，一手托书封面，一手拉开封底，这一翻，正翻到最后一卦，是未济之卦。卦辞："未济，亨。小狐汔济，濡其尾，无攸利。"

宋正明感到字字醒目，心中闪出姚萍丽的模样与语调，莫非她并不是随便说的，或是她预测的一点神奇之处。细看解释，便是小狐狸过河，徒然湿了尾巴，无所得。用宋正明自己的理解：小狐狸渡河，正待接近彼岸时，浸湿了尾巴，没有什么吉利，或说前途不会顺利。宋正明认为无聊，一时凑巧罢了，这卦辞无法注解那一刻。他分明是有所得，得便在失去中，应该是濡尾有失，情感大得。但他还是弄不清，其时姚萍丽怎么会说出这样的一句话来，而他怎么会看到这一页的易经，偏偏这一卦便跳到他的面前来。联想着的是林向英碰着他私处说的，尾巴没有生在后面；那一天后空落的肉体感；这些天她儿子来牵出的她与那个男人的情节，以及多日的茫茫心绪。

越发觉得恍恍惚惚的，一切亦是他内心的生成。

林向英似乎说起过，男女的情爱往往变成了交媾的关系，宋正明此时感觉那一刻确实便如小狐狸湿了尾巴。他依然想着那是男女的爱，色彩斑斓情感升华。也许她以为只是自欺。她是个医生，也有生理的需要，认定男女生殖器官的摩擦是生理的正常反应。他怀着一个创作者的充沛情感需要，把小狐狸湿尾巴上升到精神层面。思来想去，感觉人类世界是两重的，一重是现实的，一重是人类提升的，具有安慰性质。易经的解释是人类早期对客观现实的预测。假是真，真是假。本来历史的变化都是人自慰的结果。

小荷在身前十指合扣走进门来，黄站长瞬间脸色沉下来，声音也沉着："你又去哪里了？"

宋正明还是第一次看到黄站长如此神情，且对着的是他纯美白净的小姨子。小荷身子没动，双臂晃了晃。还是个单纯的乡下女孩模样。

注意到宋正明的眼光，黄站长神色缓和下来："岳父岳母把她交给我，我只能多操心一点。"

宋正明心思还在小狐狸濡其尾上，点点头，往街上去了。

又是雨天，雨下着半个月，晴一刻雨一天的。天一旦放晴，天气越发热了。在宋正明的概念中，山脚下的镇，应该是阴凉的。他不喜欢热天，冬天对他来说，只需多穿多动，而热是无可躲避的，用电扇吹出来的风依然是热的。

直溪的夏天依然炎热，直溪在山的洼地，冬天聚冷，夏天聚热，不过毕竟靠着山，冷也是清的，热也是爽的。

林向英没来，他也怕见她。他逃出去，大热天里到乡下去，走在乡村的土路上，像是在自我折磨的行途中，获取一种腐败的救赎。实实在在的普查工作，许许多多的人名，连着人名的一幢幢草房土墙，以及一个个乡村人笑着悲着的模样，淹没了有关她的意识，偶尔想到她时，她的身影如在他的心里揉成了一团，丢在了一角。他为什么到直溪来的？人生有着目的性，基督教说是救赎，佛教说是因果，那么他到底是如何突然到直溪来生活的，他能不能离开，或者他注定要在这里生活下去。宋正明是国内人，不大信外国的教派，那么依着佛教说法，哪怕在这里生活一天也是一个因果。他已生活了一段时间，应是一段因果。因果中大的，是与她的相遇与相交，而一个个小的因果，是去一处处的乡村，统计一个个人，让一个个人签名。那一个个的名字，落在了他那个黄挎包里，成了他一个个的缘。过去在城里，看到马路上的人是很多的，但没人与他相交。而现在在直溪，他与所有见到的人都有交集，有他们歪歪扭扭的签字。已经过去大半年时间了，宋正明想到，要尽快赶在暑热前，跑遍各个村子，要是到伏天再走在乡野之中，就有些困难了，走几个小时会晒脱一层皮的。

这一天，在黄圩村走完最后一家，宋正明出门来，见村口前面圩埂上，一个戴着笠帽的牧童，牵着一头牛走来。他突然生出了归意。村长让他在村委会歇一夜再走，他只是摇摇头。他这一次离镇，先到直溪最东北的建头村，一个村一个村地往镇上退，到黄圩村，离镇上中间只隔一个去过的茹家村，他估计此时回镇，到时还不会很晚。于是，宋正明肩上挎一个包，腋下夹一把油纸伞，走上圩埂，往回镇上的路走。

走在路上，宋正明莫名想到了林向英，而且想到的是她的肉体，还有震颤般的气息，如幻相般地。他想到，这是一时的生理欲念，他一来都忙在工作上，没让自己有多余的念头，一松下来，意念就冒出来。见着她欲念就会消退，也许到了镇上，就怕与她见面了。

他依然是路盲，天暗下来了，他觉得路还有很长。他放任自己想下去。有时发现一个人走在路上，路特别长，而欲念也是一盏灯，让前路清亮，走得轻快些。忽略了行路意识，时间流淌得快一点。相对论中相对的人生，年轻时的岁月轻易失落了，偏是艰难的生活显得特别长。意念在另一个世界里盘桓，行路在生活的世界也就显得短了。

后来的宋正明能想到，路上，他曾走过一片坟地，路边立着一个个的坟茔，少年曾经胆小的他，有着一种莫名的忌讳，会在心里默默地唱着歌。但此时他只顾顺着欲念，心中有一层刺激如电的感觉，刹那传遍全身。以往他白天经过，记得有这么一片坟地。有的地方走过去，就走过去了，但记着了，也就深深记着。瞬间，乌云密布，仿佛一下子天大黑了。他心里向下沉着，依旧去想林向英的身影，她的形象无法在感觉中存在了，现实的外界在色香声味触之中贴着他，让他只觉得天一层层如涂色般地抹黑着，越抹越黑，这一段路走得长，他的手电筒电不足了，发着暗弱的黄光。

很快，感觉到了大颗的雨滴，接下去雨点密集了，打在撑开的伞上啪啪作响。他走到一片郊野中，他心里估摸，离开镇子没几里路了。他关了手电筒，怕雨淋了短路。只有最后的电，他还需省着用。他更需护着他背着的包，把它放到身前来，用身体裹抱着它。他记得有一条抄近路的阡陌，直距插过去。但走进了这条路，他笔直走着，就是走不出来。走了好长一段时间，只觉雨越来越大，他的脚下一片泥泞，阡陌的土埂被他踩陷成泥坑，一步一滑，走一步都不容易。他不再顾及刚换上的一双球鞋，鞋边会不会踩裂，他只是想着尽快走出窄埂，走到大路上去，那里虽也泥泞，但不会陷入，拖着鞋，也能走。现在每步都要拉着鞋，把它拔出来。也许一步一步走慢了，也许是看不清路走偏了，绕着圈。慢慢地他感觉是走进了一个圈子里，不由自主地围着走，意识到走着，却是绕着，雨打着伞的声音，雨打着遍野麦子的声音。他仿佛永远围着一个圈在走，永远绕着一座看不见的墙在走，雨把墙围得密实，他转来转去，麻木地走着，再走也走不出去。他想清醒一下，但他不能停下来，一停下来，鞋子便似乎被黏住了。

他已经精疲力竭，但他还是努力想让自己意识清明，他极力去想她裸体的样子，以期清醒，他知道那是饮鸩止渴，但还是无可奈何。于是，他一脚踩陷，像是踩空了，一脚空，无落处，身体半仰，像要翻倒下去，整个地斜倒在一片泥塘里。

宋正明想起身来，但眼下不是脚，是整个身子被黏住了。伞在倒下的那一刻已丢出去了，丢在泥塘里，于意念中不再出现，眼前空黑，黑夜的雨天，伸手不见五指。

他意识一时晕眩，任身子斜在草塘泥上，慢慢下陷。这一陷，让他记起，他曾经走过这里，从草泥塘边走到村上去。草塘泥的泥坑深有一米，泥坑里挖出的泥堆在泥塘口做土埂，土埂堆有不到半米高。他那次路过时，正见这里在做泥塘，在田的一角，挖一个长方形的坑，把切碎的水葫芦、青草、绿肥和人与猪粪及淤泥共沤。现在，他顾不得避闻臭味，用双手抱着包，怕雨淋，又怕包落到积水之中，把包顶在下巴处，双肘按到泥塘的埂边，努力靠壁直起身子。首先是别再往下陷，他用鞋向前顶，在塘坑边顶出洞来，有个踩踏点。接下来，他怎么也拉不出他的鞋子，用脚使劲地往前顶鞋，但只要一抬腿，鞋就又滑脱了，再抬几次发现已经感觉不到鞋了。他的脚怎么顶，只是顶到下面的滑滑的稻草上，有时缠住了脱不出来，偏偏顶不到原先鞋顶出的洞里。有着什么感觉是熟悉的，他总找不准榫头与榫眼……他这才发现身子还在往下陷。一直落陷的话，会不会没顶？一米多深的坑是不可能没顶的，但他依然有着恐惧的意识。他双肘架在土埂上往上抬，土埂的土受不了他的重量，边缘慢慢往下塌。似乎一切都在往下，他感觉已经没有能力爬上去了。土埂上泥的边沿，变得滑，变得可移动。这时他无法去注意对准的鞋洞，泥壁的鞋洞宽大，洞里陷进了杂草淤泥，他是无法对准了。他用双肘骨往下用力，想压出一个实坑来，扒住往下陷的身体，他没忘记用头伸着挡着搁在土埂上的背包，浑不知能挡多少。雨还是不紧不慢地下着，在他的感觉却是变得越来越大，雨点越来越密集。那一时，他发觉人生就是在一处拘住，同样是无法解脱的。他过去的生活压力，其实都没有意义，只有解脱眼前无限的困境，才是最重要的。也许他并没有什么想法，解脱也是后来知觉的。解脱，是意识的后来的反映。他在困境中，徒劳地坚持着。他所有的希冀是不再下沉，就这样狼狈地在泥塘坑里，等着天亮后路过的农人拉他上来，从而成为直溪的一个新闻。其实新闻也不是他想象的展现，他已经没有想象，只感觉着雨从上面来，而他的身子往下面去。

慢慢地他感觉到了身子的麻木，在麻木中，他腿脚却有了反应，靠着脚顶着前面的坑边，着到一点力，让他能够屈起一条腿来，往上用脚再顶出一点坑洞，虽然顶滑，但滑到一定程度，多少有点实处。只要有一点实处，他觉得落实了。人有时其实靠一点实处，感觉就有了支撑，过去曾经有过的，那人生绝望的一刻，他还是坚持过来了。这一发现鼓励着他，他不再去想鞋，用脚往前顶，他顺着惯性的顶，转动着往前顶，越往前顶，钻入越能着一点劲，他能踩着那靠脚尖顶出来的洞，踩到可着力处。仿佛有了一个世纪，仿佛有了他整个人生，仿佛有了他无尽的悲凉与悲哀，却含着一点希望。不是因希望而生存，而是因希望而出劲。他双脚都顶出了洞，像壁虎扒在了坑壁上，而双肘支撑着身体，下巴抵在包上，身子往上拔，一点点地拔。突然感觉有一阵寒意，他腰上的皮带像是断了，像是解脱了，他的裤子随着他身子往上而往下，感觉有水的分量拉着裤腰往下堕，滑到屁股下面去。

过程中只是犹疑那么一下，他便不管不顾地往上用力。光身子对男人来说，算不了什么，再说是在这没有光线的野外。犹疑是因人的可笑惯性，于无人的所在，依然有人的惯性在。他后面的动作是连贯的。他让意识存于一点上，就是赶快解脱。人解脱不了的原因，是人生的惯性连着所有存世虚饰的东西，其实是思想中无谓的旧习，一旦解脱如桶底脱落，一下子空身而出，无其他附着。

能抬起一条腿攀到坑堤上了，但坑沿太滑了，一滑险些又落到坑中。或许因为偏着身，半个身子斜进了坑。但有了这么一次，脚与腿的活动有了一点依靠，有了一点目的性，有了一点可以借助地向前。下一次，再下一次他极尽全身力量，拉出了身子，鞋与裤子都落到泥里去了，是光着下半身爬上坑沿。把身子斜到了坑边再翻一个身，他滑到田里去了。他的双臂依然抱着了包。那包里有着几个村子中签了名的普查材料。

长裤子有一条裤腿绊在一只脚下，还有大半留在了坑里，短裤翻卷着在腿弯处，看来照旧有着人的意识惯性，让它没有完全脱落。这没什么关系的，他很快把它们拉回原处。没有人看到他的动作，任由他一件件穿好。他看一下坑。此时已经闪起电响起雷来，也许早就闪过电响过雷，他只顾着身子的解脱，根本没有注意到。而在眼下的一道闪电中，他看清了坑的形态。而另一道闪电中，他仿佛在高空，意识看着过去的一刻中，自己光着屁股站在空旷的田野中。

雨还在下，他双手抱着包，他没有想包里面的一张张纸到底是如何状况了。雨打在他的身上，没什么感觉。猛一道闪电，特别亮，他麻木中意识到，巨雷跟着会下来，他一个人站在雷雨中的田野里，是很容易被雷打中的，但无处可躲，无可躲避的，他也没有力量躲避。听任那雷仿佛在面前炸裂，某一瞬间仿佛就炸在了他透湿的身体上。

按平行的世界理论，他一时整个身体如炸裂到无意识，像泡泡般逝去的意象，在平行世界中生成。而这个世界，他还站立着，视觉还存在。瞬间他化作了虚无，瞬间之后，先是视觉入意识，仿佛从炸裂中恢复过来，炸裂的意识逐渐恢复。后来他想到，平行世界存在的话，那个炸裂他的世界分裂出去，继续存在，形成另一个世界的存在，推想每一刻都会生出另一个世界，或者说每一瞬间会分裂出另一个世界。这是一个炸雷给他的启示。每一刻变化出新的平行世界，很快无限世界会不会挤满宇宙？这个问题是意识的局限。后来游戏的电子世界中，一个小小的芯片中就能储存变化中的无限世界，无限只是人生意识中的感觉，而无限的世界概念能存在于无限微小的意识中，下一个意识联系的世界，其实是一个新的世界。所以说，我的存在只在一瞬间，下一瞬间的我，是新的我，变化了的我。宋正明想到作为一个研究所的人员，他一直生活在延续的世界中，变化有着一定的连贯性。然而，瞬间炸裂的世界游离开去，无数瞬间的可能的世界变化，裂变的世界在无数炸裂中化开去，像一个个泡泡，泡泡里套着泡泡，意识中存在的是泡泡般的空，空泡泡的概念也是无数的。宋正明有时要想一下，自己到底出自哪一个研究所，是历史，是哲学，还是社会？这个问题也在炸裂的意识中变化着，在无穷尽的裂变的理论中，浮在意识中的可能性亦是无限的。

　　宋正明一时僵立在草泥塘边的田里，只有意识在流动着，缓慢地流动着，感觉中他很长时间都是那么站立着。也许这只是短短的一瞬间，他被雷震僵了，雷并没有炸裂他，是一瞬间把他的身体与感觉震麻木了。而将那意识震得乱窜，同时触动了无限的角度。许多从来没有醒悟的点，在那一瞬间震醒了，又同时在快速消失中。从来没有过的麻木，从来没有过的醒悟。道可道非常道，似乎一时间都可道出，当他抓住时，它又流窜出去。凡在思维中抓住的，依然是一个空。平时思考中的许多的点，有了新的可靠的理论依据，想落实下来，却又在乱中丢失了。他想到了丢失，抱在胸前的包里，没被完全湿透而能用的数据，到底还有多少？这个包里放着的，虽然不是全镇的普查数据，但也是他几天中在几个村子，一户户去签名落实的普查表。

　　现实的念头一旦生成，原来形而上高层的醒悟，便窜流而去，再无可抓。生出的些许痕迹，无可把握地随着意识流去，沾着遗憾飘浮在高空的虚境中。而他还渺小地站立在雷雨中，听任雷电交织着光与声，声与光隔在身外。意识是内感觉，一时间空空。鼻、舌、耳、眼、体的感觉都在外，一时间分裂。

　　需要慢慢地融合。他站在那里，等着这一切的融合，才能有下一步的动作。其实他是精疲力竭了。到后来他也没有完全融合，一个阶段他有内外感觉的割裂，并且缓慢地融合。反正在站立后的一刻，他慢慢脱力般地行走，几乎是拖行，在他的感觉中，内在无法主宰，惯性让他行动，他就这么走着。终于在一个建筑的院子后门口，他撑着门框，敲了门，敲门的声音还隔在感觉外，他太乏力了，敲不出什么声音来。也不知敲了多长时间，院子里亮起了黄黄的灯光。过了好大一会儿，门开了，宋正明看到了熟悉的一张脸，看到了又有点陌生的一张脸。

那是林向英。

后来他才想到，他是在雷雨中走到了镇卫生院的后院门。一个冬天的小年夜里，他肘下挽着季媚见到林向英……这都是后来的意识，当时，他并无这点回溯的意识能力。他只是面对着开门出来的林向英。

偏偏这时雨停了，只有流着水的檐声。

"是你……你怎么……"

"我病了……"

如果他不是说看病，又能说什么？

其实卫生院后门到他街边宿舍的住处，并不是很远，他后来给林向英做解释时，说他已经一步都挪不动了，那是假话，一步都行动不了，又如何到了卫生院后院门？到了后院门，离他住所并不远了，又如何挪不动的？

当时宋正明缺了意识，选择的惯性让他这么说，做着向林向英倒去的动作。

林向英扶住了他。她并没有怀疑，也许有怀疑但并没表现。他们自去谷口村回来后，宋正明从来没有单独出现在她工作的卫生院，甚至病了也不到卫生院来。他病了，总是她在街上或者去他宿舍才发现的。眼下她对着的是浑身水透湿的脸色煞白的宋正明。

她扶他进院，开动一切需用的设施救治他。她给他解衣擦洗，她给他搓揉按摩。她做得认真，像一个真正实施抢救的医生，她做的时候很专业，一点没有其他的感觉。而宋正明却感觉出一个女性的慈悲，一种母性的温暖。他自幼就缺少母爱，母爱的感觉是一时领悟的，在她面前，他就像一个刚从母体中出来的婴儿。

　　确如林向英所说，自从知道她是女医生后，宋正明便常生病，也许他本来就身体弱，只是挺着不让人知道，也许他确有依赖性，就想她给他看病。多少难走的路，他已走过来了，偏偏不到半里路的地方，他挪不动腿了。或者他向着卫生院的后门，无意识地往那里走……

　　宋正明第二天在卫生院窄窄的病床上醒来，他觉得浑身无力，他的手臂上吊着输液针。他一时有点弄不清，昨夜在雷雨中站立的情景像梦里似的。意识恢复的时候，一时在草泥塘里的噩梦情景，浮现脑中。这一晚，他终于渡过了。他想坐起来，但一时动弹不了。他脱力了，身子有点冷感，遗留的温暖却还在。人的心念永远变化，那一时万念俱灰，以为无法挺过去，或者会留下永恒的创伤感，到新的一天，在新的场所，又有了新的需求。

　　他看着林向英走过去，并没有注意到他似的……那个长辫子的护士小卞过来，看到他睁开眼，说："你醒了。"

　　"我挂水了？"

　　"是啊，你倒在卫生院的后门。"

　　宋正明很快想到了昨夜躺倒在开门的林向英身上。意识就是这样的一个东西，快速地觉醒，快速地进入新的指向。他想到既然挂了水，必须要有人看着，以防药瓶空了，瓶外的空气进入血管，进入心脏，人就死了。这一瞬间他突然想到应该发明一种滴水装置。上面的水滴完了，下面进血管的水滴便静止了。这想法只是倏尔闪过，如果他那时能捕捉住，并提出来，他就完成了一项极便利的发明，也许这想法是后来加入的意识。许多类似的发明出现后，其实想想并不复杂。依靠地心引力的许多发明，都极其简单地起源于一个苹果的落地。

这又杂乱地想到哪儿了？宋正明当时能想到的，是林向英一整夜看在他的身边。他经历了雷雨灌浇那么长时间，在沤塘里挣扎了那么长时间，他现在的身体只有无力感，而没有进一步的病的症状，全亏了林向英当时的诊治。她不可能眼睁睁地看着他得病，就算她和他没有那一层关系，她也是会如此做的。她现在不在，也许去睡觉了，轮班给护士来看护了。人生的感动易得易失。这一刻他对直溪有着了真切贴近的温暖感受。

到直溪以后的记忆，不再是相隔的，不再是空泛的，不再是冷清的，不再像一个过客似的。昨天夜里他能走到卫生院的后门来，对于他的身体，对于他的思想，对于他对世界的接受，对于他的灵魂，都有着了一种正面感，还有对林向英的确定感。

还没到医院正常上班时间，外面有着鸟的轻轻啭鸣声，雷雨天后，早晨的声音清静安宁。水挂完了，输液结束了，护士过来给他拔了针。宋正明浑身一阵松快。他在单人小病床上动了动身子，身下带着轮的旧钢丝床，发着一阵吱呀的声音。

"我不用挂水了？"

"不用了，你可以走了。"

"走？林医生呢？"

"她出诊了，凌晨时，被叫出去了。她这一夜啊，本来诊治一个急病到深夜，又给你挂水陪了半夜，你是省城来的，没人陪护的。她出诊前叫醒了我，让我陪护你……"

"你们真辛苦，县里应该广播表扬。"

"你写啊，听说宋干部会写书呢。"

宋正明刚才就想到，不知什么时候开始，写的表扬稿总让人感觉假。其实生活中还是有值得表扬的。对医生这个职业，虚假的表扬不如给红包，红包的概念不像是那个时代所有的。他不会给红包，当然他也是不会写表扬稿的。林向英对他有着不同于他人的特别情感，他怎么写她？再说，一个被雨浇的人，都需要这样的待遇吗？

"你可以走啦，林医生走的时候就关照，你挂水完了就可以走的。"

宋正明本来认为自己是个病人，加上一点额外的照顾，可以名正言顺地躺在这里。护士小卞这么一说，他意识到自己并没有什么大病，是必须待在卫生院。他转身看到旁边方凳上，他的衣服整整齐齐地叠放着。而被子里最先烘干的短裤已穿在了他的身上，盖着他的被子也是干的，肯定都被火烘干了的。他想着林向英做这些事的样子，想着一个女人为他做的事。他有了赶快回宿舍一个人好好想的感觉。

雷雨天的早晨，空气特别清新，尤其是在沤着肥的草泥塘里，度过了那样一个雷雨夜之后。

四十一

　　人生就是这样，那一刻雷电交加，似乎人在绝境，难以走出来，手脚与身子像是在囹圄中，像是在天地的困境中。现在，躺在宿舍中，安逸地张臂翻身，扩胸松散，宋正明感觉通体自由。其实本来他就是自由的，可以休息，也可以不休息，普查的工作日程，他可随意，没有人监管他，没有人要求他，时间由他自己安排，没有外在的规范。是他自己认真，是他自己催着自己，是他自己压着自己。本来他在这个叫作直溪的地方，可以活得自在，过着半仙的生活。但他还是由着生活的惯性，做着自我加压的事，且做得一丝不苟。

　　他起身来找包。那只随他下村的包，正搁在他床边的小桌上。他没有急着打开它，因为它还是湿的，他有点怕它。那时在雷雨中他把它抱得很紧，护得很严。现在他提起包来，它还有一点水滴，在往下滴。他迟迟地慢慢地打开它。打开的包，透出一股潮气，里面的纸都粘在了一起，特别是最上面的一张纸，圆珠笔写的字迹已经完全模糊了。这是他能够想象到的。所有纸的四角边缘都粘在了一起，他本来已不抱希望，那一刻那样大的雨，且倒身在沤塘里，覆巢之下，安有完卵。他仔细地翻抖着，怕的是水粘着边角撕碎了。翻到中间，没想到居然有十几页纸，除了边缘还粘着，里面还是干的，字迹还能看清。

　　这几个村子得重走一次，但这一沓纸所统计的人家可以不再走了。那一周到十天的时间要重新开始，去烦扰村长与村民，重做一遍的事比开始做还要难，不再有意趣，他对需要重去签名的人家有着歉意，再去打扰一次，人家应着，也须应着人家，都露着笑。做人的工作，就是有这样的难度，对于有的干部来说，是一种习惯，对宋正明来说，是一种不自然与不习惯。他是学社会学的，却不适合社会，社会就是人与人的关系。历史是人的社会性的变化与变迁，并非英雄史略。

他能想象到自己再由村长带着去一户户人家，村长不用再多话，由他与人家打招呼，说着雷雨的夜天，他跌进了草泥塘。一家家说过来，他说得自己生厌。他不喜欢做炒冷饭的事，有着创新的欲望，所以他才在研究所里进行不务正业的写作。

下午林向英来了，她不问他昨夜的事，也不问他今天身体的恢复情况。做医生的她看一眼他，看一眼摊开的包里的那些纸，就清楚了所有。她是聪明的，要不聪明，她不可能下棋下到那个份上。女人的聪明是一种收益，或者是一种祸害，或者是一种好与一种坏的结合体。

林向英一屁股斜坐在床边，一手臂环在床架边上，半身靠坐着，像是累坏了，比宋正明还累。宋正明忙着给她倒茶，心里还感受着昨夜她给他脱湿衣的情景。总说他身子弱，有病，昨夜被雷雨那样折腾，像要死的样子，而今却没有一点伤风的症状，也没有感冒最起先的嗓子疼。宋正明想着她每天为病人折腾，忙来忙去的医生工作，该有多累。好在她却依旧肤色清爽，没有累久而憔悴的样子。女人一显憔悴，皮肤枯了，形象在男人的眼中便打了折扣。对林向英这个有着关系的女人，宋正明总还留不住她的印象，梦里也难有她的影子。偶尔出现，却是她戴着帽子，如男人的模样。

不到一年的光景，一次性爱，再没有肉体的接触。大概是她总忙碌着，并不好这一口，没有主动也没有接受欢欣的习惯。宋正明似乎与她有了老夫老妻的感觉，缺了新鲜感。曾经感受她多么漂亮多么美的一刻，只是一瞬间一刹那的意识了。

"昨夜让你为我又是擦身子，又是输液，又是烘衣服，真是……"

宋正明本不想说的，还是说出来了，这一说感觉把她说远了，隔着了一层。

"你还说呢，那都没什么的。要命的是给你洗衣服，那衣服的臭，不知你从哪里钻过来的。本来以为你外衣被雨打过的，浇过的，却没想解了外衣，里面的衣裤那股臭味，怎么没先熏死你！我给酒醉的呕吐的病人擦洗过，为泡在血水中的孕妇接生过，都没有像你那么臭的。想着以后真不想再接近了。"

她说着，双手朝外伸着，像要推开着他的亲近。宋正明其实站得并不近。也没有想要亲近她的意思。

"你是我的女人啊，有女人会嫌弃自家男人身子的吗？"

本来宋正明并没有调侃的心意，见她这么说，偏偏要用语言往她身边凑近，身子却没有动。

这种感觉，确实像他们已在直溪一起生活了好长时间。

她没应声，像是没听到他的这句话。或许他只是在心里说的，并没说出口来。

他不想再与她分割。他不需要想那么多，甚至不需要想她所想。有些他为她想的，也许只是他独自的想法，是不自信的想法，是屈辱的想法。因为她儿子的到来，他内心深处浮动的想法。

宋正明触动了一点尘封了很长时间的初恋记忆。那个经常眼光相对的姑娘，应该年龄还小，算起来还是情窦初开的少女吧。她的身体已经长成了，上下丰满。宋正明有时想起她来，依然还是会避开年龄上的问题，他那时也正值花季年龄，他用强烈的文字与行动去激发她，于是，她站起身来，向光亮的后巷走过去……

宋正明有时想要与林向英住在一起，让她搬到他这里来，让自己时时都能接触到她。这只是他的愿望，他没对她说出口。他与她都没有提及在省城生活的一切，怕问出来再有阻碍他们现在关系的事。他知道她与自己一样，是一个守旧的人，但不局促，内心有着超前的突破一切的知识与情感。外面大城市的情景，变化成什么样子，宋正明不清楚，他就想沉湎在这里生活。他是自由的，工作是自主的，行动是自在的，没有什么不好，还有林向英陪伴着他，有这么一个女人在身边，他怕失去这一切。有时他想，也许他一个具体做法，就会失去这一切，像梦一样，突然间醒来了。他不知道一旦失去，这一切在记忆中存在不存在。他也不知失去了这一切，醒来后的生活会是怎样。可能好，也可能不好。

现实可以改悔的话，人是不是愿意重新来过？因为抹去过去，同时也抹去了感受，抹去了经历，抹去了体验，新的现实会有不确定的变化，谁也说不准那变化是好还是不好，得失两分，或许再来一遍，痛苦依然，悲哀依然。所以还不如安于现状。在直溪的生活，让宋正明有重新来过的选择，宋正明还是会选现在的这一世，毕竟直溪经历的一切，让他有着留恋，不管是痛苦还是快乐，那经历与林向英给他的感受，都是实在的。虽然经历中有不满意的地方，虽然有着雷雨夜，有着身体的病痛，有着念头的缠绕，但直溪的每一个熟人对他来说，都是现实的存在，让林向英，让姚萍丽，让季媚，让黄站长，让郑书记，等等，都不再存在，让这一切都空了，虚了，他如何舍得。

他曾经离开城市到过遥远的穷乡僻壤，在乡中养过一条叫黄蛋的中华田园犬，它在他身边一天天长大。他看它打滚，看它蹿跳，看它四仰八叉地躺着，看它调皮捣蛋地咬球。它并不那么听话，总凑到别人家里去贪吃的。但它给他留下一串记忆，它每天把头靠到他腿上来，它的一双眼眸，黑亮黑亮，整个身子黄得漂亮。它咬着一根竹棍甩着头的样子，它皱着鼻子龇牙生气的样子，让他那样的喜爱。而最终它不见了，不知被谁家弄了去，成了人家的一顿肉餐。他像所有遇上此事的乡下人一样，咒骂着：吃了它的人不得好死！骂得昏天黑地，骂得头晕目眩。有时他会想，它没有失踪的当口，他应该一步不落地跟着它，把它抱在怀里。只要狗儿黄蛋还活着，现实地生活在他的身边，他宁可丢掉进城的机会。但狗最多活十来年，不可能跟他一起活到现在。如他那几年的乡村生活，有机会重新选择，他宁可选现实，让过去的一切，都过去了。因为变化是无限的，新的变化中，不知是不是还会有黄蛋的存在。一切未知，所以无法丢弃如今的一切，去追逐虚幻的另一种生活。他相信基因，相信基因形成的宿命。祸福已经决定了，苦乐也已经决定，就是变化依然变不到哪儿去，好与坏，成与败，都有着定数。这里好一点，多一点，那里会坏一点，少一点。好坏多少都是一个量，不过变化了一种方式，变化了一种时间，变化了一种概念，变化了一种空间。结果还是一样，又如何舍弃掉曾经有过的？重在感受。就让那些痛苦的感受尽量忽略掉，实在忽略不了，便封禁在一个记忆的圈里。让拥有过的多一重感受，比如感恩黄蛋曾经陪伴过他。

那种封禁到圈里的痛苦，已经过去了。痛苦的人生，他更不可能改悔退回，让自己再承受一遍痛苦。而有让他快乐的人与事，他又如何愿意那些该珍视的人与事失落。

所封禁到心底的，他从来不想回顾。曾经有过的可悲与绝望，人生的痛苦之极，其实也无可丢弃。悲到极处，才能生出灵慧的思想。绝望中有过欢娱，快感之后，形成了更大的痛苦，以致他想割绝开来，而走到直溪的生活中来，其实那片阴影依然追逐着他，化入他的内心，避无可避。躲无可躲。

化解悲哀，安慰人生，根本在于思想。偏偏痛苦的根子是思想生成。

四十二

宋正明很快又到那几个村子里去。他依然怕在镇上待着，怕与林向英接触，因为一旦接触，他会想到肉欲，怕林向英嫌弃他。她与那个肖姓男人不是单单的性关系，要不，她如何愿意为他做那么多的牺牲。现在就算林向英接受他，他也会生出一时变化的感觉，人生都在变，时间都在变，他得到的与失去的注定是一个量。基因的理论在他脑中根深蒂固，影响着他整个生活与感觉。一个大致数值的幸运，他不想一下子享用完了，挥霍完了。他在研究所里接受了这样的理论。他所在的研究所，流行着各式各样的理论，他在研究所里与哪一类研究人员都有接触，喜欢听他们谈各种理论。他的头脑像是一个杂烩间。而他自己是一个创作者，在研究所里不务正业偷偷地写。

天热了，在村路上走了一段，见到下溪村口有棵大树，便在树荫下坐一会儿。看着亮光光的田野，他要赶着跑完这几个村，剩下的是山里的村子，暑天在山里走，多少凉快一点。人生也是走一程，走过了光阴，走过了岁月，走过了从年轻到壮年，再到老年的一程，只要活着，都是要走的。无法把有些日子跳过去，他已经走过了年轻的岁月，按说最好的日子已过去了，还有的日子，一天天地过，年轻的日子里，他无可希冀，相比之下，直溪的日子似乎过得不错，他还是想着未来，未来到底有什么希冀的？他无法让与她在一起的时间停下来，偏偏避开着她，走到这村间土路上来。

宋正明头戴一顶草帽，坐下来的时候，他摘下帽子来，用它扇着风，有点悠闲的样子。

望着眼前的田野带着绿青，远远的盾山山峰含着浅翠。

无法把眼前一切落在空虚间，但整体的内在有如梦幻。这就是人间的生活，人生的行程。宋正明在直溪，才会有那么多思绪，合着溪中流动着的山泉，真实却又虚幻的感受。

树的上头也有鸟歇着，也不鸣叫，看到它飞到上面来，知道它在。鸟没有动，只是静静地立在树枝上。

宋正明想要起身的时候，田埂上走来了一个肩扛扁担的农人，一根麻绳在扁担头上绞了个8字形的结。农人看上去脸上皱纹不少，相貌是个老人了。但乡村的人很难猜年龄，与城里人站一起，同样五十多岁的两个人，看上去相差了二十岁。一个显得还是四十岁左右，而另一个看上去有六十岁左右了。这同于中国人与西方人的比较，中国城市男人四十岁犹显年轻，外国四十岁男人都有白发了。老农走到树荫下来，脸上带着笑，一副搭讪的神色，宋正明也就不动了，报以微笑。

"宋干部又下村来了。"

宋正明听这一说，就知道上次来村上，曾到老人家中去过，让他家人签过字。乡村的人，特别是老人，都是那个样子，显老，却筋骨显得好，瘦瘦的，无差别的黑黄肤色。

"还要来麻烦的。"

宋正明待老人坐下后，说了上次在田里转了半夜，被雷雨弄湿了包里的普查表。

老人点头说："鬼打墙，鬼打墙了呀。"

老人教了宋正明两个方法：一旦迷在路中，用手拍拍额头，本来人的印堂是发亮的，一时灰暗了，被障住了，拍拍就亮开了；还有就是冲前方撒一泡尿，男人的尿带着阳气，旺。鬼吓走了。阴气就散了。

"旧社会常传有这种事，新社会了，人多了，有医院医生在，得病夭亡的人少了，鬼聚不起力来。人多火焰头高，再难有鬼出没。只是借着雨天，把人迷障了。其实雷电一来，路也就开了。"

老人倒是个喜欢说道的，也因为宋正明是他认识了的，知道他是干部，又坐在了一处，便随便聊着。

随后老人问到了：镇上的季媚还好吧？

问一个人好吗，自然是认识她，知道她的情况。宋正明已经好久没看到季媚了，人在人面前显现，有时也有缘，注意着了，她就在，会出现，而忽视了，就算她出现过，也不在意。

"她可是个灵的，灵的往往多事。"老人摇着头。

直溪人一般不会说长道短。老人只因为季媚是本村人出去的，熟悉了的。季媚的母亲当年嫁到村上来，是因为村上有个叫季青的灵的小伙子。季青到盾山上去，峰顶是个迷道，往往走上去不再回来了。小伙子季青年轻不信邪，上去了，有几年没见，然后回来时，显得比上去时年轻，还带回来了一个漂亮的女人。也就是季媚的母亲了，后来有了季媚。

宋正明想着上次到村上来，想来想去，没想起普查表上有一个叫季青的，村上也没个四五十岁漂亮的、像着季媚的女人。

"季青和他的女人呢？"

"不在村上啦，上过盾山的人就是回来了，也是守不住的。守不住啊。"

老人说着起身走了。像是突然有事了，又像是已经说多了，不想再说下去。已经有点超出直溪人的感觉了。

宋正明也起身来，往村上走，村里有一片地方，长着特别多的树，一幢幢散落的房屋都靠着树，郁郁葱葱的。

四十三

宋正明三四天就结束了重新登记的几个村的工作。他和村长们谈到那个雷雨天的夜行，并将打湿的纸给他们看，湿了又干的纸有点不平整，泅水多的地方，边缘有了色差。村长叹着气，啧着嘴，不知是同情他的遭遇，还是为他的工作称难。重新登记的事并不难，到每一家去也不费劲，不用再费口舌宣传普查工作，签一下就是。这一路过来，时间短了，重走上一次的村子，原以为要再费一倍的事，却很快完成了。不过每每需要再说一遍雷雨天的鬼打墙，费劲少，就是费事。

宋正明接着去了一次东部的坛水村，接待他的还是姚春来。她像是知道他要到来，在村头等着他。其实她的工作就是接待外来干部，平时没事，便在村头一户人家，陪在家闲着的老人聊天，就等着村外有人来。她像老熟人一样招呼着宋正明，问宋正明是不是缺材料要补充。

宋正明说，这一次非得要村长才行。姚春来仿佛受了委屈似的，嘟着了嘴，随后又说："村长忙着呢，你还是先对我说，我再汇报。"

宋正明说到姚萍丽的事，她不是个黑户，总得要在村子落一个户头。想起来，最早进直溪是在坛水村，后来才到山上谷口村去的。谷口村那里的安置站，还没有完全落脚，不像坛水村这里的湾岛，曾经作为传染病医院立过牌。

"你去查一查公安派出所，那里有没有户口？那里没有，就只能去查她以前的村。"

"户口在，属坛水村的湾岛上。湾岛又是一块飞地。"

姚春来颇有兴趣地看着宋正明。她似乎对所有的事都有兴趣，也都有意见。宋正明便对她解释了一下飞地是怎么回事。

"哦，飞地啊，飞地现在归我们村了。就把她落到我们村就是了。"

小姚大喇喇地应着，似乎这只是简单的事，问到她就行。她安排宋正明在村里歇下来。

到晚，她离开了一会儿，然后她重新来见宋正明。她一到招待他的房间，就直摇手：

"啊呀呀，我说难吧，难。这事不容易。"

宋正明奇怪她的态度变化，想到她是去了村长那里。

"是村长的意见吗？不就是落一个名字吗？"

"她过去在村上没有户口，现在要落下来，落到哪一家，落到哪一户？"

"不用落户的，只需村上认她是这里的。其实不管这村的还是那村的，只是普查人口时有个归属，不会要村上任何福利的。"

"不行不行。"小姚说得坚决，"这是关系到普查人口的大事，村上从来没有这么个人，落到这里，不就是作假了吗？有关国家的大事，做不得假的。"

姚春来的用词，像宋正明第一次来做宣传时说的。她居然说得那么顺，记得那么牢，那么毫无破绽。宋正明发现，他上次郑重其事的表现，变化成了她的严肃。本来姚萍丽纳入的事，他觉得只需村长点个头，签上一个字，也就解决了。他来坛水村，就是要有一个落实。但听姚春来这么一说，估计是村长的意思，不知如何是好。再想，村长不可能会记得这些话，但现在姚春来说出来，上到了纲上，变成行也不行了。那话比他这个做普查工作的人还要慎重。一旦慎重，纳入便难落实了。他觉得自己多少有点马虎了，许是工作的时间一长，有点倦怠了。

"我还是再找一下村长吧。"

"你找他也没用，我是村长的全权代表。你说我说的哪里不对了？姚萍丽的名字，开始就没出现在我们坛水村过，现在人还不在我们坛水村，怎么偏偏要落到坛水村了？"

姚春来嘟着嘴，郑重其事的样子，事关重大，一点没有妥协的可能。那神气是村长能答应，她也不可能答应。她不答应的话，村长那里也不可能答应的。他要是再想找村长的话，那她就要甩手走了。

宋正明晚上在上次住过的房间住下来。他没想到一个名字的纳入会这么麻烦，想姚春来是认真的，认真没错，她说的也没错。许多事就怕认真，一旦认真就不好办了。他认为一个名字纳入下来简单，是从完成普查人口角度考虑的。村上也许会想到，坛水村上本没有姚萍丽，以后另一项工作需要落实到人头上，便又添麻烦。一个从来没落实现在又不在的人，随意接受，日后她在外面做了什么，事儿找到村上来，村上是不是要多费口舌，多费时间与精力。自然多一事不如少一事，不知可否的事，用大原则的借口挡了，免得日后扯皮。

纳入姚萍丽的事，后来宋正明又去了一次山里谷口村。他原以为每一个村有每个村的不同情况，而每一个村长会有不同的治村方针和不同的处世方式。但谷口村的结果与坛水村的结果，最后是一样的。一旦落实到姚萍丽的名字纳入普查时，都是不行的。谷口村的村长也是说姚萍丽并没在村上留过户头，传染病院不在这里，安置站最后也没有落实。实事求是，姚萍丽在这个村里生活，但在这里生活不等于有户口，能纳入。如果镇里要求村上做好事，把她户口落下来，倒也罢了。一般做好事，上头政策落实，后面的事都好说。只是搞个什么纳入，单留一个空名在这里，莫名添了一个人头，现在不落好，以后发生了什么事，村上有麻烦了，更不落好。宋正明也想到，村上会有顾虑也正常，反正没有她的名字，过去没有，现在也不该有。哪天上面怪罪下来，说有人搞迷信。村里没有她的名字记录，自然可以推得干干净净。可以说是流窜在这里的人，可以说是过去留下来的传染病人。直溪人弄不清什么是实，什么是虚，弄不清普查其实无法落实什么，只是查一查直溪到底有多少人口。但直溪人就是这样，一是一，二是二。可以请客吃饭，但莫名其妙的事，做不起来。

　　不但是村里，回到镇上，宋正明找了管民政的，管治安的，管户口的，管村务的，各位镇干部带着微笑，听着宋正明的话，来龙去脉，有的听得清，有的听不清，有的说事情简单，有的说事情复杂，起先听得认真，后来听得随便，最后说一句，很想帮忙，只是不归他们管。落来落去落不到实处，最后还是说再找一找村长吧，谷口村与坛水村都是可以纳入的吧。宋正明想到，两地的村长落实不下来，都有他们的理由。他也无权让他们落实，他也无理由硬让他们同意纳入。姚萍丽的户口在一块飞地，谁都不清楚飞地是什么。老一点的干部就是听说过，也不理解飞地的情况；年轻一点的干部知道飞地是什么，可以说起世界上的一块块飞地领土，但无法与姚萍丽的事对起来。

村上普查的事，不需要多少天就能完成了。宋正明进过那么多人家，在穷困阴暗的旧屋里转过，在缺乏劳力的人家待过，在家庭唯一男人躺的病床边站过。也遇到过各种难处，人在与不在，人实或人虚，户多与户少，户空与不空。直溪毕竟人直，最后都能一一落实，只是飞地的姚萍丽纳入不了。宋正明并不怪两个村长，觉得自己与两个村长一样，是认真工作的人。有关姚萍丽的那一页，他与林向英去见姚萍丽的时候，已让她签了字，只是这页纸插不进任何一个村。他也许可以把姚萍丽的问题附在普查表的备注上，前去交差。这是无法之法，最后普查表上的一个总数字，到底填多一个还是少一个？如果这样做，宋正明认定他没有完全完成任务，他会觉得遗憾，忙了这么长时间，却没有真正做完。其实他也想到，做完做不完又有什么意义，不过是几万个数字中的一个。但他既然费了神，出了力，做了事，总想做得完美。

他觉得自己就是这个命，小狐狸过河一般，湿了尾巴，最后还不实。

四十四

整个暑天，他似乎都在这件事上烦心。姚萍丽这个名字被他弄得熟透欲滴。有时对着林向英，也会叫出一声姚萍丽。林向英理解他，会笑一笑，说小狐狸又要过河了吗？她的话中有着另一层意思。

暑天的夜晚，房间里有点闷热，宋正明下了楼，散步的时候，在街上多走一走，走走停停，或者走到田野里去，在那晚黄强盘腿拉二胡的条石上坐了，静下心来，便有一丝凉气升浮。宋正明想到这并非石上的凉气，是内心的一点凉意，是静中感受。此处似乎总会有一点微微的风，像是从那山峰处拂过来。可见的山峰处，回旋着神秘的气息。有时仿佛觉得自己已经到老人乘凉的时间，在这里坐了一辈子了，又仿佛几辈子都这么坐着。心态宁静了，一刻飘忽，一时澄明。只是想起来，此石所在，靠近卫生院不远，他还是不由自主地靠近着林向英。

宋正明后来回想这段生活，总是恍恍惚惚的，似乎当不了真。一来他总是在书房里虚构情节，需要让想象的情节变得真切。再者，过去所有真实生活过的人与事，回过头来看都已虚了，真与虚都不实在。当初的乡下，吃一点糠团就着腌制泛着酸味的腌菜，和后来吃几千元一桌的山珍海味流席，好像隔着一个世间，都有虚幻感。往往真切地浮现出来的是黄蛋失踪时的大空感，曾封禁圈里的极度受辱与绝望感，才有一点人生沦丧的真。

真之四周飘浮着的是，某次刀削皮褪，一时痛得厉害，她低头包扎的手下，溢着救苦救难的气息。

林向英喜欢安静，但她会对他回应各种话题。他眼中的她是男人的时候，便互有默契；在她和他有了一层关系后，她依然会和他谈世间的人与事，甚至性与爱。她的安静是对外的，对他是有话必应，也许是为了填充他创作的生活基础。她给他带来平常生活的不同感觉，似乎她周身绕有仙气。她的形态是变化的，让奇幻的情景显得真实，完全落在生活的细节上。人活着，很多的时间只是顺着惯性度过，在她出现后，时间，变得有了意义，不需要强烈的人生画面，也能生动地显现在描写中。

男人与女人就是那么一回事，用诱惑这个词，也只是时间的用语。用伙伴这个词，时间长了，也是时间的用语。特别不在婚姻的范畴，肉体的欲望毕竟是一时的，身体的强度，宿命的基因，一时语言的触动，一段感觉的兴起。超时间的蠢蠢欲动，是变态的，是不可能的。宋正明是正常的，林向英作为医生，更是如此。她好像比宋正明要强烈些。宋正明是表面的强者和需求者，而林向英内里却比宋正明更强。所以林向英说宋正明与她交往后，总是有病，有病也有某一层体质的缺乏。然而，林向英一旦身体的消渴解决后，也就不在意，起码不会总放在心上。而宋正明虽然有点乏力，但平常时间却还牵着挂着，有着意未尽，情绵绵的，让林向英笑他身力不足，却色心不泯。

依然是一个时间问题，把时间拉长了，也许就是男人的身体一时过去了，依然久久怀着，而女人身体能一时长些，但过去就过去了。那种女人多情的说法，其实是旧时代女人被圈在家里的关系，时空变了，现时代的职业女性并不常怀春意。

宋正明有时觉得这时间的流动，影响着他整个的直溪生活。他有总会过去的一种临时感觉，对林向英有着身知止而心不收的感觉，这是时间的影响。一个时间中的感觉，幸福与痛苦同属一体，本是幸福的感觉，却在时间的影响下，变成了痛苦的感觉。

人生本来就是痛苦。而痛苦只是时间的记忆。

能有几回？能有几多时间？依然是怀着时间变化的痛苦。

这一天，宋正明去镇文化站。原是黄站长说，要与他商量，请他在下次活动中，谈一下直溪人的生活，一个外乡人眼中的直溪。

他对黄站长说："我现在已经是直溪人啦，我从思想到行动都融进直溪了。"

黄站长说："这个更好，就谈你思想与行动的变化。更可以谈谈如何融进的过程。世界都在变化，中国变化更大，特别是出去开会，几个月不见，城市的面貌与风气都变了。"

宋正明说："直溪也在变，只是时间上的事。"

黄站长说："怎么就是时间上的事呢？到底是创作家，会在高度上总结。你对直溪人谈话，时间问题可以谈一点。如他们弄不明白的话，你就收住吧。你有演讲才能的，这点我相信。要不，你如何写得出文章甚至是小说来。"

宋正明把黄站长的话，放在了心上。他是个答应了的事，都会认真去做的性格。明知这谈不谈对他来说，没有多大意义。但人生有多少事是有大意义的？他清楚，他创作出来的东西，很少有人看过。那些称他作家的，也多是在读书活动中，接触了他发表过的东西，并没有几个人看过他的作品。他用了许多心思描写细节，可称为挖空心思写成的有意味的地方，除了他自己，别人看了，又有几人能体会？难怪古人说知音难得。就算作品有人看过，又能留在心中多少时间？时间在流动，像直溪的溪水。

在文化站里，没看到黄站长，看起来他临时有事出去了。站里只有黄站长的小姨子小荷在。她坐在站里的长凳上，不知想着什么。但又像是没有任何想法，只是安安静静地坐着，无忧无虑，无思无想。一旦发现来客，一双眼静静地看人的神态，是那么单纯。想她容颜出众，美到生静，白玉似的肤色与她的内心一般，让人无生思绪。

问她："黄站长呢？"

"有事了。"

"不会来了吧？"

"不会来了。"

她总是这样应答简单，对任何人都是一个样。不是拒绝也不是接纳。也许是不想与杂事纠缠，也许是年少情窦未开，容不了许多的杂事。

她说话的声音如她诵读一般，却有女中音的宽厚。

于是，宋正明回头出文化站，在街上慢慢踱步，也不知散步了多久，或只一刻中，他听到了二胡声。也就随着琴声往田野去，似乎有段时间没有听到二胡声了，今晚并没有雨后的感觉。

从当时发现季媚的巷子里出去，走到街后田野中，夜色朦胧，遍野恍如浮着淡淡的雾气，深吸了一口气后，再听二胡声停了，或者断断续续的，一时听不到了。他由惯性往条石那边走。

身在田埂上，身后是一片树与长条藤的篱笆。一边走，一边仔细听，二胡声听不到，感觉风从盾山方向吹过来，传来了对话的声音。

"你还是来了。"

"你的琴声传来，像召着我的魂。"

是一男一女的声音。是那种在某种情境中男女的声音。宋正明赶忙停住脚步，他听到声音中含着亲昵。声音是从长条石那里传过来的。

"你过来……"

"我听到还有声音呢……"

"我们……"

宋正明一动不动，略略放眼看去，看不清那里，仿佛有身影在那条石处叠成一体。传过来的声音有点熟悉。男人的声音带着二胡尾音般的呜咽，而女人的声音是有女中音的宽厚，声调有所变化，不似那般单纯。宛如刚才对话的她，又无可确定。像她又不像她。恍惚是她，恍惚不是她。

宋正明根本不会想到，刚才还在文化站问答的她，却到了这里与男人约会，说着情人间的悄悄话。宋正明不知自己为什么这么紧张，像是怕撞破了人家美好的相约。那对男女的私聊，就像自己与林向英有着意味的对话，虽然语言不同，但情味是一般的。林向英曾经说过，男女只要自愿，相交是美好的，与别人无关。

只一恍惚，那边再没动静。仿佛刚才那一瞬间是他的异常感觉。他伸头看一看，那边长条石处还有蠢着的黑影，那是石边的一棵树影。宋正明不想再往那边走，那里或许还继续着一段情事呢。他已经进了一步，站住了，不想退但也不想进，就那么站着，站了一大会儿，还是退了，沿着篱笆院往东边走，也就是往宿舍的巷子走。

他遇事往往头会晕，慢慢思绪理清楚了。他疑惑刚才听到的对话，男人是拉二胡的季媚丈夫黄强的声音吗？他们对话过一次，还记得他的声音吗？虽然感觉熟悉，按二胡声音的所在断定他的，这断定正确吗？

再者，他疑惑女人的声音便是黄站长小姨子的吗？那个白净单纯的她，会是刚才的女主吗？他并没有看到她的形象，那一瞬间他是多么怕看到她的样子。她突然变成完全超乎她的模样，几乎是不可能的。其实又有什么不可能呢？男女交往没有什么是不可能的。他怀着一种怎么样的心态呢？像是怕自己发现纯真的天物被污染。然而，正常的男女交往，本来就是天然生成的。再接下去，他又生出了一点游动的疑惑：他离开文化站时，她还静静地坐着呢。那么，她怎么突然就出现在镇外田野上？是不是待他一走，便立刻关门飞奔而去呢？她飞奔的样子会丑吗？要是这情景落在他与林向英之间，别人的观感也会是如此吗？又有什么不妥的吗？

落到眼前的想法上，为什么不可能？为什么不接受？眼见为实，他只听到了声音，不应该断定的。也许并非他们两个，也许另一个男人在这里等着另一个女人。另一个男人也会拉二胡，以二胡声音为约。另一个女人也有着女中音一般的嗓音。

回转来想，男人既然能得到季媚这样灵的女人，自有他对漂亮女人的吸引力，再迷惑小荷那样单纯的女人，也属正常。再想一想，以前接触季媚时有过的种种想象与感觉，联系那位季媚村上老人的说法，便存在有另一层的事实，翻转的事实，颠覆的事实。到底谁是婚姻中的受害者，第一因不是季媚而是她丈夫。或许是互相因果。到底谁是起始之因，翻转覆回，只有其间的人才明白。本来就是一个变化的反复的世界，人生之事，一时沧桑，便是无尽沧桑。

四十五

接下来，就是大伏天里了。宋正明对暑热的记忆，是他曾在农村时，那时兴着以粮为纲，变单季稻为双季稻，原来他所在的农村全年种一季稻和一季麦子，那个时间开始收种双季稻。多种的一季稻是籼米，从另一个角度来讲，虽然双季稻的单产量不高，但二总是大于一，在那个粮食不足、流行粮票的年代，粮食要计划着吃，每顿要省着吃，种双季稻也许是对的，计算起来是对的。然而两季稻加起来比一季稻多不了一二百斤的产量。因为单季稻的时间要长一些，产量自然要高一些。那时间的双季稻，第一季稻熟便是在暑热天，在暑天里抢着收，又赶着季节把第二季稻种下去，称之为双抢。弯着腰抢收，弯着腰莳秧，面朝黄土背朝天。那一年，宋正明在乡村里看到一本旧书，讲阴阳五行，上为阳下为阴，正为阳反为阴，人体却是背为阳腹为阴，有时疑惑是印错了，总想着前面是阳而后面是阴的。双抢时节，人像在蒸笼里，上面是烈日晒下来的热量，迎着太阳的背部，自然属阳；下面从土里蒸上来的热气，朝向大地的腹部，自然属阴。暑热天里，人就在热世界中，脚下踩着的土是热的，面前呼吸的空气是热的，无可奈何，无可躲避，想不着会有另一种生活方式，只觉得承受的便是双季稻的人生。然而，偶尔憩息在树下，吹来一阵微风，那阴凉的快乐也是放大了的，人生的苦乐感受本是对比产生的。

其实种植双季稻，一年虽得三季粮食，但田地的肥力不够，所以单产并不高，加上粮食的价格是规定的，核计成本，人力再算上化肥，从利润来说并不合算。但那个时间不计这个，特别是人工根本不计价，人的辛苦更不计在其间了。

种双季稻的辛苦，在缺粮的时代，似乎是一种注定。人性避苦趋乐，推动社会发展，日后不管城市与乡村，家家皆有空调，能躲避暑热带来的苦。不过，再怎么发展，暑热的天里，总还有走在路上的人，总还有在露天工作的人。相比之下，是否苦的越苦，乐的越乐？

社会发展，也是时间的一种变化。宋正明对时间又有一种理解，此时间与彼时间，离苦得乐的变化，只是一时间的感受，仿佛到了另一个世界，其实空间没变，却是时间变了。时间一变，暑热的感受旧时不同今日，总不能说古时的王公贵族，不如有空调时代的升斗小民幸福。再延伸去，到底地狱的情境如何？也许身处其境的人鬼，只是彼时承担着苦的感受，难以忍耐却无可躲避。

直溪没有种过双季稻，直溪自然没有对双抢的感受，山边人家的田地毕竟不全靠在溪水边上，不适合种双季稻的。直溪的收成也不全来自稻麦。靠山吃山，直溪有竹有树还有水果。苦日子缺了一块，缺的是一种苦的真切实在的感觉，难怪直溪以外的乡村，有称直溪人半仙的说法。

听说当年直溪也被要求种双季稻，是当政的郑书记顶着压力，郑书记是副县职，他也乐于在直溪建立试点镇，用试点的名义，避开一些从上面来的要求，或者早一步推进某项政策。普查人口也是在直溪最早开始的试点。

宋正明到直溪后的这个夏天里，直溪之外的乡村，也都不再种双季稻。种双季稻的苦过去了，时间让感受变淡，只剩一点记忆中的话语。而此时宋正明正走在暑热的田埂上，去做人口普查的收尾工作。白天走家串户，晚上歇在村招待点的房间里，那里挂着一顶纱帐，或者打开着一只电风扇，或者接过递来的一把蒲扇，扇着，拍打着蚊子。宋正明毕竟是干部，离开了城市，离开了研究所的工作，再到农村来，过着一种实在的接地气的生活，做着统计人类数据的大事。

所有的村都跑遍了，回到镇上的宋正明还准备去一次坛水村。姚萍丽的纳入，在村子是无法落实了。他只有做备注的补救办法了，在表上备注栏里做一点说明。这说明要提到飞地，提到坛水村原来的湾岛，提到湾岛上曾经有过的传染病院。为了纳入一个名字需要写上一段说明，这说明是要翔实的，传染病院哪一年存在，哪一年搬离，曾经有多少病人，能记得多少是多少。他需要把每一步都弄确实了。他普查的数字本来是写在纸上的，纸上的数字是虚的，便一定要记实了。他的工作才有意义，是实在的。起码在一段时间内是实在的。

在街上遇着林向英。他说起此事的时候，林向英说，她也准备去一次坛水村，为当年的传染病院找一点记录，或记一下所在地的变迁，也是时间的留存。宋正明疑惑怎么正好有同行的好事。想来她早有这个出行准备，不可能一听说，马上就决定的事。起码卫生院已定下了工作规划，她才能抽得出时间来。

林向英与宋正明如同事般一起出差，坐乡间车到坛水村，下了车，还有五里路的步行路程。山脚下遍是田野，路边有溪水成河，还算凉快。他们一路几乎没有说话。那个年代，男人与女人一旦有了那种关系，在人面前说什么做什么，哪怕没有人在，只要是在外面，总有着一点不自然。不知如何对话也不知如何表现，怕被人感觉出来，心虚就是这么一回事。如要不心虚，便需要一种心理素质。

如此行五里路。别的时候在大日头下走就算一里路，也会满身是汗的，他们并没有关注身边人的神色与情状，虽然免不了蒸热有汗，但意识到走在身边的人，似乎多少有清凉感。有两次走到路边的大树下，宋正明想提议歇一会儿，还是没有说出来。虽然这里是大道，不像山里有林子，根本做不了什么的。做不得，却也说不得。不是不想别人注意到，暑天里野外没人走动，就算有人，别人根本看不出来什么，也不会听到什么。其实不说，偏偏是不想让身边的人感觉到什么。按说，他们之间可以没有秘密的，有什么莫名其妙的想法也可以不必避讳。宋正明曾经想，自己是个创作者，向林向英问一些女人方面的问题，比如身体上的心理上的大大小小的奥秘，都可以问上一问，算不上冒昧，就告诉她放进创作肯定真切独特。但他却从没对她开口，在一起时有一起说话的话题和感觉，似乎是忘记了，也许触到了一点，想问还是不知如何问。男女再裸裎相向，总会有着一点距离，特别是他们的这种关系，反而不如一般的男女朋友，可以随便地说话。

还是姚春来接待他们。姚春来显得与宋正明很熟悉，也就只管问着林向英，她毕竟做惯了接待工作，因对宋正明熟，便不用热情，倒像是男女有别。与林向英有着女性间的亲近，要不是热天的话，也许便要挽起手来。

宋正明清楚姚春来的意思：便是他的事，实在用不着提，她已经说过了，无法答应他的。到宋正明说到要备注的意思，姚春来将他写的备注，看了好大一会儿，表现得很认真。宋正明一方面觉得她奇怪，另一方面觉得她也没错。有的村，对普查的事也太不认真了。她的认真应该是对的。

姚春来对林向英说："呀，你们一起来，没谈一谈？你要问的，其实宋干部很清楚的。哪一年哪一时，他都问过并了解过，还实地看过。那次带他去后，我洗了好几次手，多少天疑神疑鬼的，好像身上有痒感。"

林向英说："就算他说了，我也要来实地查一下。"

姚春来看看他俩，笑了。笑的样子中，含有些超出她年龄的神气。宋正明也觉得姚春来是个精豆子，人小鬼大，弄不清她的年龄。

"你笑什么？"宋正明没忍住问出来。

"你们两个人有点像呢。"姚春来应出声来，"难怪会一起来。也难怪互相不清楚。"

姚春来陪他们又去了一次以前湾岛的那块飞地，飞地已融入一个养鸡场，还有一个新开的小纸绳厂。已经完全看不到曾经的传染病院的痕迹了。林向英问了纸绳厂的一个中年妇女，而没问纸绳厂的老太太，大概知道问老太太，老太太也说不清。中年妇女口齿伶俐地做了回答，指出当初传染病院完整的方位。中年妇女生得清秀，有着黄站长小姨子的模样。不怎么下田很少晒太阳的直溪女性，都有着白皙的肤色。姚春来后来告诉宋正明，说那是老村长的儿媳。

姚春来陪他们吃了一顿饭，把他们领到村招待站的房间里，也就是相邻的两个房间。宋正明来过两次，已经看习惯了，房间里有两张挂着纱帐的床，有一张课桌般的窄办公桌，两把椅子。办公桌上放着热水瓶，床上有一把蒲扇。蒲扇头上破散开了，扇动时会发出啪啪的声息。从天花板墙上挂落下一个电扇和二盏灯。灯开了，灯前飞着一两只细小的虫蛾。

姚春来走了。宋正明在床上坐下来，发现办公桌上有一个电话机，不是新的，上次来应该就有，宋正明想不起来了，只是他那时没有人要通话，也就没有注意到。他看到电话机想到隔壁的林向英，想着是不是到她的房间去看看。到坛水村来了，她会不会在意有人注意到。虽然这么热的天，这里不可能再有外村人来办事了，村上的人也不可能来，但他们俩在直溪镇上，林向英随时到他宿舍来，从不在意有人注意，他们可以随心所欲的。到这陌生的村子，陌生的环境中，却生了一点陌生的想要沟通的感觉。

他这么想着，电话铃就响了，宋正明觉得奇怪，这电话响可能是什么意思？他拿起话筒来，他清楚电话连着镇上的总机，后来电话是自动连的，那时还有接线员吧。将话筒放到耳边，他发现自己很少用话机了。话筒里面的声音有点沙沙的。是林向英，她声音有些变，尾声处有嗡嗡声。他多少带点疑惑。

"睡了没有？"

"还没。"

"热不热？"

"还好，开着电扇呢。"

"小狐狸过河……"

宋正明还没想到应话，对方的电话挂了。他本来还疑惑电话那头到底是不是林向英，但说那句话不可能是别人。一边想着一边起身到隔壁去。

不朝四边看，直接走到隔壁房间去推门，进去后反身关了门，看到林向英正坐在床上的帐子里。他知道林向英怕蚊子，她说过不喜欢夏天，不是怕热而是怕夏天的蚊蝇。

宋正明走到床边，掀开帐子钻了进去，抱着了林向英。林向英一手将帐沿围到床席下去，一手臂围着宋正明倒下去。他们几乎没有任何声音，做起了他们的事来。一直做到浑身是汗，两个湿淋淋的身躯依然互相抱紧着，湿滑湿滑的，根本不管汗水如溪流，洇湿了一大片床席，中间汪了水，往床下滴。两个汗人如油般地滑，相互抚摸着。像是天然从水里来，到水里去，在水里燃烧，于水里蒸腾。过去也曾有过性爱，总缺了一点什么，那就是水，更是热力蒸腾的水。水顺滋润，水益旋转，水伴抚慰，水促深入。这是从身体内涌出来的水，从整个体内蒸水而出，从整个灵魂中呼啸而出。

以往性爱完成后，多少会有一种憾意，就这么结束了？似乎没有触到那顶点，顶点是水，披顶而下，披体而出。水中交融。水中互生。最后两人侧倒下来。还热着，充满着热感，还拥抱着。肉体的欲望满足了，但余味还燃烧着。

感觉充溢着，缓缓回落下来。宋正明看到天花板上电扇转动着，帐纱吹向一边，风却根本吹不进帐中来。

大热天里，他们居然这么尽兴。也许是他们多少日子没有肉体接触了，多少日子在他的宿舍里，两个人可以在肉体上没有距离，然而他们在思想上隔着什么，人近心远，一天一天就这么过去了。现在他们走出了宿舍，在陌生的地方，在炎热之中，获得不顾所有过往的动力。

只有这样才算是真正的性爱，是可忘怀一切的激荡，可算是不枉一次人生，可算是交付与占据了对方的身与心。不用多话，海阔天空，天长地久。

有时想起来，辛劳如大太阳下面朝黄土背朝天的农人，清闲如高级花园中欣赏山水的富人，实是无可比拟，让人不忍去思想那其间的生活差距。其实人各有各的痛苦，而性爱的快乐，却是同等的。好在世上男人一半女人一半，都可以有那种快乐。也许穷人具有更单纯的快感，更健康有力的快感。这是公平的，就是嫉妒也无法压抑。

"喜欢吗？"

林向英停下残余的一点肉体接触。她看着他，眼睛中还有热力的余晖，亮亮的。他发现她眼中洇了水的亮光，发现她透显着比暗色还要黑的眼眸，而黑眸因水热而黑得发亮。黑透了，黑出了亮来，才更显亮丽。他第一次发现，世界最亮的是黑亮。平时没有注意到林向英的美，美在闪光处，美得闪光。

他去搂她，又问了一声。

似乎一时的言语是错误的。不是问的错，而是言语本来的错。人的意识本来就跟不上本体的思维，再用言语表达出来，又隔了一层，融合的境便破了。最好的情境，往往是静默。一旦出声了，化成了语言，便生出破隙，破隙中热力便成了单纯的热。她侧过身去，仰面朝上。

"你说的是人还是运动？"

"我。"

"废话，不喜欢能和你这般吗？"

依然是这样的结果。宋正明似乎明知会有这样的答复，还是忍不住要这样问。用这样等待的结果，来凉快，来分散，来给一种结果，做一点处理。没有什么不对的，却完全是错的，又是必然的。他总觉得人生就是这样，任何结果都由时间界定，让人意识到一切都流动着，都瞬间破灭着。本来应该自然过去的，但他还是认为应该由他来发声变化，而不由她来。人与人没有完全融合的可能，圆融只能是一时间意识的愿望。那种变化的遗失的飘浮的承受的，必然而来。仿佛一个气泡由水热而充大膨胀，总会破灭。为防止突然发出的那一声破裂声，由他先出声让它萎缩，慢慢地合理地悄然地收回到正常。

有时，他觉得男人与女人还存在那个问题，男女是世界上相近的群种，但人类还是因为意念产生了相对，生出了无限的问题，无限的好恶，无限的对错，无限的矛盾与无限的冲突。最激烈的冲突，与生死连在了一起。升上天空或者堕落深渊，或者飘浮在生活中。超越只在一种运动，一种能让人类生殖传承的运动，一种人类自然平衡的运动。偏偏意识喜欢把思想弄复杂了。宋正明想问林向英的，其实问一下自己便可以，男人或女人所有的隐秘，其实也都是简单的。

这一天早上，宋正明身体赖在床上，像是黏着，并不管自己的床上是不是也水湿。他像是迷在了一场醉酒中，许多的梦套着梦。他感觉似乎是没有睡，睡等于没有睡。颠倒人生的意趣，都是一层层的门。时间敲着门，敲着梦的门。何必有，何必来，何必生死，何必辗转。一切最好的，就是这样的，很快的时间流动，能感受到的瞬间与刹那。已得如此，夫复何求？不是。流去了，便是相隔，隔着的便是时间。

让他到这里来，让他感受这一切，让他体悟这所有，让他思想这种种。

不是他说什么想什么表现什么，所有说的想的表现的，只能给听到的看到的理解到的人感受。他曾为自己的人生路叹息，孤独地行走，孤独地写作，期待有人看，有人喜欢。然而有缘才喜欢，不喜欢看什么？缘生境，如他们在外面才会尽兴，而在宿舍里却仿佛生着阻碍。

宋正明迟迟没有起床，林向英过来，问他："你是不是又病了？"

他说："如有病，经那一下子也就好了。"

她说："没病，还不起来准备走吗？"

"你别一下子那么现实好吗？让我在云里雾里再浮游一会儿好吗？"

"我还有事，可不陪你了。"

"你总是一下子拉升我上天，一下子又堕我下地。"

"是埋怨我吗？为你做得还不够？"

"够，够，你做得是够的，是我自己企求太多。"

宋正明坐起来："人心不足是痛苦的根本。"

这时姚春来从外面走过来。他们看到她的身影进了院子。她进门就问："你们还有什么要求？"

宋正明像是一下子被人看穿了心事。他疑惑姚春来是听到了他们的谈话，接口接得那么准。她离得那么远，是顺风耳吗？看林向英的神态似乎若无其事，他想到，到底是女人，自有一种本事，各有一种本事。

姚春来笑嘻嘻地说："昨晚这里没有发生什么事吧？"

宋正明不去看林向英的脸，嘴里说："会有什么事？"

姚春来说："这里有小狐狸出没呢。"

就听林向英说："你说什么？"

宋正明看惯了林向英的镇静，面对待接生的有病孕妇，她也没有慌乱，这一刻宋正明感觉她的话音，像摇晃着的溪水。也许并非有抖动，只是他生出的感觉。

姚春来说："真有狐狸的，我就看过，就在溪河边，还是两只，一只蹦蹦跳跳地跑过去，还有一只跟在后面，那只跑到河边的回头望后面，正对着我的眼睛，微张着尖尖的嘴，睁得圆圆的眼，像是朝我笑呢。"

林向英对宋正明说："你走不走？"

宋正明说："走，走。"

四十六

宋正明觉得普查工作已经做完。最热的天，他独自在宿舍审表，不怎么出门，只需要煮一点粥，搭一点清爽酱菜。屋里有电扇，身边还放着一把蒲扇，偶尔扇一下，好像是一个仙家的道具。

林向英在夜晚时分来宋正明宿舍，以前她来一次会空几天，眼下好些天，她天天过来。大热天里，乡村人有点小毛病，不会顶着烈日来镇上，拖着拖着就过去了，要有大病，开一挂拖拉机拉去县医院。如此，卫生院里清静了，林向英多了空闲时间。也许林向英经过了坛水村一行，经过了坛水村那一夜，经过小姚讲小狐狸的事，她觉得一切无所谓了，一切不必入心。她不再避讳什么，他们的交往管人家什么事的。有时宋正明会听到她在街边院外，与人招呼的声音。随后她直接上楼进房间来。林向英是单身女人，宋正明是单身男人，且都是从省城来的，来往正常，直溪本来于这方面本不在意。

宋正明有时与林向英下一盘棋。大热天下棋是最好的消遣，人的心在对弈中清静下来。不用说什么话，棋是手谈，一步棋如一句话，一步一步下了，一句一句说了，没有不应的。这个大热天，他们仿佛说了无数的话，一话一应，人生，自然，社会，男女，平静地问，平静地应答。仿佛一辈子的生活都这么过来了。

她在棋盘上落了一子，那颗子像是落在不可思议处，她有时会下出神奇妙手，单从那步棋看，下棋人的棋力要高上几个段位，由她下来，只能说她有着国手的潜质。难怪接受了她基因的肖可俊，偌小年纪便达冲段水平。

宋正明看着棋局，思索了好大一会儿，才应了一子。

那手谈话语是：你怎么是个女人？

我生来就是女人。

之前根本不像一个女人。

那时你没有真正注意我。

宋正明丢子入盒，笑着说起大年夜，她被一个炸响的爆竹吓得钻到桌下，顾头不顾腚，被拍了一下屁股，抬起头来时，满脸通红，那模样他是认真看了的，说是喝了酒的缘由，其实他也不信。

林向英又有点脸红，她说那是生理反应，对任何男人都会有一样的反应，并不专属于他。她似乎想要在话语中，摆脱他的专属，否认她是他的女人。她说归属感是一种封建的传统，只在古代存在。一旦性解放，男女之间便不再有归属感，不存在谁是谁的女人，最多是男女求取性器官交合的快感罢了。

她总是在贬低着他们的关系，相处至今，宋正明清楚她不是故意的，他偏偏要往这上面绕。如此，也就绕过了他们以往的过去。直溪是一个新的地方，旧事不去想或者不愿去想，也就顺势不想。她说她不专属人，他可以把这个认定她是对他的告白。也许她本无意向他告白，只是给她自己一个立足点，隔开过去。

她从来没有触碰他的过去，她清楚他知道了她的过去，但她并不求公平，反而呈现出了无所谓的状态，这使他有所不甘，继续绕来绕去往他与她的事上绕。有时她笑话他一天到晚心思在小事上。

他说：一切是心灵的表现。我的心只有那么大，只在小范围中绕圈子。我到直溪来，就因为外面现实的社会生活，太大，太烦琐，太强烈，尘埃太密。

意识到将会触及什么，她不再说。而他也不愿触碰封禁的圈，那圈里确实太大，太烦琐，太强烈，尘埃太密。

他落到直溪来，是合着一种心境需要，可以静静地思考。他有时随便地对她说，他像是投到了另一个天地中，有了新的身份与新的生活，虽也是规定好的人生，只是因为有她的关系，他沉湎于此。这样的话，如梦幻一般。他们把话说透了，说明白了，说得没有计较，说得没有虚饰。

不在一起的时候，他渴望林向英到来，他想吻她，想解脱她的衣服。偏偏她到来后，面对她的时候，他却失去了行动力。他在下棋的时候，把这一层意思明明白白地告诉她。她把他当作一个病人，说他是一种饥渴症。因为长期缺少异性的爱，换任何一个只要他得到的女人都是一回事。她的说法让他有点恼怒，她把他的一切表现贬低到最底层，可是他无法对她狠心，无法说一句狠话。他只是露着贼兮兮的笑，一种谄媚的笑。她有点故作鄙视的神情。偶尔他们生出了兴致，一旦他进入了她以后，她激动起来的时候，却比他更加投入，更加渴求，不知疲倦。然而后来她却说，那只是一种生理被激发的本能。

经过坛水村一行回来，他们对性爱的心理变了，不再抗拒，主要指的是林向英。宋正明的感受也升华了，从抱她开始，宋正明就用语言用动作，长时间赞美着她，带着叹息与唏嘘。而她只有最高潮时才会在他耳边叫唤着他的名字，那是真切的反应，身体伴着上下的颤动，仿佛一刻中不知如何为好，如痴如醉，忘我无我。然而这并不能让宋正明同时震颤，他的内心里依然有着思想，在应该失去了所有意识时，他还在思想着。心里感叹着，这种感叹依然可以转化为文字表述的获得感，一旦有获得感，便证明有意识在自主活动，并非完完全全投入其中。他多么盼望与林向英在那当口，如在坛水村时一般完全相融，但他思想还在活动，无论何种情景下，都保留着自我，无法消融。

这是男人与女人的不同，女人已经感受入骨，但一旦结束，便了了。而男人意犹未尽，却显示着快活，显现着精神的满足。关键是男人的完成是简单的，比女人简单多了，但理智的感受，上升到快活，来赞叹女人，宋正明将此称作爱，其实他也觉得到他这个年龄再来谈爱，多少显得虚假。

宋正明有时感悟到，这一切只是他个人的感受。或许其他的男人提起裤子来，便忽视了所有，这样反而会得到女人的后续反应，以求精神上的获得。只要是有思想的人，女人与男人一样，总想在这里面获得一点实在。所以，总会有一方表现，你不表现，她便表现。而一方表现所得，还有一方则表现所失，让一方生出弥补的意愿。他有时想到，自己往往会把一切虚化，将一切转化成无意义。

不过是一个男人与一个女人的事儿，那点肉体接触的事儿，在动物那里极其简单的事儿，本来就平常不过，不足以道。却在人的思想中，变成了特异难得，难以上青天的奇缘。世界上有一

半的男人，与一半的女人，是大多人经历过的平常之事，被弄得
奇大无比，可赞美，可歌颂，可视为珍密，美言之为爱。视作这
一个的独特，来满足自己的精神感受，进一步强化自慰自欺的
获得。

四十七

宋正明对普查表看了又看，审了又审，已经没有什么可以改动的了，不像作品每看一遍可以改一些地方。都是数字与名字，都是实实在在的，他只剩一件事可以做，就是把它送到郑书记那儿去。

他把表用纸裹着，塞在包里，压在床席下。他出门去，想以一种悠闲之心，去逛一逛街，然而，刚踏出门，又退转身来，去把包拿了，他决定立刻找一下郑书记，他在直溪唯一做的事，他要立刻从自己的手里交出去，以防出现什么变故。像上次走访了几个村，签了字的表就抱在他的手里，还是由一场雷雨而泡汤了。以后回到城市里，他用电脑写作的时候，习惯每写一段字就保存一下，怕瞬间停了电，电脑自动关机；也怕电脑突然出了故障，屏幕不显现了。什么都可能发生的。

他该给普查工作做一个总结了，虽然还有些不甘。该做的事，该他一个人完成的，总好像没有结束，因为姚萍丽的名字还没有纳入一个实在之处。

出宿舍院走进镇政府的边门，镇办公楼的感觉在记忆中是固定的沉闷的，有着一点单调的气息。宋正明挂职下来，已经有一段时间，也在镇机关的食堂搭伙吃饭，但他上办公楼的次数是一双手数得过来的。

郑书记正在开十几个村的片会，会议室里围坐着各村干部，郑书记坐在靠窗的主位，会议室里秩序井然。

宋正明走了进去。他是挂职镇干部，原说是可以参加镇政府会议的，但他几乎一次都没参加。既然有事，他也就带点不安走了进去。

郑书记也是难得召开会议，一般他是下村去布置工作。此时他并非正襟危坐，他穿一件薄外套，敞着个怀，一只手后搭在椅背上，侧着点身，听人发言。他正对着门，注意到难得出现的宋正明，点点头，又手指朝身边点点，让宋正明坐到他身边去。他的身边空着，但宋正明走过去了，还是在他身后的椅子上坐下。他走动的时候，会议室中的目光聚集了过来。他虽是省城里下来的干部，但在原来研究单位里，只是个研究人员，没有任何职务。在直溪说起来，总是个挂职干部，在镇上开大会的时候，他还坐过主席台。

郑书记中间插了一句话，发言的干部被批评了，看着书记赔着笑。这村干部宋正明认识，如今几乎每一个村长他都接触过，看着脸熟。但他到底不是当官的，记不住多少人的脸。宋正明也已看惯了这种下级对上级惯有的神情，这也许不是直溪专有。宋正明其实也弄不清官场上，有多少潜性规则是直溪专有的。在研究所里，他只是一个一般的研究人员，他的创作也许有点读者影响，但文学创作在研究所里属不务正业，虽然不会有人批评他，但也并不提倡，任其自然发展。

一个接一个的村干部发言，宋正明神情严肃地听着，其实他根本没有听进去。他在想着林向英的一个神情，或是近日的一个举动，她有几天没有来宿舍了，大概是季节转换气候变化，病人多了的缘故。过了一会儿，他思想忽又跳到了普查的事上，这事从高度上讲，具有人类的意义；从低一个层次来说，社会建设与发展需要有一种人口的规划；再到他个人来说，也是人生的一种磨炼。如没有这个争取来的机会，他可能还在办公室里一张报纸一杯茶。他忘了自己学的是什么，研究的是什么，仿佛是万金油似的学问。

要不是他业余有创作的兴趣，他人生的大部分时间，都在无聊中度过。他因不甘，而在生活中形成大冲突，那带来的痛苦封禁在了心的圈里。

不管是无聊还是冲突，都像穿透了时间的浮光，有留下来的么？其实都一样地流去了。

不知郑书记是不是注意到他的发呆，转头靠近他说了一句："很快就结束了。"

郑书记像是在安慰他，也是表示注意着他，是把他放在心上的。郑书记在直溪给宋正明的感觉是干实事的，也很会做人的工作。宋正明还从来没有看到任何一个干部，有着郑书记这样形似随便却极具分量的领导。

很快郑书记做总结了，略讲几句话，接着便说："好了，散场吧。"

郑书记说着，转过身来面对宋正明。宋正明趋前坐到他身边去。其他的村干部也都起身往门外走。

宋正明尽量正规地做汇报，其实也不需要太多的话，普查的工作得各村干部的支持帮助，任务已经完成。只是最后提到了姚萍丽的事，在说话干脆的郑书记面前，他努力说得明白简单，他已多次在坛水村和谷口村谈飞地的事，看郑书记边听边转着手里的一支笔，他感觉自己说得多了，也不知说清楚了没有。先前对任何人说起这件事来，都反复说着一些过程。

郑书记听完，说："事都做完了，就是一尊女神没有地方归位？"

宋正明怔了一下，立刻发现，郑书记的这句话并没有错，却生动实在。这也是一种本事。

郑书记转过身来，长条会议桌边还坐着一位村长，他肯定有事要单独求郑书记的指示。郑书记就对他说："姚村长，就让这个姚萍丽落到你们村上去吧，你和她都姓姚，是本家。反正户口在直溪，不管早先是在水湾的飞地，还是后来在谷口的坡上。现在就归你了。你马上在宋干部的表上签字。又不需要你分房分田分东西的，只是归个位。姚萍丽这个名字我听说过，被人说得神，也被人检举，说是在搞迷信。我就说，去去去，一个孤独的女人，迷信又不是她宣传的，都是你们找着她，缠着她，她还躲着人呢。一个神女呢，就你那儿了。"

宋正明认识姚村长，觉得他的闸上村与姚萍丽一点关系都没有，闸上村不靠坛水村，也不靠谷口村，是靠镇上的一个村。如果说有关联，就是姚萍丽与村长一个姓，要再找一点关联，便是闸上村与谷口村在一个方向。看到姚村长显得服从命令听指挥似地点头接受了。宋正明觉得有点奇怪，不是滋味。只是想到郑书记也说得清楚，普查人口是不添一个人，也不落一个人。反正姚萍丽是直溪镇户口，在整个镇的统计数字上是符合的。落在哪儿不是落？谷口村与坛水村也都对也都不对，都有接受与不接受的理由。原来觉得是个大难题，郑书记的手这么就近一指，就落定了。他有点实感，又有着一片虚感。人的一生会做许多的事，到哪天要告别人生的时候，回想做过的那些事，到底有多少是实的，多少是虚的，也许都是有意义的，也许都是无意义的。也许都是可怀念的，也许都是可以丢弃的。他莫名想到了研究所里一个忘年交，老友退休离开的时候，捧着一沓奖状与先进表彰书，说不想带走了，都放进了碎纸机里。那一张张奖状曾是老友努力挣的，那一份份表彰书，当初老友捧着时，满面是笑觉得光荣的。宋正明多少清楚，那一张张一份份的获得，老友费了多少的时间，费了多少的精力，费了多少的口舌，费了多少的心思。

姚村长当下签了字，姚萍丽纳入这个闸上村，翻出闸上村的表，把姚萍丽那一页插入。原来附的备注不用了。宋正明突然发现自己做的这件事结束了。原来担着很多心事，牵着很多欲念，合着很多思想，现在不用他再管了。秘书把包接了过去，宋正明意识到已经交割完毕。

在直溪，他只是一个过客，他在这里就做了这一件事，在他做事之间，一个个村子都被他烦扰过，费了不少他与直溪人的时间与精力。他把事做完了，他是认真做的，郑书记也表扬他了。他做得实在，他没有虚假。

后来他对林向英说："结束了，就这么结束了。"林向英说："你发什么感叹？有牢骚？"他想到时间，近一年时间就这么过去了。好像是有意义的，他做的只是小民的事，又有什么意义不意义？不过，那些大人物做的事，又有多少有意义？

从人类的高度上看，虽小至一个数字，但人类的大数字是一个个小数字集起来的。这道理他都懂。这个小事也是一件实事。但还是感觉有点空。人生中的事到底有多少是大的，多少是小的？然而，宋正明实实在在感觉到心中空了一块。

四十八

走出镇政府的大门，宋正明在镇街上走着，已经立了秋，天气不那么热了，山边的镇街，立秋后，时近黄昏，直街上吹来的风，便有着一点清凉。他有些天没有在镇街散步了，感觉天热，不想动，其实动不动，还是一种习惯。他走在街上，以前踱步的习惯，引他慢慢向西街去，他这就看到了季媚。季媚穿着一件宽宽大大的长袖衫，她走路的样子不急不慢的，宽大的衣衫里依然显出她丰满的体型，她走的步子有点直，像在一条线上，在直溪这小地方上是独特，身子的形态扭起来，忘了她以前是不是这样走步。应该不是，她从哪儿学来的？宋正明想不起来她原来的走步，那时他关注到的，是她的脸和她的神情，还有她一路与人的应答。原来他也很少在街上看到她，那个小年夜的晚上，她手插在他的臂弯里也是如此走的么？不是的，那晚她脚伤了，步子是拖着的。

季媚从街那边朝宋正明走过来，她一只手抬起来，捋着一绺头发，宽袖向下滑落，露出的一段胳膊，在夕阳下闪得白亮。

季媚亲昵地向宋正明打招呼，隔着一段路就说："宋干部，你这么早就散步啦。"

宋正明心里有点不自然，他也不知道自己为什么会有这种不自然，想自然却越发感觉到不自然，一时想不出什么话来应。其实她只是一句随便的说话，他却想到了小年夜那晚，那晚以后，他似乎没再见季媚。

记不得谁说过，你心里有什么，就能看到什么。自从他与林向英交往后，所看到的只有林向英入心。而今天他看到了季媚，步姿有点别扭的季媚。

"我……随便走走……"

快靠近她的时候，他才想起来说。她就在他的身边，且步子没停。他像是对她私语，眼见着要擦身而过。

她的身上溢着一点芬芳气息，像是香气，不是雪花膏那一类的，仿佛是法国品牌店的香水味。她是工作在百货商店，但此时直溪镇上的店里，不应该有这样的商品。也许是季媚这样成熟丰满的女人原有的，也许是在他以后记忆中的错觉。

"老也看不到你，还以为不告就走了呢。"

她的口气中似乎显现着他们之间有着什么，他走的话，应该给她告别的。

而他也觉得，他应该要对她说些什么，说野外长条石那里坐着拉二胡的黄强？说黄强从盾山云峰下来……待他想出话来要说的时候，季媚已经走到他的后面。宋正明无可说了，尽量放慢步子往前走。走到西街头，汽车站正停着一辆车，这是最后一班县内长途车。一班车总会有熟面孔下车，宋正明看到个头不高的派出所警员小茹，她没穿警服，穿着一件当时时兴的粉红的确良衬衫，显得像个小姑娘，她热情地与宋正明打招呼，完全不像穿着警服在派出所里看东西的模样。

"老郭请几天假，他还从没请过假。所里缺人，就把我叫回来了。"

看来小茹是正在假期中被叫回，派出所经常这样短缺人手吗？奇怪的是，此时的小茹像向他汇报似的。

他摇摇手说："好的，你去吧。"

他回转身来往街上走，时间还早，他想到文化站转一转。文化站的门开着，黄站长的小姨子小荷站在门边，倚着门嗑着瓜子，那样子便如乡村里的小媳妇一般无二。小荷见着宋正明，抬眼打着招呼，宋正明感觉以前她见着人，只是微微一笑，或者手动一动，或者眉动一动，给宋正明是单纯女孩的印象。而这一声的招呼，却显出了女人的情调。

"宋干部来了，你有段时间没来了。"

宋正明感觉她的话意中，也有他走了的意思。一时间，宋正明好像自己已经离开了再回来的。他离开过了吗？瞬间他的意念中，自己并没有来过；瞬间他感觉，自己离开了好长时间才回来的；瞬间他又意识到，自己也就几天没有在街面上出现罢了。只是因为天热不想动。宿舍才几日，街面已长远。

宋正明对小荷说："我还到田野里走走。街外靠卫生院那里有一长条石，正对盾山的山峰。那里总有山上吹下来的风。在那里拉二胡，琴音悠悠。"

他也不知道自己为什么这样说。

小荷说："宋干部到底是写作品的，说出话来都有味道。"

宋正明往外走，出门后，觉得自己说得很不对味。今天他所做的所见的所说的，似乎都不对味。

天色还亮着，走到野外，他在长条石边站了一会儿。天边的深红霞色褪了，就剩青色一片，远山青青蒙蒙，有人荷锄而归。

他往前走去，这就到了卫生院的后院，他沿着院墙走了半圈，见到卫生院的正门。他走了进去。

卞护士在门口说："宋干部，你来了？哪里不舒服挂急诊，现在只看急诊的。"

宋正明只顾往里走说："我找林向英医生。"

林向英不在诊室里，宋正明看了几个开着门的房间，都没见到她。他回转身来，卞护士微笑地看着他，告诉他，林医生这几天去县城了，县城医院里有她的一个同学，她是与同学聚会去了。

宋正明心想，她去了县城，难怪这几天没见她。正准备回身离去，一个穿白医褂的人从后院过来，说林医生刚回来，见她进房间的。

宋正明往卫生院后院走。一走进院子，便看到林向英在院后门处站着，后院小门开着，似乎她本来开后院门要出去。刚才他先到后院门外，她也许听到了他的动静。宋正明还是第一次不是看病，闯入卫生院她的工作场所来，直言找她，还唤着她的名字。一旦见着，却有点儿不知所措。她的脸色有点儿苍白。

宋正明走到她面前，她说："你来了？"话语中也有他离开了好久似的。他不知怎么答她，只往她房间走，像是打定主意，要参观一下。

林向英伸出手来，想挡住他的身子，又习惯地伸到他的额头上去："你生病了？"

宋正明说："没病。"

"看你脸色通红的……"

林向英要引他往诊室去。宋正明却直直地走向她住的房间。多少年前的记忆中，他也是这样往那个初恋的姑娘家里走，客厅里暗蒙蒙的……女孩起身走向了后巷。

　　林向英跟着他进房间。他有些莽撞的表现，如在梦中一般，又有点宣示性的。她多少次到过他的房间，而他却是第一次到她这里来。他为什么不能来一次呢。今天他的感受是变化不定而引出的莫名空虚。他需要一点实在感。

　　林向英很快镇定下来。她看着他，任由着他，似乎在看一个撒娇的病孩。到卫生院来的都是有病的。

　　她的神情显示着：你要做什么？

　　房间里的一切整整齐齐的，只有床上的盖被掀开了，向外的被角翻到了床里，看来林向英刚从床上起来。

　　宋正明进后院前，听到说她回卫生院没多久，那么她一回来就躺床上了。从来健康的她是怎么了？

　　注意到宋正明神色的林向英嘟了嘟嘴，她并没有想对他隐瞒的习惯。在床边挂着的包里拿出一张单子递给他。

　　宋正明看到那张县医院开的单子上，有几个潦草的字，他认清其中两个字：人流。

　　在宋正明质询的眼光前，她低了低头："我大意了……幸好我是医生，早发现……"

　　林向英还是第一次在宋正明面前显得如此怯弱。宋正明却安静了，过一会儿，缓声说："你休息吧。"

　　他有如梦的意识。从镇委办公室出来，他便有失却什么的感觉，眼前越发显得空幻。并不是因为手里的这张单子。她根本没有做错什么，他们没成家，没有生育的资格，那条底线印在每个公家人心里，一旦触碰，他的干部与她的医生身份都将不复存在。

那么告诉他、不告诉他又有什么区别。

宋正明转身出房间，在门口回头对跟着的林向英说："你休息吧……"

四十九

日子似乎没有变化，宋正明的生活中，总会有些时间晕晕乎乎的，也不知怎么过的，他自以为属精神创伤后遗症，因此他才来到直溪。此症病发时，并无异样，外人看他正常，医院检查也会判定正常。只有他内心世界感受不同。

这天他在镇政府食堂吃了早饭，出食堂已时间不早，镇政府的院子里异常安静，这一天并非星期日，宋正明本没诧异，他一旦头晕乎乎时，所有的外在不正常，他习惯视作幻相。

在镇政府门口，看到门卫老头站着，门卫老头平时都坐在门边的小亭里。

"出大事啦……"

宋正明还是难得注意到门卫老头如此神情，门卫老头年岁大了，长期生活在直溪，从来是处变不惊的。

"死了人了……死在水里……都去了……死的人你也熟悉，是季媚……"

门卫老头手指着街西的溪河方向。

宋正明开始还没当回事，山溪发水，淹死个过路人也正常。听到死者是季媚，这才有所反应，拔腿往街西跑。

没想到他常伫立的溪河边，竟站立了那么多的人。宋正明来到直溪后，从没见过一下子有这么多人扎堆，而且这么多人都静静地站着，不发一声。他想挤到前面去，但站着的人一动不动，他无法挤进一步。

……他从街上过来，身在堤上，他个子不矮，能看到远远的河边滩上，围着一个圈，圈内躺着一个仰面朝天的人，看不清散发遮着的脸，看那弯着的身形，双手往后张着，仿佛柔柔地想拥抱什么。

她的手伸过来，插在他的臂弯间，他们就这么向前走，她拖着她有点受伤的腿，他们一直走着，走到这溪河边……

她死了，她怎么死的？没人告诉他，但他似乎听到她是掉入溪河里死的。她是被人推入溪河中淹死的。又听说有人看到事情发生前，季媚与丈夫在溪边走，听说报案人看到季媚的尸体随溪河水往下游流淌，传说那时她光着身子。宋正明眼中是卫生院不远处的那块长条石，耳边响着呜咽的二胡声，倏尔变化成如雾中叠立的身影和悄悄的对话声……

晚上，躺在床上的宋正明觉得清醒了不少，季媚死了，季媚死了，季媚的样子在他面前晃，他是不是该做点什么？他走到派出所门口，里面有点暗蒙蒙的。不，他进去说什么，他进去做什么？他能说什么？到底是实的还是虚的？他依然躺在床上，他突然想到，季媚死了，那份已经交出去的普查的表上，是不是该划掉一个人的数字。先要弄清她到底死于哪一天，普查截止的时点之前，究竟还会有多少个人生，多少个人死？……他感觉自己被普查的事迷进去了，居然此刻会想着这一件事。她曾是一个活生生的人。

一个活生生的人，无声无色地消失了，无可追回。直溪不喜欢大办白事，那种电影中大规模举幡撒白纸的举动是不存在的。

宋正明有几天坐在宿舍窗前，并没看到街上有送葬的队伍走过。生死是正常的事，谁也逃不过的，又何须大操大办。这是看得穿一切的直溪。

再说，谁来为她办？她的丈夫黄强吗？如果她是非正常死亡的话，查案的时候，会查她死因是否与她清白有关，男女关系上牵着的往往是罪恶。她又到底哪儿不清白了？从思想深处挖掘，他自己算得上清白吗？

紊乱的时候从思想中冒出来的，是人性最古老薄弱的地带，也是最丑恶的东西，具有最丑恶的力量。

宋正明糊里糊涂地睡去，醒了过来，感觉有点奇特，像隔了一些日子，中间起码有过一个雨天，他原来不想出门，再出门时，天放晴了，风中有点凉意，抬眼看，山上的秋色浓浓，五彩斑斓，山脚下的直溪，街边的两棵枫树叶子开始红了，秋景鲜明。那条从盾山的山路，从山上下来，不知什么时候，从上而下修到镇上，穿过了镇街。他刚才出门前，先在窗口看一眼外面，发现仿佛是雨把玻璃窗洗净了，从窗玻璃看出去，盾山从上往下旋在眼前的一条路，缓缓而下。他不记得有这么一条路了，以前上山应该也有路，会是这么明净的一条路吗？

他走向镇街。镇街一条路，铺着的水泥路，似乎街面宽了，边上隔着行人路，有点城市的样子。他感觉原来似乎是青石板垒的路，没有这么宽的，他有点怀疑自己这些天得了一场病，伤了脑子，让脑子空出了一片。怎么可能就这么些天，便换了路。一眼看去，街面上的店家还在，没添出来陌生的店。但仿佛店面显宽了，或许街面扩出去一点儿，视野宽了，一切显得不一样了，原先应该有两家店面整修的，现在新亮的店面不止两家，还剩有两家门面前，搭着脚手架的，看来到了改修的后期。这种变化速度，在宋正明以后生活的城市中，并不算神奇，一段时间不在，再见时完全改了模样，也是习惯了的。但直溪给他的感觉，从来都是安静的，没有强烈变化的。是他的感觉停留在时间的空隙中，其实直溪早已变着；或者是直溪在宋正明若干天的休眠中突然变化了。时间，还是时间。时间在宋正明的头脑中停顿或颤动。他没有注意到，一切便是原来，一旦注意到了，变化就在眼前。

时间随着建筑的变化跳了一跳。在镇会议室交了普查表后，那天黄昏其实他便感受到变化，时间似乎在人际上跳动，所见的人的问话，似乎他是离开后回来了。或许那时就已经变化了，只是他没有注意到。

宋正明看到一个有点面熟的镇干部，想去与他搭一下话，交流几句。对方正与身前的一个外地来的人随便说着什么，走近了，听到他们都说着那种听不懂的南方话，镇干部说的是潮州腔，但依然带着直溪本地的口音。镇干部明显注意到宋正明的靠近，也应该明白宋正明的意思，但他偏过了脸，眼光定在外地人身上，算起来是不想搭理宋正明。

宋正明退身回头，这段时间他独居屋内，时间像是又跳了跳。这种时间的跳动，在他的记忆中仿佛存在过，只是不记得具体的时间了。似乎与他到直溪来有所关系。他走到西街顶头，原来汽车站门前的大路，明显又拓宽了，两层楼的汽车站的楼房，挂着一块醒目的牌子：直溪汽车站。那站牌不是正正方方的字，而不知是哪位地方书法家的行书体。

宋正明转身就走，走到街的另一头，像是镇街延长了，东街头本来是粮管所，再过去是几间不知镇上谁家的旧房子。而眼下展现着一个工厂的规模，明显是新厂房。厂门口有出出进进的车辙印。联想起来并不稀奇，镇上新建了厂，把路和街都拓宽了。

时间，变了一个时间，一切便是正常的。时间与速度相合。过去时间与停顿相联系，眼下时间与变化相合。宋正明再转身，发现时间也变快了，太阳快下山了，隐到西天的山峰后面去了。他难得地觉得肚子饿了，想去那家小餐店吃一碗馄饨面，小餐店也新改了门面，挂着龙门餐馆的招牌，进去以后发现里面拓宽了，放了好几张桌子，老板娘变得神气了，话也多了，在桌间穿来走去，与客人搭着话。几桌人点了不少菜，还喝着酒。客人的脸都是不熟的，他们中有干部模样的人，也有夹着包经理模样的人。虽然这些人以前不曾出现，只是在宋正明后来的记忆中，并无陌生感。

宋正明坐下来，看桌上摆着一张印刷的菜单，菜单上的菜价格贵了。他不好意思只要点心，便点了两个菜。老板娘过来没有搭话，拿了菜单走了。宋正明发现端上来的菜，油旺旺的，有点腻人，不像过去小餐店里所配简单的菜。在直溪生活了近一年的时间里，他少沾荤腥，偏此时他的感觉一下子便烦了油腻。

旁边一桌四个人不像是当地人，他们一边喝着酒一边说着话，话是大声的。其中有一个像是见过，原来在镇委会出进的。

他们大声地谈着生意，带着自信与吹嘘，谈着钱数，直溪原来少有听到的数目。酒喝多了后，声音变粗，舌头变大的某一刻，头凑近了，说到了一些镇上的流言，到底是镇外之人，说话随便而毫无顾忌。他们谈到了宋正明熟悉的名字，比如季媚。还听到郑书记的名字，那名字熟悉，在镇政府挂着的喇叭里常听着的。镇上的老大，一般都称郑书记的。他们说他进去了，是被双规了。所有的官一到里面，什么隐秘都会吐出来。那数目实在惊人呢，多少多少万的钱，多少多少个女人。

你情我愿的女人在直溪不算什么；能用钱解决的事，也不是大事。似乎是以后的类似说法，随着经济的飞速发展，联系镇外城市里的情况，并不令宋正明吃惊，一开始有点觉得奇怪，很快自然适应了。在一顿饭之间，他陡然接受了许多爆炸般的信息。像是他洞中方一刻，人世已多年。

他起身的时候有点踉跄，仿佛一下子老了不少。一瞬间摇晃，又变化了回去，从老年回到了中年。什么都不会惊到他了。他本来就疑惑这时间的问题，时间早就在他研究的课题之中。

他回到宿舍，像是病没有好，出去又吹了风，头有点僵，腿有点软，肚子有点胀，胸有点闷。他躺下来，迷迷糊糊睡了。他睡意惺忪时想到，也许他再起身时，一切又都变化回去。时间又飞移了。这一趟外出只是走在时间的飞地。

五十

也不知躺了多长时间，他醒来的时候，发现林向英坐在床边像是给他做诊治。她的气息还是原来的样子，有着一股青叶的气，清清淡淡的，让他逐渐恢复意识。

林向英说，她进房间时，见他正跪坐在床上，双手合十，眼半睁半闭，满面是泪。

当时，林向英见到他的模样，一下子跳到他身边来，抱着他的头，像对着一个婴孩似的。两人双目相对，宋正明感觉她眼中的光一闪，像第一次对视姚萍丽，感觉中的一闪，应该是精神深处发出来的。随后他的眼睛就闭上，她把他放倒在床上，给他把脉，并用手指给他按摩太阳穴。

再睁眼的宋正明，并不记得刚才的事，以为自己一直睡着呢。

"我又病了么？"

"你说呢。"

"怎么会又病了？"

"你会说是我这个医生带给你的病。"

"我知道我病了，在你来之前。"

"你怎么不说，我一来，就发现你病了。"

"我没说。上次我病的时候，你是故意不来看我。"

"别扯了，你还是那个样子，我怀疑你是自以为病了，从来没什么病。"

宋正明对林向英说起他病的时间里，三次外出所看到的与所听到的。

林向英听着他说，显现着她医生宽容与忍耐的神情。她后来说："什么变化？直溪不是一直在变嘛。原说直溪是半仙之地，是变得慢些，厂是早就筹备建的，路是慢慢修的。"

有关宋正明提到人的变化，什么小茹和小荷，林向英根本不予解释，有关季媚，她叹了一口气，说季媚确实死了，最先发现尸体的是一位路过的乡村人，闸上村来镇上办事的，尸体捞上岸时，根本不是裸体，衣服穿得好好的，没有死前与人搏斗的痕迹，很平静的样子。她的死因，公安还在查，一开始主要目标是在她丈夫黄强身上，但他的嫌疑是被警察老郭排除的，老郭提出了季媚遇害时间，黄强并不在场，似乎黄强其时正在老郭监视的视线中。至于，老郭是不是监视黄强，为了什么？黄强那时间正在干什么？这些问题，没人知道答案，只是在公安范围中没有传出来。

有关郑书记，林向英感觉好笑地说："直溪人是不怎么喜欢乱传话的，只有外来人会说闲篇。郑书记腐败被查的事，肯定是乱传。昨天我去找他，为了姚萍丽的事，她的身体现在肯定不再有传染性，应该让她融入社会。在街口正遇郑书记披着一件外衣，双手叉腰，在听人反映什么事……"

"我是对病人负责……也是你普查工作的成果……"

宋正明听了她的话，坐起来，靠窗口朝街镇上看看，还是那一片看惯了街景，他疑惑是不是隔着几排房顶看不清什么，他很想出去看一看现实的街。他疑惑自己只睡了平常一觉，而睡前的街上一行，乃是穿过了一个时间点，到了一片时间的飞地。

然而在两排墙巷中间，看到透现出来街面的一片，镇街的路面不是旧的石板路，而是水泥地。看到的同时，他听到了声音，是搅拌机的声音，杂乱而嘈杂。

他招手叫林向英过去看，同时睁大着眼，怕眼一眨又变回去了。

林向英凑过去看了一眼，根本没当一回事地说："你到底睡了多长时间？街上这几天新浇水泥路，一段一段浇。我过来的时候，靠百货店边上还拦着栅栏，一块新浇的地，不给踩踏。"

"乱了，要说是我的梦，这应该是城市的梦，我到直溪来，就是躲避这样乱七八糟的梦。"

"不是直溪乱了，是你的心乱了。"

宋正明翻转身来，一把抱住了林向英。林向英往后退，要退出透着窗口的光亮处，退到房间中间去。而宋正明只顾抱紧她，像突然来了力量，又像是怕她变化了，而抱紧她，将脸贴住她的腹部。

林向英不动了，由着他，只当他是犯病了。

"还有呢，还有你……"

"我在这儿呢。我也变化了吗？"

当他伸出手环抱她的时候，他疑惑她的形象不同往昔。然而她似乎立刻恢复了原来的神态。

她抚抚他的头，说："那天你闯进卫生院后院，还直往我房间里跑，原来是怕啊……"

“我没怕，你拿出了那张单子，再看你那天没有血色的脸，我才……”

“还说呢，那天你拿了单子掉头就走，样子很怪的，我没精神拉你，这几天就想睡……你放手……”

他的脸还贴在她身上，头摇了摇。

“放手啊，我要洗个手……”

他像被戳了似的，立刻放了手。她往左边房间的小门走去，那里是小卫生间，装有抽水马桶，还有一个小洗手池，林向英大年夜在水池洗过菜。但宋正明一次没见过她去“洗个手”。有时两人下棋聊天两三个小时，也没见她有此需要，或许她是忍住的，这次想是动过手术的缘故，忍不住了。

宋正明在床上坐着，听里面响了抽水声，再停了停站起来，走几步去迎她。她没关卫生间的门，想是没这必要。宋正明便从门里看到她在里面摸索完，正站起身来，她的裤子落了半个大腿，她只顾整理有点紧的小衣，往上拉起，抬脸看到他的眼光，朝他噘了一下嘴。他起先有点心里一紧，眼光扫过，卫生间的窗玻璃上贴着薄薄的纸，透进的光浅浅，她裸露出的肤色有点暗黄，想来还有动了手术后肤色无彩的原因。他几次见过她的裸体，虽也白总不如直溪女人如季媚、小荷一般，其实，女人看惯了，所谓的肤白凝脂，只是文学词汇而已，无法让男人缱绻没止境的，真要能让君王从此不早朝的话，整天腻在床上，终会审美疲劳，有身体不允许的时候，早晚必腻的。

宋正明抱住了出卫生间的林向英，把她的头按在了自己的胸前，她一动不动地靠着。

"疼吗？"

"一个很小的手术，又打了麻药，应该不疼的……只是内里头感觉着……想我这几年总是对女人做刮胎流产手术，也是报应啊……"

她的身子微微地颤抖，他抱紧她，想着说话，说既成事实？说无可奈何？说没有生育指标？她是医生，医生都是计划生育工作者，都清楚。他一时想不出合适的话，于是问出口的是："是男还是女？"

"还是个胚胎，哪能看得出。就算能看出，也不会去看啊……"

五十一

　　林向英几乎每天都到宋正明的宿舍来。他不想出门，每次她带着吃食过来，都发现他在床上呆坐，他对她说，他不知要做什么，过去他曾经有过一天没做事，便感觉一天白活了的想法。而今他没事做，也不想找事做。在直溪他能做什么事呢？

　　也许当初他决定到直溪来，就是想在这安静的地方躺平吧。

　　他们都意识到，有时他们说到的和想到的，不像是那个时代所具有的，让他们生出空幻感，显出不真实来。仿佛是在宋正明的创作中。

　　"对。你在这儿写作吧，有这么安静的地方，还有我照顾你的生活。你写吧……"

　　然而，下一次林向英来，看到答应要写作的宋正明依然在床边呆坐。

　　"起来！你就是不想写，也要寻事情做，这样坐着，没病也坐出病来。"

　　她有点带着怒气地说着。他站起身来，赔着笑说，他想不出写什么，也许他过去一直想着做什么事，做起事来也太紧张，现在他突然什么事都不想做。能什么事都不做地生活，也曾是小时候的一种理想。

　　她在床边坐下来，不看他，也不理会他。

　　他感受到她也有了变化，变化出他原来没有见过的那一面。

再下一次，宋正明一见到她的到来，马上对她说，他已经开始构思新的创作，也已想好了作品开头的第一句，四个字：人生如寄。

"要知道，万事开头难，创作更是如此，第一句往往决定了整个作品的调子……人生如寄，如空中凝冰……与你说着说着，便自然跳出这空中凝冰，多有诗意的想象！你就赞赏过我的想象……空中凝冰，可以作为题名……整个作品将是一部充满诗意的小说……"

林向英觉得空中凝冰是个好意象，但作为题目，有点虚了，要是以前，她直接就会说出来，此刻她怕给了他一个拦头板，他的想象缩了回去，再难伸展。

男主人公是人类学的研究人员，到一个环境艰苦的北方去发掘人类早期的历史遗迹，正好配合当地搞人口普查。那地方气候寒冷，雪天里，山窝里一刻寒冻，瞬间，雪花凝成了冰，你可以想象，一眼望去，那满世界的冰花……

现实中的林向英瞬间很想扑到他的胸前去，不顾一切地抱住他。要是以前，她肯定会这么做的，此刻她怕打乱了他的灵感，静静地等他发挥下去。

她临走时在他额头上印了一吻，这一吻柔柔绵绵的，并不同于早先那温润的"吻"，莫非那时的"吻"只是一个错觉？

以后林向英来的时候，宋正明便对她叙述着他的创作：男主人公向当地提了一个要求，希望给他配备一个助理，最好是个男子，因为经常需要与他一起爬山，经历艰苦。当地的郑书记很快派来了一个助手。

初见助理时，见助理的衣服穿得松松垮垮的，戴着一顶直筒筒的帽子，因为是男人，没注意助理的腰身，也没有注意助理的容貌，只觉得这个助理做事认真，工作踏实……

接下去宋正明说到了，男主人公与助理几次的误会，几次助理的身份要显现时，被助理机智地遮掩过去，在助理的心里，暗笑男主人公实在呆得可以。

"就是一个女扮男装的情爱故事吗？"

"当然不是，这里我会写到人生的荒诞，外围的枝杈漫生，还要有人生的悲壮，凸显灵魂的意识。他们的调查与普查，有彷徨也有痛苦，有考验也有寻找，有哲学也有宗教，有前进也有回旋……"

宋正明随嘴说着，他知道自己在胡诌，他多少清楚林向英知道他是在胡诌。虽是胡诌，一时急智，也还有点意思。

再接下去，宋正明说到了男主人公有一次与助理攀山，男主人公先攀到了山顶，他喜欢山，站在了窄窄的山崖，天地皆宽。听山风呼啸，数十年的生涯油然上心，过去种种化为雾障在眼。此时助理也爬上来，他俯身去拉，一时没站稳，两人一起跌落，滑进一个山洞，那是一个神奇的洞，在洞里助理的帽子掉落了，于是，男主人公发现助理是个女人，他们抱在了一起……

"俗。"林向英说。

宋正明说不下去了，他向她编了几天的故事，有点编得兴尽了，只有编些意外来延续了。

"山洞里只发现一个女人，没发现什么武功秘籍啊。"

宋正明没想到林向英还看过武侠小说，笑了笑。林向英说：

"编故事也脑子累，创作还是要厚积薄发，慢慢来吧。"

宋正明顿时精神发松，心道：创作哪是这样编故事。他所做的也只是顺着林向英，一时也摸不准林向英的审美爱好。

"我们下盘棋吧。"

"好好，我们有些天没下棋了。"

但发现桌上没有棋具，环视全屋，也没有看到那两个棋篓和那薄薄的棋盘。

蓦然一念，直溪确实是变了，居然有失窃了，但是立刻想到，宿舍里的实用物品一件没少，独独少了一副围棋，如是被偷，那小偷确是个雅偷。除非这围棋是件可贵之物，念头触及可贵上，宋正明想到了一件事，同时想到了黄站长。这几天他已经疑惑他前面的三次外出，有梦幻感，如梦不足信，梦醒不须记，也就遗漏了那个遭遇。

似乎是那天宋正明去溪河边看了季媚的亡体，回宿舍在街上遇到了文化站黄站长，那一刻宋正明有点迷迷茫茫的，看到黄站长，只是一点头，又垂头而行，却被黄站长一把抓住，把他拉进巷子。

进了文化站，宋正明念头活动起来，但见文化站里无人，他正眼看了看黄站长，突然有所诧异：黄站长应该知道季媚的，对刚死的季媚，怎么没有一点反应呢？

黄站长注意到宋正明的眼光，报以不明就里的神情。

"你也不去看看？"宋正明问得没头没脑。

"死者已矣。我没有看热闹的兴趣。"

黄站长依然说着文化人的语言，话中更含着文化人的精神。

"小荷呢？"

"喔，这丫头人小心大，我对岳父母说透了，现在她去省城远房姨家了，听说有个表亲男人一眼看上了她。准备推她去当演员呢。我以为她形象虽好，但表情单纯呆板，最多演个跑龙套的吧。恐怕最后落在套中也不自知。"

黄站长说着摇着头。宋正明听他这么说，感觉这个黄站长要么大智若愚，心里什么都清楚；要么大愚若智，心都只在文词上了。

宋正明想转身走，黄站长按着他坐到长条凳上，还倒了一杯茶端到他面前，欲言而止的模样，最后还是对他说了，说他进城看了一位京城来人办的展览，展览的并非奇珍异宝，看起来都是些常见用具，但细看那一件件却与平常物事不同，有着年代，有着特殊。听此人介绍说，越是这种平常中不平常的东西，越比那些看上去的奇珍异宝更可贵。

黄站长就想到那副围棋，留下棋的人便不是平常之人，应该不会收一副平常的棋子，看那围棋也与平常围棋不同，真可谓平常中的不平常。既然留在了文化站，他作为站长有收藏好的义务，所以，他想向宋干部要回那副借的围棋。

"我知道，你和林医生有时候会有对局，好在你们也不是天天下。这样吧，我把棋收回，放在里间，你们想下的时候，就来文化站里间，里面安静，外面的人都不懂棋，不会进来干扰你们对弈的。"

黄站长说了，便跟着宋正明到宿舍，拿走了围棋。

应该是几天前发生的事，宋正明如是梦里经历，醒来已然忘了。然而一旦想到，又记得清楚，黄站长当时的神态和语言，都像在眼前。

林向英嘟了嘟嘴，笑说："难怪你这些天似醒非醒，似梦非梦，原来是那副棋不在了。就如大观园里的贾宝玉丢失了通灵宝玉。"

宋正明感觉丢失的是以往说话认真实在的林向英。

五十二

林向英再来的时候，宋正明还是对她讲创作作品的构思，情节剔除编造，明显是动了脑筋的。

作品的故事都是想象的，可以说都是假的，而作家的本事，即把这假的写得真，并具有了一定的形而上意味。假作真时真亦假，真作假时假亦真。所以要把假的故事与情节，表现得真实，在作品描写的天地中社会中环境中自成一体，不生成假的感觉。所以猎奇的作品，由着作者编造成一体，别人没经历过，看西洋景似的看过了算。偏偏是现实生活的作品，谁都能以自身经验来评判一番，要化想象中的假为真，既要超越，又要实在，更需要作家深厚的功力。

作品中的男主人公和助理都有一个秘密，本来他们有着现代人的理念，尊重对方的秘密，并视作一种他们交往的规范，然而，一旦助理变成了女人，并两人有了男女关系，这对秘密的维护、刺探、倾诉和抗拒，就成了两人间的攻防。在对付越来越恶劣的外部环境，他们具有默契和谐，可是在两个人之间，由于男女越来越贴近而内心生出隔隙，一方想获取越多的融合，形成另一方的心理上力求独立的人格。人心的变化是细至极，自此升起的欲望，越发不能满足，并越让人难以割舍。

助理是男人时，会计算，会分析，会给男主人公出主意，但成女人时，却变得柔弱，依顺着他。但外在变柔弱的助理，心理的力量变得越来越强，甚至有些畸形。

助理认为男主人公变着法子发掘她的过去，是想不公平的主宰；而男主人公认为助理一点儿不问他的秘密，是对他的不在乎。其实，助理为求公平，所以表现着不触及男主人公的过去，而男主人公在助理偶尔接触到他秘密的时候，却又把封围起来的那段经历裹缠得更紧。

他们有着各自的秘密，也有着各人不同的才能。男主人公有着超凡的想象，有时想象将会出现的险景，第二天果然遭遇，这也让助理有了心理准备，让他们能安然脱险。助理有着绘画的技能，会把一个个探查的场景描绘出来，他们的日志便是她的一张张画，准确生动地绘出他们的经历，有的容易被忽视的细节，往往被发现于翻看画中。

男主人公有一天记忆起他最早看到的她的一幅画，助理后来的画，只能算是速写，而起初看到的那一张画，是真正完成了的画，并揭示出她的关键秘密，于是在他后来强烈揭秘的欲望下，他偷偷地去翻看她的东西，并引动了她的警觉与不快，最后她气愤地抖开自己所有的东西，但男主人公却再也找不到他最初看到的那幅画，她有着几张她保存的画，画中的内容完全不同于男主人公的记忆。结果是男人感觉失望，女人感觉受辱。

开始，宋正明对林向英说创作的想象，说到助理像男人的打扮，林向英说："你就把我瞎编呗，我哪有故意欺瞒你的想法，是你根本没有真正在意我罢了。"后来，宋正明的构思展开了，林向英接触不到现实的边缘，也就默默地听着他的故事演变，感觉眼前这个男人实在能编。

宋正明继续着对那幅画的想象，可能创作者的本事就在细节上开掘，或许一幅画只是他偶尔想到的点子，用来配合表现女助理的能力和开启秘密的道具，在作品中具有了双重用途。这体现了创作意识的重叠性。写到了明显的意识，也触及潜在的意识，也就具有了两重意味。外在的生活故事之外，在自省的意识中，添上一层潜意识的表述。这意识的两重性，有相合与不相合，甚至是对立的，往往一虚一实，虚的越虚，实的越实。又往往把虚的写实，把实的写虚；往往一大一小，大的越大，小的越小。又往往把大的写小，把小的写大。

　　男主人公的思想陷落在一幅画的陷阱中，他明明记得那幅画的图景，那幅画相连的记忆再翻出来，却无法与现实相合。他找不到那幅画了，这些日子他们一直在一起，她不可能遗失掉，他们所行之地，少有人烟，所遇之人，也不可能对那幅画有兴趣。她也不可能藏起来，因为在冰天雪地里无处可藏。那样形象逼真的画，她更不可能因为他的疑惑而毁掉。关键是她根本不承认那幅画的存在。那么，是不是他的记忆产生了问题，记忆是模糊的，记忆是可更改的，世上不存在那幅画，但不存在又哪儿来的记忆呢？世界上发生的所有的事，是不是都只存在于记忆中，是一种模糊的记忆，或者说是一种不确定的记忆，在记忆中出错与偏差。这里显现着人生的一种空：人生许多的记忆，都是真实的吗？都是现实的吗？他记忆中过去的事，被他封圈的秘密，是否也有偏差，是否也都不完全是真实的。然而那幅画的情景，一直真实地显现在他的脑海中，无法摆脱。他在后来的路程中，一直与助理谈这幅画，谈到助理生出对那幅画的恐惧。一切都在恍惚中，男主人公继而怀疑自己生活的不真实，是不是被人操控，被任意勾画，完成这种操控与陷阱般的帮手，便是助理。助理正是配合完成操控的一个人物形象。

宋正明一边叙述着故事，一边痛苦地扯着头发，像是真的陷入了一幅画的陷阱。林向英严肃地看着他，似乎与他一起落入陷阱中。

男人问女人："你还会显现出如何的形态？"

女人回说："我有着亿万的分身。都在你的内心中。"

宋正明继续说着他的作品构思，越说越细致，有时连男主人公与女助理的对话都说得很清楚。作品中的情节随他的心念而动，变化是无限的，只在一幅画的记忆中，展示男主人公的内心世界，便深而无尽，几乎是病态的。林向英感觉到宋正明真的有病，也许有病的创作者才能在作品中表现出病态的人物形象，形象真切而独特。

"好了，别想了，休息。"

"我们还是下盘棋吧。"

说了以后，才想到他们身边不再有棋。

"我们下盲棋。"

"围棋如何下盲棋？起码我没这本事，下乱了，谁记得清？"

像是被宋正明的创作想象所启发，林向英也突发奇想，她拿了一张白纸，在上面用笔贴着尺画出了横竖十九道线的棋盘，并在上角左右写上了林向英和宋正明的姓名，宋正明的名字边上画了一个小圈代表白棋，林向英的名字边上画的小圈中间，用笔涂满了，代表黑棋。好在宋正明这里，白纸、铅笔、圆珠笔还有尺都是现成的。

两人像原来下棋的样子，盘坐在床上的小桌面对面。林向英在纸棋盘手边的星位上画了一个圈，并把圈中涂黑了，随即把笔放到宋正明面前："轮到你下了。"

宋正明拿起笔在另一角的三三上画了一个圈，于是，对弈就开始了。林向英下得认真，在纸上画了一个小圈，圈圈大小相近，并仔细地把圈中涂满了。有时还把宋正明随便画的小圈修正了，细细修得圆圆。

在纸棋盘上以笔绘子，三百六十一个点上，有时黑圈与白圈搏杀着，挤得很紧，如有旁观者一眼很难分辨得清，两个对局者几乎如下盲棋，棋局在心，更须费一些心思，特别是林向英，很有仪式感，拈笔如拈子，小圈越画越标准。这盘棋下的时间比以往要长。棋局之中，林向英两次去卫生间"洗个手"，匆匆忙忙，出来时还用手整理着裤腰。

原来林向英那么多次与宋正明下棋，时间很长也是不会有这个需求的，宋正明想来，就算是他们有过肉体关系，后来的一段时间，她在他面前，也是正儿八经地裹掩身体。而现今她走到卫生间小门处，便解裤扣，根本不再想到关门上扣，显得无视一切般自然正常。

其实，自宋正明去过卫生院后她的住所，林向英每次来宋正明宿舍，都会"洗个手"。也许她以前也有需要，忍一忍就过去了。现既已怀过他的孩子，一切有所不同了。也许动过手术，多少有点后遗症，她忍不住了。

有一回，宋正明对此表示关心。林向英说给她做手术的同学水平很高的，但她的身体不适应，慢慢会好的。

"你不觉得害羞了？"宋正明想到那次大年夜，她被拍了一下，满面通红的模样。

"你觉得我还该害羞吗？"

她接着说："我告诉你，给我做手术的同学是个男的……当初在学院听课时，还有实习时，特别是进医院后，看多了男女病人的身体，没有什么叫害羞的，最多不同的是胖一点与瘦一点，黑一点与白一点吧。人都是那样子嘛……"

宋正明想想也是，男女生活在一起，也就是那么回事，就算他们还不是夫妻，只是已经有了那一层关系，似乎是什么都得到了，也似乎什么都失去了。真正的情感只在没有秘密后才显示。

一盘结束，一张纸上画着一堆挤挤的黑圈圈与空圈圈，林向英下时认真，结束也就丢下了。宋正明下时显得随意，此时却小心地把纸收起来，把它压在了一本带夹的长记事本中，林向英疑惑地看着他。

"到哪一天，住进我自己的房子里，我把它钉在墙上……以前下棋，下完撸了棋，记不得输，也记不得赢，古人有诗：战罢两奁分白黑，一枰何处有亏成。但这盘棋实实在在的是我胜了，有案可查。就看这张纸……黑白难分，输赢永存。"

林向英知他说的是玩笑话，但看他动作听他口气显是认真，不免鼻子哼了一声。他弯着腰把纸盘夹平整着："人生什么都留不下来，明明存在过，也都没有了，如春梦了无痕……哪一天看看它，一段生活才不像一段梦……"

两个人站起身来，在屋中悬着的电扇下，抱一抱，爱抚一番。秋天还是热，他们合靠着的地方濡湿着，那点记忆中的感觉便上来了。

不管热不热，只管抱着，不做什么，只觉得这样就够了。这样就意味深长了，这样就任时间流动了，这样就随肉体的欲念挥发了，这样就永恒地融合了。

人生的情也就是这么回事，人生的爱也就是这么回事。他低点头来问她："喜欢吗？"

"喜欢。"她说。说得干巴巴的，像应过了无穷尽过程的一种习惯。

五十三

这一天是星期天，林向英一早就带着早点来到宋正明的宿舍。宋正明正站在窗口，他听着街上有二胡声，拉得幽幽怨怨的。

宋正明让林向英听，林向英听了一会儿，摇头说没听到什么。宋正明再仔细听，也听不到二胡声了。

于是，他受到了这种感觉的影响，接着讲到创作的情节，有着梦幻般的情绪。

女助理已经被男主人公对那幅画的查寻，弄得有些精神紊乱，从开始的坚定否认，到抗拒他每一次的提及，男主人公像是很不满意她的抗拒表现，不时会提到画的事，让她再也忍不住，不免发作出来。男主人公是耐得住的，一旦女助理情绪激动时，他便冷冷地看着她，像是挑逗她，这是他的乐趣。慢慢地，女助理多少清楚了这个状况，也表现出对男主人公的对抗，不管对发掘出来的历史依据的认定，还是有关前行的方向。他们之间存在了一种互相攻守，一个成了现实的自由派，一个成了现实的保守派；一个说去东，一个便说去西的理由。他们有了一些故意的味道。本来一个观点，可以逐渐论证，不必强烈确定，却发展成了一方的坚持，接下去变成了偏执。并用挑逗的激怒对方的手法来表现。然而无论怎么对立，他们都没有生出分离的念头，并渐渐习惯了对立，在对立中过着一天又一天。

其实，他们所经历的地理环境，会使人产生一种不正常的情状，当然，他们之间并非完全由外部原因影响，而是他们过往的生活都形成了他们内心的孤独，他们的对立根本是渴望对方的关注。

然而有一天，他们发现了一处有历史价值的地方，那里古人生活的遗存之物让他们很是兴奋，男主人公对女助理说道：记载的历史中伟人是主角，而生活与人口变迁是一个个人的历史。他从这种人口变化，透视历史的变化与人的重心转移。

就此时，男主人公语气一变，说他们的发现，可能只是极偶然的变故，历史上不正常的变故其实很多，就像她的那幅画突然消失一般。

女助理本来睁着眼看着男主人公，女助理有着长睫毛，黑眸圆圆的，在长睫毛间亮亮的，下一刻她突然爆发出来，把手中刚倒的一杯热水，一下子泼到了男主人公身上。嘴里叫着：你有病！男主人公被烫得跳起来，他刚才带着讽嘲的眼光瞬间转到了她的眼中。她冷静下来，看着他跳起来的模样，她觉得解气。

他翻转身来时，发现她不在了，他到处去找她，他的面前是一片山中之湖，四周无人，只有湖水碧清，他心一凛，纵身跳入湖中，在水里发现了前面隐隐的身影。他想到，她喜欢水……

这件事引来了有点荒诞的结果：他们在水中冷静下来，爬上岸后，男主人公忏悔自己是以为她根本不在乎他，才下意识地欺负她；女助理则发现了两个理性的结论：不是他有病，而是她自己有病。她以往精神不正常的时候，控制不住便会发作。她一直害怕是患了精神病，会被送到精神病院去。男主人公说，如果这就是她的秘密，他实在该死了。男主人公说，他曾学过医，从医生角度看，她的情绪属于被动，今天就算泼出开水，并没有朝向他裸露在外的脸面，而是泼在了他穿着衣服的胸口，所以结果并不严重。说着他解开衣服，他胸前的一块皮肤是通红的，但没看到有损伤。证明她泼水的那一瞬间，还是有自制力的。

她向男主人公坦白：她有时会画想象的画，画的时候，她如在梦中。醒了，画的画找不到去处了，到底是撕了还是丢了，她也弄不清楚了。

男主人公对她说，他看到的她的画显得很有才华，以为她故意隐瞒自己，才会这么追问她，能画那样的画其实是个天才，根本不可能有精神问题。

女助理说，她在书上看到过精神疾病的范例，她对照过，有好几项是对得上的。

男主人公说，我学过医，你相信我。医学上的病理指标，都是取一个中间范畴来衡定正常，其实不完全符合每个人的标准。取一个生活中的例子，有人喝一斤酒也不会醉，有的人喝一口酒就醉了。从精神病学来看，现代人几乎每一个都具有某种精神病症，这是整个现代社会影响而产生的结果。再往深里说，人类从动物转化而来，也许不存在没有非正常态的人。作为人，或多或少都有着病，作为人的动态，多少表现着病态。完全理性的状态，是能忍耐的时候；忍耐久了，一旦爆发便无可逆转。

此时，女助理在男主人公的怀里，她对他说，因为精神上的困境，她的生活感觉像在梦里一般，但与他在一起后，现实感强了，才像是真正地活着。

林向英听到这里，嘴嘟着，咕了一声："你还真是天才……

这篇构思，先是诗性小说，接着是俗小说，后来是情爱小说、探险小说，还有悬疑小说、心理小说……现在到了男女主人公互诉衷肠环节，怕是作品要结束了吧，直接说结尾吧。到底是现实小说还是浪漫小说？"

宋正明沉默了一会儿，说："多少年过去了，在南方城市的一座楼房的底层房间中，男主人公站在窗前，看着面前院子里种的高低不同的绿植，心思不知在哪里转悠着，突然一个尖厉的声音带着色香填满他的感觉：'叫你呢，听不到啊，怎么没脑子了，这里东西摆得这么杂乱……'

"随着声音，女助理花白头发的脑袋先伸进房门来，随后进来的是她挎着旅行包穿着彩衣的身子。

"男主人公转过身来，脸上显出微笑地迎着她。"

林向英说："够现实的……她就成了唠叨的老太婆啊？"

宋正明说："男女相恋，白首偕老是最大的浪漫啊。"

轮到林向英沉默了，宋正明也静静地，等着她说话，他想她肯定会有直白的评判。

林向英后来说："你能告诉我，你那封禁圈里的人生吗？"

五十四

宋正明曾对林向英说到过盾山神秘的事，林向英并没在意。对所有的迷信或被认为可能是迷信的事，林向英都是听听而已，她不反驳但也并不在意。她的态度，其实比反驳更不在意。在直溪，宋正明唯一有默契的人是林向英，他们有共同的语言，有共同的感觉，有共同的对事物的看法，有共同的知识面，有共同的对生活的理解和认识，然而从根本上说，他们是不同的，宋正明是想象的，林向英是现实的。

现实中，儿子肖可俊去过盾山云峰，当晚就从峰顶回来了。还有季媚的丈夫黄强也去过盾山云峰。而迷失在盾山云峰的人，并无实体，只是在传说中。

有时林向英觉得不管哪类荒诞的说法，宋正明都会放在心里转悠，证明他的内在世界与想象合拍，也证明他的精神深处有着缺陷。用医生的话说，就是有病。宋正明谈作品时，也曾说到过，从严格的精神指标来测定，所有的人在精神上都不是完全正常的。

他居然在创作中，把男主人公说成是学过医学的，而作品中的那个女助理却自认精神有病。林向英听时，便鼻子哼了一下。不过他构思得太离奇，林向英没来由对号入座。

宋正明是一个研究人员，他写文章的历史观，有着一种高度，但是空洞的。而他写的小说是具体生活的想象，虽然带着荒诞，却是现实的。林向英所以能接受他的想象，正因为她是现实主义者。

这一天，宋正明来到卫生院，在诊室里，坐到了穿着医生白大褂的林向英面前。

林向英说："是你啊，你终于出门了。"

宋正明说："我一个人在街上走啊走，突然就走到你这儿来了。"

林向英说："我说过，你总是有病。"

宋正明说："我没病。一时间，我觉得孤独，觉得空，觉得虚，觉得不怎么对味道。就想到你这儿来。"

林向英说："创作构思结束，一时的感觉吧……既然没病，别在这儿，耽误我诊治病人。"

宋正明说："我可是挂了号的，并且一直让号，到后面没有病人了，才进来的。"

林向英说："你找我看病，又说没病，你到底要我……"

宋正明说："我想去一次盾山云峰，听说那里神奇。来了直溪，怎么能不去那让人迷惑让人向往的地方。就想着让你陪我去一次。"

林向英确定他并无目的。当医生久了，她能理解人往往会有莫名其妙的想法，而男女成了情人，更会生出莫名的举动。所以女人虽然孤独，但也不会去招惹兴趣不大的男人。

林向英带着宽容的神情对着他："正值秋老虎热天，爬山去……？"

宋正明说："我在直溪的一项实在工作做完了，真不想坐镇政府的一间办公室里端一杯茶，看一张报，或者坐会议室开一些无关紧要的会。我想爬一次盾山云峰，接下来，要么回省城去，要么请求郑书记另派一项实在的工作……你就陪我一次吧。"

他口气是央求式的，眼神也是央求式的。仿佛他早想好了，要她相伴上一次盾山云峰。人生唯一的一次冒险式的爬山，以确认他们小狐狸过河的亲近关系。

"你真是有病。"

"就算我有病，你当医生陪护病人爬一次山峰吧。"

"上一回盾山云峰。"她应着。

他们夜宿在盾山山腰的盾麓村，这里是县镇公路西向的最后一站。他们搭乘黄昏前的最后一班车到站口，进村入住村招待站，宋正明搞人口普查时来过村上，这次不是为了工作，不去麻烦村干部，只对招待站的人员说他们准备第二天去爬盾山云峰。招待站里只有一位老人，他的长相和神态与镇政府的门卫老头很像，上次宋正明来村上，曾疑惑他与镇政府的门卫老头有什么血缘关系，问起来，这两人什么关系都没有。或许直溪人到老时都有相近的形象吧。这也是外人看来如此，直溪本地人不会有这样的感觉。

招待站的老头并没有提到山峰的神秘，也许神秘只产生于隔着的距离吧。老头只是说山峰看来不远，但很难走，有的地方几乎没有路，要攀石崖，要踩草窝，所以要早起早行，免得下峰时太阳落了，更看不清路。

宋正明和林向英在招待站简单地吃了一点东西，两人趁着天色还不太晚，出了村往山峰处走上一段，先给明日之行探一探路。

村外黑黑沉沉的，从土路转过来，看村上偶尔有一两盏灯火，在窗里摇曳着昏黄的光。这里村上的人，日出而作，日落而息，没有梦，没有欲望，眼下都进入了梦乡，四周的一切都如他们的梦乡。

他们走在土埂上，往山峰走，却走到了村子的后面，村路上映着星光月色，一道长长的淡白色的线条，回旋在村四围。路往前有座石桥，石桥映着星光月色，与村路一起显出朦胧色彩，又有着浮雕般的凝定。宋正明上次来，白天夜晚都在村里串访村户，不记得是否走过石桥，但眼前的一切都宛如他的梦，恍惚间一切都如梦中所到过见过的。他站在桥边，林向英向他靠近来，桥下流淌着山溪水，水流动得很快，如奔涌而来，他能见水在桥墩边溅着水花亮点，但没听到声息。一刻间又如幻觉，如梦中的梦。他浮着一个念头：我是在梦中的幻觉，还是幻觉中的梦？

过了石桥再走一段路，感觉路是往上，且不再有清晰的路了，似乎一下子山峰就在眼前了。他们走几步停一停，观一观景，说几句话，想着是不是该留着第二天再爬。

有一片崖伸在路边，他们俩往崖口走一走，林向英此刻胆大，直往崖边走，宋正明一把拉住了她，相拥站立，看着四周，高高的两座山峰就矗在面前，带着厚厚的黑影，给人一种神秘的感觉。

宋正明此时对林向英说到了有关盾山云峰的种种神秘说法。以前他对她谈到过，但隐去了不少一去不归的传说。此时林向英依然没有一点恐惧的反应。

"当然,失踪不等于死亡,也许在深山之处有天然洞府,人至不思归,成了隐士吧。"

"你当盾山是终南山吗?盾山是丘陵地区,山不大,大半个盾山都是直溪地盘呢。山峰一片,能隐居吗?"

"不就有姚萍丽吗?她不属山里村上的人……这一座座的山峰,里面隐藏多少结庐之人,有缘人才能得见。"

她笑了:"你像看多了剑侠的小说。那类书我也看过。也曾看到书上有盾山神人的描写。"

"一切在心,善心见善,恶心见恶。我心善,便有了你……"

"你是心善,所以在里面可能看到更迷人的东西,真怕你迷在里面不思归。"

"不会。有了你,有过你我的那些日子,有过在坛水村潮热如融的那一回,尘世的一切都迷不了我的。"

"好吧,假如我们进去了,在直溪再也待不住,重回城市,会是怎么样生活?"

"山依然是山,水依然是水。"

宋正明随口应着,此时他神情凝重,头扭来扭去,直盯着眼前的景。林向英被他引着,仔细看着前面,夜色之中,景如剪影,只见眼前两座山峰微微打开着,中间一条溪流朝他们流来,不是瀑布式的,如夹于山峰间缓缓细直地流来。

"我曾经对直溪这个地名有所疑惑,走遍整个直溪,在盾山中,在盾山下,看山溪蜿蜒向下,弯弯曲曲,根本不直。以前想,也许登山峰,从一个高处适度远看,溪水是从峰上直流向下吧。文学也应该有高度的远看吧……然而，眼下我才发现古人是在这里给直溪定名的……你看，两边的山峰在暗影中就如屈起的大腿，中间一条直溪……"

"你怎么会说得这么流氓。"她说。脸上并无嗔意。

"什么流氓，这是大自然的形成。"

"我说流氓，并无社会性之意。食色性也。你在等而下之的感觉中，也合人之常性，没有什么可以委屈的。"

"等而下之，还不算委屈？老子云：玄牝之门，是为天地根。牝为溪谷。老子说牝，也属等而下之吗？玄牝，细微深邃母体的门户……你看此门，凡人生于此，活于此，动于此，长于此。实属天地间最伟大之处……"

"刚才你说梦幻，再说便要走火入魔了。"

"你就是我的魔，我或者迷在里面，或者就超越了。能倚靠的只有时间的力量。"

"你有病，就说我是医生的缘故；你说如梦如幻，于是，我就成了魔的诱惑。"她说着埋怨的话，但口气中一点儿没有埋怨之意。

"我们还是赶快回去吧。"他怕她此刻会生出什么感觉似的，接着说，"养精蓄锐，明天要早起爬险峰呢。"

五十五

　　黎明之前，宋正明和林向英就起来往山峰去，整个村子还在沉睡，宋正明记得昨晚他们是从村后绕了一圈，这次他想从村前的路过去，这条路走过好几户农家的篱笆院，他们尽量放轻脚步，但还是能听到鞋子擦地的沙沙声，还有鸡窝里被扰动的咯咯声，这在感觉上比昨晚的路要长，宋正明意识到自己这个路盲，又犯了想超近却走迷的病。好在走身边的林向英，只是静静地跟着，一点没有埋怨的感觉。

　　看到前面一个单独的石建筑，简单地敞着门，是一座神庙，中间立着一个神像，神庙里的神像在迷迷蒙蒙的一团黑暗中，却形象清晰。宋正明看了一眼，仿佛有种引他前行的力量。宋正明上次来村子，听人提到过两面坡上的神庙。所谓两面坡其实是一个不大的坡子，神庙在坡的最高点，坡子在神庙底下向两边斜下去。神庙前两面坡中夹着一道沟，沟里都是石块。从神庙边绕过去，风细细地从沟里旋上来，有一点难以明白的声息。一段路看起来不长，他们却走了不短的时间，一直到天亮起来，才走出了那段散着石头的路，走到了石桥上。宋正明突然发现桥下只流着浅浅的溪水，根本看不到水的奔涌。他心里打了个问号，并没有说出来。昨晚无声冲溅的水本让他迷惑。不过溪水奔涌并非每时都有，只是偶然的现象。偶然的现象往往与神秘联系在一起。

　　石桥过去，到前面山峰矗立的谷口间，是一块平整的土地，上面什么庄稼也没种，只是一片草地。山区间天然的草地，仿佛从无人迹留下。村上人也许视神庙之后是神的禁地，也许是祖先留下来的禁忌，一代又一代遵守而不触及。草地上的草似乎都长得整齐，没有高低。自然生成的草尖尖，仿佛是天然的草种，生到这般高便停止了生长。林向英有着对植物的爱好，有些观见乃是后面行路间，告诉宋正明的。两人走在了这一片草地上，他们的心情有着说不出的痛快，他们没有停下来的念头，一直往前走着。

四周很静，只有风在草尖上的波动，草像缎子般油亮，一道道波荡过去，脚踩在了草地里，有着一种如绵如绸的感觉，如足不沾地似的游动。这片草地上没有一棵树或者另一种的植物，也没有任何动物的存在，一切只是绿草，那般有生气地生长着，又如死寂般地存在着。生的感觉是眼见着的，而死的感觉是体悟着的。行进者没注意，或者说忘了注意，许多的感觉是后来他们才意识到的。

天麻麻亮，所有能见的峰群，都还隐着一整片一整片的黑暗，从草地一直走到两座山峰的交口，应该说两座峰交错的合口，就是昨晚他们谈直溪意象的所在，宋正明站溪水出处，回首看山下，感觉以往在镇上的日子，有点儿恍恍惚惚，而这一路行来，换了一种眼光，恍如解脱了旧身心，特别清明，是直溪的生活让他转换了精气神。

他们进了谷口。再走下去，恍惚两座山峰向他们走近，其实两座山峰隔得很远。路面窄了，向上蜿蜒。有的路有点陡，如笔直朝上，只有攀越行走了。

天光还是那么青青，面前的两座山峰有着浮雕般凝定的感觉。从谷口望去，里面还是草坡，但踩下去，却是高低不平的。那一刻间，两人在瞬间中有一种被凝定的感觉，如触冰一般的感觉。他们互相看着的表情，也仿佛凝定着，无生命地凝定着。再走下去，他们没有时间的感觉，没人想起在行进时看一下天上的日头。日头似乎凝止在哪儿，天空总是青青的，像凝在一幅画间，山色也凝止在的画像中。

满目青翠，山壁如削。山壁平展展地升上去，后峰隐在云雾里，前壁像贴着的画布，壁上宛如随意地印着一些印象派的画，几道水印般勾就的形象，壁色映现出来的图案，立体而生动。山壁之右，是一片松林，松身直立，平平如站队，一片静默之形。恍惚在那静默间，隐着一点淙淙水声，水声逼仄，便如在耳边，像是石桥前所见虚幻般奔涌溪水的流动声。山壁和松壁，在视觉中勾着两道无装饰的景象，如挡着的两道天然的屏风。静默间，宛如山壁上印着的松形，又宛如用山壁裁成的松林之幕。

草深深，没有路，却有一道空间在松壁之间。转过松壁，山峰从天那边直削下来，山峰之上的天空显现成阴阳块，如两面坡似的，峰顶之上是浅黑的块，相对的是浅白的块，如云形成的块，块的边缘却齐整。而浅黑块下的山峰显出亮色，浅白块下的空间显出暗色。就在阴阳块的交结处，隐约有站立着的形象，如先前的那尊神像，海市蜃楼般地若有若无，若实若虚。

他们在阴阳块交结下的山峰道上攀岩，攀一段，走一段，攀处却简单，有排列着的条石可攀；走处却不易，脚下是不规则的石，有的石块尖尖朝上。只见前面峰缝落处，也有石桥，是天然的两条拱形的石，到石桥处，桥下恍如奔涌着水，溅着清清的水珠，舞着，碰着，蹦着。散开来许多的细小的晶晶亮亮的水花。水花仿佛呈现着一个个字，水花之字散排开来，活动了，跳闪了，在水色之中打着旋，恍恍惚惚，浮浮游游，如鱼的游动，引着感觉游向深里，盘旋，翻身……来来往往，那些字的奥秘，自是一种天地境界。

跳闪着的水色是一种异于黑白影的晶亮，无声却有喧哗在其中，凝视久了，许多的声息仿佛席卷而来，水花之字在声息中生动地浮游，天地间都被水花浮起的白汽罩着，水汽如幕帘摇摇忽忽，笼着天与地。宋正明一时恍惚，有几点水珠溅到脚上来，化入了从没有过的不可知的感触，消虑了一切的思想和意识。越过奔涌的水，凝望水的来处，仿佛那水是从阴阳块中的影像后面，迅速打着一个旋而来，宛如是从影像间喷涌而来，正是直溪水的源头，带着了一层淡淡的蓝气，恍惚是影像映着的光。

朝石桥走近几步，流动的水汽显得密了浓了，水汽之色映着空中阳块之光，幻化出虹般的色彩，一团团一圈圈，许多的色彩旋在水汽中，翻腾着一层蓝光。那影像便隐在虹光里，只是越发地模糊。影像在模糊中，仿佛在移动着，变幻着，迷迷蒙蒙地上下浮游着，渐渐地定格。恍惚间，又浮游起来，晃动着，闪动着。不断地闪动和定格。

宋正明一条腿半屈站上，一条腿直立在下，只是盯着水汽的色和彩，有泉水溅到脸上来，一刹那，水汽更密了，虹彩也更浓了。水花之字映闪在虹彩之间，越发地摇晃着，跳闪着。

宋正明擦擦眼，水色显得淡了些，水花字珠玉般地碰撞着。

宋正明再往影像走近，离开石桥，那水分明地缓下来，待宋正明靠近影像时，水似乎一下子干涸了，消失了，在一条微凹的洞中无影无踪，只有一些晶莹的小石块上还映着一点水亮，那水亮也分明在消退着。走到影像之下，影像消失了，只见峰岩直立，一切是干干的，恍惚刚才所见的水的喷涌乃瞬间的妄念。

"幻觉。"林向英说。她的声音仿佛从远处传来，她说山峰地下有着不可知的矿物质，这地方生出的植物，花叶上溢着的气息，带有迷幻性质。

幻觉么？宋正明瞬间想到：幻觉起于心，人心不同，所见便不同。听肖可俊说过，他看到的是大型电脑中的游戏，刚才自己看到的却是水花字。

宋正明凝神定于一处，峰顶之上空的阴阳块瞬间消失，再不见一点儿痕迹，奇异的色彩消退了，又化成现实的山峰之影。宋正明转过头来，林向英就站在他的身后，带着柔柔的神情。

他们继续往上攀走，由着自己的脚步，一种顺应，一种内在的顺应，一种无意识的顺应，一种说不清快感的顺应。抬头看到峰顶已不高，然而前面无可行之路，只能绕着峰腰而行，一时穿入山石形成的隧洞，洞内高低不平，不知是否向下还是向上。终见光明在前，恍惚洞口立现，如白驹过隙。他们的视觉、味觉、听觉、触觉以及所有的感觉，像是全新的了，他们感受到一种完全不同的天地，他们在那景象前愣住了，张大了嘴。

面前豁然开朗，满目应接不暇，天地仿佛打开了，充满了色彩，如迸溅开来的色彩：近木，便闻木声空灵之音；抚花，便闻花香飘然之溢；听水，便沾水乐甜净之味。花色木语，融作一体，低低地吟着。虽然林向英站在身旁，宋正明却感觉孤身在天地间，与过去和未来，融作一个自然。生与死，快乐与痛苦，所有的思想都融作一体，无得无失，无始无尽。所有的嗅觉都由香而郁，所有的味觉都由蜜而甜，所有的触觉都由柔而绵，所有的听觉都由脆而亮，所有的知觉都深入无穷，一种至深的欢乐由心而起。所有的感觉都得到了满足，熨得平平伏伏。

宋正明轻轻地喘了一口气，又似乎听到水声，循水声向前，那水声始终在不远不近处。只见山石生长于前，显然不是斧砍刀凿，其嶙峋之状，如林如盘，如桌如凳，如鼓如桥，玲玲珑珑，尽为天然而成。但见四周牵着绿绿的藤，藤蔓嫩绿，向前伸着，挂着，牵着，长着红绿黄青各色小果子，星星点点伸着。说不清名的树，乃天然的棚架，由藤盘伸着嫩生生的绿蔓芽，点缀着晶晶莹莹的果，闪着透明的亮，翡翠诱人。

宋正明见林向英的手伸去，采下果子来，不由也伸过手去，在嘴触到果子的时候，便觉一种从来没有尝过的滋味，顺嘴滑进咽喉。他看到林向英坐在一个形如石凳的石头之上，绿藤与花朵装点了她的姿容，一如花中的仙子。他向前走去，心有一点欲望，想看看前面还会有什么样的天地。每一步盘旋在峰边，眼前显示着不同的景。

太阳在对面山峰浮着半个身子，一片云彩浮动，渐渐遮了太阳，瞬间太阳又显现出来，七色的虹彩化入景中。

山峰接着山峰，如浮雕般的，峰顶上融着雪般的白光，恍惚间，雪融成了泉水，流淌着，飘浮着，奔涌而来。风声与水声，汇成一层声帘，颤动在耳边。声色清亮，亮如玉辉，脆如清笛，动人心魄。

　　再抬头，前面的景又是一重天地，他的意识在天地中盘桓。天地宽了，世界却小了。他的眼界大了，无形孤独，没有人在他的身边，他忘记了来时有谁，去时有谁，他没有感叹只有前行，没有记忆只有体悟，人生的格局，本显逼仄，时空的苍茫，无边无际。

　　思想浮上来的时候，他有了一种新的感觉，意识到一种外在的感觉。他抬头去看，那个神像般的影像又立到他的面前，影像依然在迷迷蒙蒙的雾间，一时却那么真切。恍惚地伸出一只手，像是拉，像是拒。影像也伸出一只手来，像是拉，像是拒。手隐在蓝雾间，蓝色的雾爆开来，雾腾腾间，他看不清什么，七彩的光色在雾中浮游，抑人窒息，又醉入心扉。一种分不清痛苦还是快乐的感觉。声色光色音色天色水色情色意色，所有色浮现着，摇曳着，动荡着，翻滚着，变幻着，奔涌着，凝集着，跳闪着。瞬间，他只有打开着一切感官，感受着所有的一切，他的呼吸，他的心肺，他的热血，他的精神，他的意志，他的情感，所有所有的，一切一切的，都填满了。他情不自禁地，身不由己地感受着。

　　一恍惚间，眼前摇曳着的淡淡蓝雾，至淡至蓝，蓝得晶莹，淡得如气，朦朦胧胧间，身前的影像淡了，不见了。蓝雾却依然弥弥漫漫，轻拂而遮，呼吸中也只是蓝色的雾感，身如浮着，轻化了，松散开来，轻得可以御雾而行，软软柔柔的，所触如绵，一切都隐在了蓝雾之中。蓝雾开处，山壁一面显得平整如镜，可视，静静地看，从隐约到清晰。他看到了他的过去，曾经痛苦的也化成了轻松，松快，他内心中的封禁的圈显得薄，不再是不可触碰，薄且脆。一触便打开来，很轻松地打开来，融进了他在直溪的生活，过去与现在，天地之间所发生的，在此间融成一片，只是小小的一片。

他仿佛在看着前生的景象，直溪之前城市背景，直溪之中乡村背景，都纠缠在一起，一幕幕慢慢展现，又仿佛是一瞬间，心摆脱了所有的封禁，人生的痛苦殆尽，信步而去。只有孤独而行。一生如一瞬。一生即一瞬。圆融一体，再不割裂。

许多的情景仿佛一下集中了，他的感觉像在快速地飘浮、移动，飘浮着的移动。移动越来越快，感觉在越来越快中习惯了，他看到了社会的变化，看到了世事的变化。他看到了轿车，身便在了轿车中，轿车在高速公路上急驰；他看到了列车，身便在高速列车上，车外的景飞速地倒退着，偏又越来越清晰。一座座摩天之楼，像搭积木似地矗在了他的眼前。他没有想到林向英，她不在身边了，不知什么时候她不在的。偶有一念触到她，也只是若有所思，似乎她被留在了哪一块飞地，留在了一块时间的飞地。那一年年如同一天天的变化去留，他思想立不停，想仔细看时，眼前显现出一个镜面，他想看清晃闪着的镜中影像时，镜里显现的是一个半白头发额纹深深的老人。那便是"我"。宋正明想到了这个，这个意识便定位在他的心里。同时他听到了清晰的滴水声，漏着的滴水。一滴一滴，滴滴答答。